JN182126

Don't
Jump,
Mr.
Boland!

Norman Berrow

論創海外ミステリ
Ronso Kaigai MYSTERY
180

# 消えたボランド氏

ノーマン・ベロウ

福森典子◎訳

論創社

Don’t Jump, Mr. Boland!

1954

by Norman Berrow

目次

# 主要登場人物

J・モンタギュー・ベルモア…………ラジオドラマのベテラン俳優
ウィロビー・デル………………シドニー在住の会社社長
アンジェラ・デル………………ウィロビーの娘
サム・スターリング……………ウィロビーの甥
ストーナー………………………ウィロビーの使用人
キャリー・ボランド……………ウィロビーの別荘の隣人
エディ・スタッカー……………小悪党
クエリータ・トーレス…………エディのガールフレンド
〝ジーニアス〟…………………シドニーで暗躍する謎の男
ボロップ夫妻……………………ウィロビーの取引相手
バーサ・バッグ…………………ヤルーガの住人
ロナルド・ゴールディング……バーサの甥
バート・グラブ…………………ナラビーンの住人
アルトヴァイラー・クレシック…ウィロビーと同じアパートメントの住人
ミセス・ベネット………………クエリータと同じアパートメントの住人
リチャード・エサリッジ………オーストラリア警察犯罪捜査局《CIB》の刑事
ウィリアム・ウェッソン………オーストラリア警察犯罪捜査局《CIB》の巡査部長
タイソン…………………………オーストラリア警察犯罪捜査局《CIB》の警部

# 消えたボランド氏

# 第一章

四方からの通りが坂の上で合流するキングス・クロス交差点のすぐ手前、ウィリアム・ストリートの最後の停留所で路面電車《トラム》を降りたのは、誰かに追われているような表情の男だった。上り坂の中央を走る電車から飛び降りると、そのまま舗道へと駆けて行く。

瘦せた顔はフェレットに似ており、細い髪は砂色で、ほとんど肌が透けて見えるほどうっすらと口髭を生やしている。青いスーツ、黒いスナップブリムのフェルト帽子、それに爪先の四角い黒い靴といういでたちだ。白いシャツには、なんとも芸術的な真っ青のシルクのネクタイを締めている。男の名はエディ・スタッカー。その夜恋人のクエリータとデートをして来たエディにとって、このキングス・クロスはまさしく危険地帯としか思えなかった。なぜならキングス・クロスは、〝天才《ジーニアス》〟と呼ばれる男の縄張りであり、エディはジーニアスの情報を警察に密告したからだ。

脇道に飛び込む。この先を行けばクロスの少し先でヴィクトリア・ストリートに出られるはずだと、あれこれ考えを巡らせる。だがエディは二つの点で大きなまちがいを犯していた。一つめに、クエリータは彼の恋人ではない。実はジーニアスの女で、彼に言われてエディを探っていたのだ。そして二つめには、エディにとってその夜、キングス・クロスはまったくの安全地帯だった。すべてのトラブルに終止符を打つ最後のトラブルに遭遇するのは、翌日の夜なのだ。

クエリータはエディが密告したと知って、そのことを心配していた。少なくとも心配していると口では言っていた。ふたりはそれについて時間をかけて話し合った。彼女と別の時間の使い方をするつもりだったエディはそんな話は避けたかったが、彼女が何度も蒸し返した。しつこく訊かれたのは、たとえばジーニアス自身について具体的に何を話したのか、というようなことだ。

実のところ、ジーニアスの活動に関してはいくらか警察に伝えたエディだったが、ジーニアス本人については、ほとんど何も言えなかった。というのも、ジーニアスの正体を知っている人間など、まずいなかったからだ。本名を知る者はいない。直接話ができるほど彼をよく知っている人間はごく限られている反面、彼の噂を知っている人間ならいくらでもいた。ジーニアスは謎の男だった。これまでに一度も真っ当に働くことなく、税務署に嗅ぎつけられるような収入も資産も持たず、それでいて金が必要なときにはいつでも簡単に手に入る、そういう人間だ。ジーニアスは、いわゆる〝フィクサー〟なのだ。依頼を受ければ——そして報酬が見合えば——ほかでは入手できないようなものでも手配してみせた。空き部屋、瓶ビール、麻薬、禁輸品、売春婦——なんでもオーケーだ。シドニーにフィクサーを名乗る人間は大勢いるものの、依頼が通らないこともあった。が、ジーニアスにできないことはなかった。それが彼の呼び名の所以《ゆえん》だ。ジーニアスなら、誰にも知られることなく邪魔な相手を死体に変えてくれるとまで噂されていた。見合うだけの報酬を払えばだが。

警察の耳にもジーニアスの名は届いていた。中でも、是が非でもジーニアスに会いたいと思っていたのが、タイソン警部だ。そのためならと、エディの話に注意深く耳を傾けはしたが、すでに知っているか、疑っていた情報以上の話はほとんど得られなかった。ただ、新たに聞き出せたことが一つだけあった。運次第だが、ジーニアスが現れる可能性のある場所がわかったのだ。それを聞いたタイソンは、エディがクエリータと会っている間にジーニアスを探しに出ていた。だが、その運には恵まれなかったようだ……。

エディはクロスから充分距離を空けてヴィクトリア・ストリートに出ると、ためらった末に大急ぎで道路を渡り、アール・ストリートに駆け込んだ。

キングス・クロスはシドニーの中でも海外からの移民の共同体が多い、自由な一画だ。その中心地、ちょうどウィリアム・ストリートと合流する近辺は、日が暮れると周りの市街地とは対照的に照明と喧騒と人出にあふれるのだ。明るすぎる、とエディは思った。喧騒と人出も多すぎる。のんびりとしゃべりながらベイズウォーター・ロードやダーリンハースト・ロードを行き来する群衆のどこかに、鋭い視線で自分を探している人間が紛れているかもしれない。

だが同時にこの地区は細い路地や裏道、狭い通路が網の目のように張りめぐらされており、エディはくねくねと道を曲がりながら先へ進んで行った。その迷路の中でも一番うらぶれているのがアール・ストリートだろう。不気味な道で、大通りの裏手にある。その短い通りは中ほどで左へ折れたかと思うと、裏道の様相を保ったままアール・プレイスに出る。だが、アール・プレイスは広々とした表通りのスプリングフィールド・アヴェニューに繋がり、そこに至る最後の数ヤードで驚くほど唐突に立派なファサードの建物へと景色が一変するのだ。

エディはスプリングフィールド・アヴェニューを横切りたくはなかったが、ほかにどうしようもなかった。適度に薄暗く建物が密集する袋小路から、ランケリー・プレイスなどともったいぶった名前の、ひときわ暗い裏道に入るためには、短い距離とは言えスプリング・アヴェニューを通らなければならないからだ。

エディは用心しながらアール・プレイスに近づいた。突然、心臓をわしづかみにされたように立ち止まる。明らかに悪意を持った足取りの人影が二つ、入口に現れたからだ。エディはあやうく踵を返して、再びヴィクトリア・ストリートへ逃げようとしたが、思い直して人影をよく見てみた。ふたりのうち、悠然と自信たっぷりに緩慢な歩き方で近づいて来るあの男――背の高い、瘦せた体格――まちがいない、タイソン警部だな。

まちがいなく、そこにいるのはタイソン警部だった。エサリッジ刑事も一緒だ。

「これはこれは」警部が優しく声をかけた。「エディ・スタッカーじゃないか。説教くさいことを言うようで申し訳ないが、きみのように高潔で勤勉な人間が出歩くにしちゃ、えらく遅いんじゃないのか?」

「女と会ってたんだよ」エディが格好をつけて答えた。

「ほほう!」タイソンが優しい口調のままで小さく声を上げた。「〝春ともなれば、若者の空想は恋する物思いへと変わりたり〟というわけか……この詩を書いたのが誰かわかるか、リチャード?」――とエサリッジ刑事に呼びかける――「きみの尊敬すべきご先祖だったかな?」

「知りませんね」不愛想な若き相棒が、まともに取り合おうともせずに小さく答えた。タイソンの親父め、気分が乗ってくるとやたらとしゃべる。

タイソンの親父はまたエディに顔を向けた。穏やかなままの声音から、不思議と優しさだけが消えていた。エディの耳には、その言葉は脅迫めいてすら響いた。

「やつはいなかったぞ、エディ」

エディはすぐに何のことかわかったらしく、うなずいた。「それ以上はおれも知らないんだ、警部。

ときどきあそこに来るらしいって、〝ギリシャ人のニック〟が言ってただけで。でも、いつ来るかは誰にもわからないって」

「うむ……ギリシャ人には気をつけろよ、エディ、特に手土産を持って来るギリシャ人にはな（トロイの木馬の伝説より転じて「敵に気を許すな」という意味のことわざ）」

「へ？」

「われらふたり、つまりリチャードとわたしだが、今夜かのギリシャ紳士と言葉を相交じえる機会に与《あずか》った。つい先刻のことだ。きみの貝のごとき耳には奇妙に聞こえることだろうがね、坊や、彼はわれらの友など一度も目にしたことがないと言った。それどころか、きみの話にまったく心当たりがないと、そう言うのだ」

「嘘をついてるんだよ！　おれはあいつから聞いたんだ——なあ、警部、こんな具合さ。ドアから出て行く男の後姿を見かけたおれが〝ギリシャ人のニック〟に〈今のは誰だ？〉って訊いたら、ニックが——」

「落ち着け、落ち着け」タイソンの声に優しさが戻っていた。「きみの話を疑ってるわけじゃないんだ、エディ。嘘をついてるのは、きっとギリシャ人のほうだ。こちらが質問を始めたとたん、急に英語がまったく通じなくなったから、そうとわかる。きみの言うとおりだ、エディ……」タイソンが父親のようにエディの肩に手を置いた。「しっかり覚えておいてくれ。日記に書いておくといい。タイソン警部が、きみの言うとおりだと言っていたと。だが、わたしの話にはまだ続きがあるからな。それで——うむ——わたしたちの共通の友人について、ほかに何も話すことはないか？　誰かから新しい情報を聞いていないのか、たとえば、クエリータ・トーレスから？」

「クエリータだって?」エディが金切り声を上げる。「どうして彼女の――?」

「だから、落ち着けと言ってるだろう、エディ。可愛いクエリータの魅力に夢中なのは承知している。そんなきみを責められる人間がいようか? いや、誰もいまい」タイソン警部が思慮深そうに言った。「誰かの名言を言い換えるなら、美しい女性というものは神の最高のみわざだ。ただひょっとすると――」

「彼女は何も知らないんだよ、警部。あいつのことなんか聞いたこともないはずだ」

「じゃ、彼女には知らせてないのか? きみが――」

「それは――いや――話した」

「そうじゃないかと思ったよ。恋というのはな、エディ、若者をやたらとおしゃべりにするものだ――何か言ったか、リチャード?」

「わたしですか? 何も言いませんよ、警部」そう答えたエサリッジ刑事だったが、たしかに鼻で笑っていた。

「頼むよ、警部」エディが懇願する。「クエリータは巻き込まないでやってくれよ。彼女は何にも知らないんだ。何かわかったら知らせるから。本当だ」

タイソンはもう一度彼の肩を叩いた。「きみならそうしてくれるだろう」陽気な声で言う。「きっとそうしてくれるだろうとも。きみはいいやつだ、エディ、われわれはいいやつには親切なのだ。そういうわけで、きみは今、自宅のソファという隔離された安全地帯に向けて帰還する途上なのだろう? われわれが住まいまでお供しようじゃないか、途中できみの身が危険にさらされないように」

そういうわけで、残りの帰路は警察の護衛つきとなった。その夜だけは、エディの身は安全だった。

# 第二章

その同じ夜の少し早い時刻。ミスター・ウィロビー・デルはエリザベス・ベイのイサカ・ロードに建つ〈リンドフィールド・ホール〉の玄関を入り、エレベーターの呼び出しボタンを押した。ほかの人間であれば、すでにエレベーターのボックスが降り始めているのに気づいただろうが、ミスター・デルはそちらには一瞥もしなかった。ボタンさえ押せばたちどころに自分の意のままになるはずだと、エレベーターに挑みかかっているようだった。それがウィロビー・デルという男なのだ。

エレベーターボックスが到着し、ドアが開いて誰かが降りて来た。中肉中背の男で、やや頰がこけ、薄い白髪のかたまりが頭の上にふんわりと載っている。だぶついた服を着て、足にはいわゆる〝移住者《ニュー・オーストラリアン》〟たちが好むような厚いゴム底のスエードの靴を履いていた。べっこう縁の色つき眼鏡で目は隠れ、口と顎は薄いスカーフに覆われている。その姿を見たミスター・デルの同伴者は、まるでひと昔前のミュージシャンか、頭の鈍い博士のキャラクターのようだと思った。男は急ぎ足で玄関を通り抜けてイサカ・ロードへ出て行った。

「ふん！」ミスター・デルが小ばかにするように鼻息を鳴らす。

「どうしたね？」同伴者である老紳士が尋ねる。黒い帽子の広いつばの片側を上げ、もう一方を下げてかぶり、ひどく古ぼけた時代遅れの黒いマントをまとっている。

返事の代わりにミスター・デルは老紳士をエレベーターの中へ押し込み、続いて自分も元気なウサギのように飛び乗ると、自宅のある十一階まで連れて行けとばかりにボタンを乱暴に押した。現在は〃ワームウッド及びゴール伯爵〃（〃ワームウッド（ヨモギ）とゴール（胆汁）〃で「苦々しいもの」の熟語）を名乗っているこの同伴者は、芝居がかった仕草でマントをまとい直し、頑丈なステッキの黄ばんだ象牙の取っ手に手を載せて、ふさふさの眉を片方だけ上げて見せた。

「あれは、ニュー・オーストラリアンだ」ミスター・デルが説明する。「うちのすぐ下の階に住んでる。クレシックという名だ。アルトヴァイラー・クレシック」

「ほお！」ワームウッド及びゴール伯爵が声を上げた。

「チェコスロバキアだかどこだか、あの辺りから来たらしい。まだよく知らないが。先週越して来たばかりでな」

「素晴らしいね」伯爵が感想を述べた。「実に素晴らしいじゃないか、我が国に移り住んだばかりの人間がこれほど早く自分の住居を構えられるとは」

「金《かね》だよ。金は世界共通言語なんだ……さあ、着いた」エレベーターが止まると、ミスター・デルが元気よく言った。「降りるぞ」

廊下を挟んで、エレベーターを降りたほぼ真向かいにドアがあった。

「そこじゃない。それはキッチンのドアだ。いったいなんでこんなところにつけたのかは神のみぞ知るだが。若い間男を引っかける罠のつもりかな……こっちから入ってくれ」そう言って、一つ奥のドアの前で立ち止まった。

そのドアを開けると、小さなロビーがあった。ウィロビー・デルは伯爵の帽子とマント、それにステッキをもぎ取るようにして衣裳棚に入れ、続けて自分の帽子もその中に放り込んだ。階段を三段跳ねるようにして降りた先に広がるラウンジには、すでに何人かの客が立ったり腰を下ろしたりして、明らかに主の到着を待っていた。

ウィロビー・デルは背の低い小太りの男で、髪は一本もなく、酒飲み特有の赤い鼻と、喫煙者特有の咳と、甲高い声の持ち主だった。きびきびとした命令口調でしゃべり、フォーフィンガー分のウィスキーを〝一杯〟、使用人の男を〝うちの従卒〟と呼んだ。その使用人のほうは、自らを〝紳士に仕える紳士〟だと反論することを除けば、その役割に満足しており、控えめに黙々と能力を発揮して、指示を待つことなく完璧な結果を提供した。

ミスター・デルはシドニーではかなりの著名人だった。その名は一般にもよく知られていた。ウィロビー・デル金属管株式会社と、その子会社であるウィロビー・デル金属工芸品株式会社の両方の取締役会長を務め、最大株主でもあった。そのほかにも様々な会社の役員を兼任している。だが、ウィロビー・デルと名のつくその二社こそは彼自身の会社であると同時に子どものようなものであり、そのために身も心も捧げてきた。親会社のほうはアルミニウム合金チューブの輸入と加工をしていた。子会社は親会社から仕入れたアルミ合金チューブを使って、テーブルやら椅子やら、水道管の工事屋が夢でうなされそうなデザインの家具やらを作り、ついでにさまざまな台所用品も製造していた。ウィロビー・デルはこうして双方から利益を得ていた。実のところ、作った製品を自分の手で消費者に直接販売できないことを内心では残念がっていた。だが、その代わりにいくつもの放送局で広く粘り強い宣伝をし、常に自分の名前を人々の前にさらし続けていた。

ミスター・デルは〈リンドフィールド・ホール〉のアパートメントのほかに、シドニーから何マイルか離れた海岸沿いに海辺のコテージを所有していた。彼ほど多方面に興味を持って熱中する男にとって住居は一カ所では足りず、例の使用人とともにエリザベス・ベイとヤルーガをほぼ均等に行き来していた。エリザベス・ベイのアパートメントは、言わば彼にとっての本拠地だ。一方のヤルーガは、半ば片田舎の隠遁小屋のようなもので、あれこれ考えたり、次の宣伝戦略を企画したりできる場所だった。

都会にいる間は、ビジネスチャンスに繋がるきっかけはないかと目を光らせながら、たびたび派手なパーティーを開いていた。こうして〈リンドフィールド・ホール〉の最上階の部屋は、しばしば騒々しい大酒飲みの浮かれ屋たちでごった返すのだった。下の階から怒った住人が腹に据えかねて何度か抗議に乗り込んで来たが、ほとんど効果はなかった。たいていはまちがったドア、あのエレベーターの向かいのドアを激しくノックしたからだ。やがてもの静かで有能な使用人のストーナーが威圧するように厳かに姿を現し、まるで執拗な司祭に教会の会議を妨害された大司教のように、凍りつくような礼儀正しさで彼らの抗議を受け止めるのだ。一方のヤルーガには、ウィロビー・デルは親しい仲間をひとりかふたりだけ連れて行き、瞑想するか、体を休めるかして過ごした。何よりも穏やかな静けさが優先される場所なのだ。

少なくともミスター・キャリー・ボランドが、言わば爆弾を放り込むまでは……。

ミスター・ボランドというのは、ヤルーガでミスター・デルの隣に住んでいる男だった。ミスター・デルがヤルーガにいる間、ふたりはすぐ隣同士で暮らし、親しい友人になることはないものの、礼儀正しく言葉を交わす仲だった。それがある日突然、キャリー・ボランドは崖から飛び降りたのだ。もちろん、これまでにも崖から飛び降りた人間は大勢いるだろう。嘆かわしいことに、シドニーの歴史はそうした残念な事件にあふれ、ハーバーからサウスヘッドの脇へ回り込んだ〝ザ・ギャップ〟などは身投げの名所だ。当局が飛び降りさせまいとして、乗り越えられないほど高いフェンスを端から端まで張り巡らせるまでは、ハーバーブリッジから永遠の彼方へと飛びたった人間はかなりの数にのぼるだろう。だが、その不運な人たちがミスター・ボランドと決定的にちがうのは、当然ながら彼らはみな下まで落ち、やがて死体となって回収されたことだ。ミスター・ボランドは下まで落ちることはなかった。そして死体も回収されなかった。

ミスター・ボランドがヤルーガの崖から飛び降りる瞬間は目撃されている。高さ百五十フィートの、まるで鉛直線《えんちょくせん》のように垂直に切り立った崖だ。その岩肌はガラスほどに滑らかで、人間の手のひらのようにむき出しになっている。ひび一本ない一枚岩の壁であり、穴や洞窟、窪みや割れ目、覆いや隠れ場所など、何の痕跡もない。

ミスター・ボランドはその崖の上から飛び降りた——そして下に着くまでに忽然と消えたのだ。

# 第三章

その夜の〈リンドフィールド・ホール〉の会は、パーティーと呼ぶにはほど遠かった。選ばれた数人のビジネスマンが静かに集まっていた。女性もふたりだけ来ていたが、どちらも欠かすことのできない存在だった。主賓はミスター・ボロップという男で、海外に拠点を置く〈ピクルプス・バンブルスコッチ・アンド・ボロップ社〉（少なくとも彼を紹介されたとき、ワームウッド及びゴール伯爵の耳にはそんなふうに聞こえた）の役員だった。ふたりの女性のうち、年かさのほうはボロップ夫人だ。ウィロビー・デルが帰って来るまで、彼に代わってホスト役を務めていたのは、サム・スターリングだった。サムはウィロビー・デル金属管株式会社で秘書をしているだけでなく、ミスター・デルの甥でもあり、そのアパートメントに同居していた。

ミスター・デルは陽気に、伯爵を素早く紹介して回った。「そして彼女が」と、ようやく最後に年下の、そしてずっと魅力的なほうの女性の前で言った——それまでほかの客たちとは離れたところで使用人と話していたために後回しになっていたのだ——「わたしの娘のアンジェラだ……アンジェラ、こちらはミスター・ベルモアだ」

ミスター・デルは二度結婚していた。最初の妻は、いつだったか忘れてしまうほどずっと以前に亡くなり、二番めの妻は彼を置いて出て行った。双方合意のもと、別居する自由と娘の親権を法的に認められた妻は、以来六年間というもの、ハーバーの反対側にある一軒家でアンジェラと何不自由なく暮らしてきた。ミセス・デルいわく、夫の元を離れたのは息が詰まりそうになったからとのことだ。だから〝自分らしく〟いられるように、別々に暮らすことにしたのだと。娘のアンジェラは今年二十二歳になった。脚がすらりと長く、金髪の美人ではあったが、シドニーに何千人といる足長の金髪美女と見分けがつかない。アンジェラのほうは、精力的な父親を息苦しく思うどころか、むしろ一緒にいるのが楽しいらしく、彼が主催するパーティーではたびたび率先してホステス役を買って出た。ミセス・デルはそれを必ずしも快く思っていないらしく、アンジェラがサム・スターリングと結婚してしまうのではないかと心配しているようだった。一方サムはと言えば、彼女が結婚してくれないのではないかと心配しているようだったが……。

「はじめまして」アンジェラが手を差し出した。「あの――ミスター・J・モンタギュー・ベルモアでいらっしゃいますよね？」

「いかにも」ふさふさの眉の下で目を輝かせながら〝伯爵〟が認めた。「お目にかかれて光栄だよ、お嬢さん」

ふたりを残して、デル・パパはその場を立ち去った。ミスター・ボロップを急襲し、ウィスキーと葉巻を楽しんでいるその頭の切れそうなビジネスマンに狙いを絞ったのだ。ほかの客たちはミセス・ボロップのご機嫌をとっていた。やたらと陽気なご婦人だったが、アンジェラは密かに〝子羊の格好をした羊肉〟とレッテルを貼っていた。そばに来たストーナーのトレーからサムがグラスを取って半ば無理やりミスター・ベルモアの手に持たせ、アンジェラは親しげに腕をからめた。

「ミスター・ベルモア、どうぞこちらに来ておかけください。サムとわたしで精いっぱいおもてなしさせていただきますわ」

ミスター・ベルモアは優雅な仕草でアンジェラと並んだ椅子にゆったりと座った。サムはその椅子の肘かけに腰かけた。少しの間、若いふたりは好奇心をあらわに彼を眺めていた。ニューサウスウェールズじゅうの、ひょっとするとオーストラリアじゅうの誰もがそうであるように、ふたりもJ・モンタギュー・ベルモアという名前はよく知っていたが、生身《なまみ》の彼を目にするのは初めてだった。老モンティ・ベルモアは、直接会わなければ実在する人間なのかさえ怪しまれていた。すでに何かのキャラクターのように、ほとんど漫画のような存在と化していたからだ。彼は年配の俳優だった。舞台の上でも、舞台を降りても、積極的に役になりきるタイプの役者の最後のひとりだ。根っからの舞台人の、最後の生き残りだった。

J・モンタギュー・ベルモアという人物については、もう少し詳しい説明が必要だろう。外見は、恰幅がよく堂々としている。振る舞いは、常に礼儀正しい。口調は、ややもったいぶって雄弁。服装は、少しばかり風変わりで時代遅れな格好をする。尊大な雰囲気を醸し出す例のつば広帽子に加えて、首の回りには、何やら二重に巻いて大きな蝶結びを作る古風なアイテムを愛用していた。柔らかなヤギ革の軽量ブーツ――若く無礼な同業者からは、ゴム長靴と酷評されている――の上に、折り返しのないズボンの裾がまっすぐにかかっている。中でも彼の一番の宝物は、虫食いだらけという印象のマントだ。彼が言うには、そのマントはかつて、いまや伝説の人となったサー・ヘンリー・アーヴィング（一八三八年～一九〇五年、ドラキュラ役で有名な英国の俳優）の物だったらしい。どこへ行くにも頑丈なステッキを持ち歩いたが、その象牙の取っ手は長年使い込まれてすっかり黄ばんでいた。彼はそのステッキを大いに活用し、華麗に回転させたり、取っ手を振りながら話を強調したり、気を抜いた相手の胸骨を叩いて自分の主張を締めくくったりした。

とは言え、そのような芝居がかった小道具がなくとも、老モンティ・ベルモアは実に目立つ人物だった。真っ白な髪、白く太い眉、高貴そうな長い鼻、それに俳優特有のよく動く口。だが何と言っても一番の特徴は、その素晴らしい声だ。深く、落ち着いた、よく響く声だ。たとえひどく日常的なつまらない会話をしていても、その声で言われるだけで何でも実際より素晴らしく、生き生きと聞こえる。芝居の仲間内では、老モンティ・ベルモアがジャムのラベルを読み上げれば、まるで〈ルバイヤート〉（アラビアの四行詩）のように聞こえるはずだとの噂だった。

それでも、これだけの資質に恵まれながら、彼は名優にはなれなかった。それどころか、現在の基準をあてはめれば、立派な大根役者だった。舞台で活躍した時代からすでに二十年が経っている。だが、舞台俳優としての日々に幕が下りるのと同時に、別の興業媒体での出番が増えていった。今も活躍を続けているラジオの連続ドラマだ。初めの頃に比べると、すっかり各家庭に欠かせない娯楽へ進化と発展を遂げ、今や煙草や頭痛薬と同じような効能と常習性をもっている。少なくとも、まだテレビのないオーストラリアにおいては。つまり、モンティは舞台からラジオへと活躍の場を移し、その美声と人柄――さらに、残念ながらごく一般的なオーストラリアのラジオ局において大根役者が不可欠だという事実――のおかげで、彼は大成功を収めていたのだ。

モンティはこれまでも常に演じる役柄になりきっていたが、舞台では公演ごとに一つの役柄に集中できた。だがラジオの仕事では、ひとりの俳優が一度に十以上もの役を演じ分けることができる。モンティにもそれができた。おかげで彼はもはや普通のひとりの人間ではなくなり――それまでも普通の人間ではなかったが――ラジオで演じるすべての役柄の集合体となった。順番に、驚くほど素早く人格が入れ替わっていく――ウェアリング卿、円卓の老騎士、オフリン牧師、スネークベンドの謎に満ちた哲学的な隠修士、それにどこかのおじさんが四人か五人。つい最近までは、マシュマロ公爵でもあったのだが、その年老いた貴族はついにマシュマロ家の霊廟に手厚く葬られ、今は別の古風な貴族が取って変わっていた。それはまったく新しい役だったため、モンティはその人物像を摑もうと努力中で、ほかの役は今のところすべてなりを潜めていた。ようやくワームウッド及びゴール伯爵になりきれそうなところなのだ。モンティにとって役を演じるのと生きるのは同義だったため、彼は今、ワームウッド及びゴール伯爵その人だった。

J・モンタギュー・ベルモアは老いぼれ役者であり、使い古しとも言えた。だがその外見の奥底には、鋭い頭脳が秘められていた……。

その夜の集まりは、前述のとおり、パーティーと呼べるようなものではなかった。部屋の隅にいたアンジェラ、サム、モンティの陽気な三人組は、どうにか場を盛り上げようとしたものの、いくらもしないうちにウィロビー・デルがミスター・ボロップとの内密の会談にモンティを呼び寄せた。そこでアンジェラとサムは、ミセス・ボロップと彼女を取り巻く年配の紳士たちに合流したが、話は弾まなかった。全般的に若者にとっては非常に退屈な夜となり、アンジェラは従兄に向かって小声でそう伝えた。

「そうだな」サムも小声で返した。「今夜はどうしても大きな課題があったからね」

「大きな課題って、どういう意味?」

「まあ……仕事がらみだよ。ミスター・ボロップに新しい連続ラジオドラマに出資してもらおうと、ウィロビー伯父さんがあの手この手を使ってるのさ」

「ああ、なるほど。それでミスター・ベルモアを連れて来たのね——それに遅れて来た理由もわかったわ。ミスター・ベルモアにまで片棒を担がせようというつもりなのね」

「片棒だって？　J・モンタギュー・ベルモアは、番組の顔だよ！　あの高貴な雰囲気を見たかい？　きみのご立派なお父上は、ああいう貴族がらみの話が大好きだからね。ベルモアはまさにぴったりだ」

　会は比較的早くお開きになり、その後サムに自宅まで車で送ってもらったアンジェラでさえ、真夜中にはすでにベッドで熟睡していた。その翌日、ミスター・デルはJ・モンタギュー・ベルモアを連れて、ヤルーガのコテージへ出かけた。

# 第四章

ヤルーガはシドニーから海岸沿いに北上したところにあって、太平洋の真っ青な海から朝日が昇り、ビーチの砂は黄色くて温かい。海岸に沿って小さなリゾートや、〝カールカール〟〝ディーホワイ〟〝コラロイ〟〝ナラビーン〟〝ビルゴラ〟といったおかしな地名の集落が点々と並んでいる。

ヤルーガは高い崖の上にあり、開けた海を見下ろしている。崖の下には大きな平たい岩が横たわっていて、数えきれないほどの浅い穴と、やけに細く直線的な無数のひびや割れ目に覆われたその岩は、上から見下ろすと、まるで正確な目を持つ手先の器用な巨人が人工的に溝を削ったように見える。横幅三十ヤードほどの岩の縁に釣り糸を垂らして立つ寡黙な男たちは、釣果がほとんどないことなど気にするまいとしかめっ面だ。その背後では子どもたちが駆けまわり、大声を上げながら漂着物を探している。岩の右手には、金色の砂を撒いたような美しい小さなビーチと、緑の草に覆われた傾斜地が広がっている。崖の上に住んでいるのは、ほとんどが温和で忍耐強い人々だ。ただし週末ともなると、彼らも少しばかり怒りっぽくなる。シドニーの人口の半分が押し寄せて来たと、不満げに口を揃えるのだ。もちろんそれは大げさではあるが、たしかに長い夏の間は毎週末おびただしい数の観光客がやって来る。あらゆる車種や製造年の乗用車が連なって来て、いつの時代にもおなじみのあの恐怖が真昼の太陽の下に露わになる。ファミリーという名の爆弾だ。投げ下ろされる貨物のように車から飛び出した人間どもは、銘々の楽しみを追求しに散って行く。崖の下の平たい岩の上で直立不動のまま日がな一日釣り糸を垂れる者、波打ち際を飛び跳ねた後で砂浜に寝そべる者、ポリネシア人ほどに肌を焼いて初期の皮膚ガンを引き起こす者、走りまわって雄たけびを上げる者と、年齢によって分離される。

大まかに言えば、この集落には家の建ち並ぶ直線状の道が二本、垂直に交差している。短いほうは崖の縁から遠ざかるように斜面をくだり、ちょうど下のビーチに沿って走っている。長いほうの道は崖の縁と平行に伸びている。ところどころに何も建っていない空き地が残っており、そのせいで辺り一帯は家がまばらな印象を受ける。並んで建つ家々からフェンスのない崖に向かっては、ごく緩やかな下り坂になっており、家と崖の間——崖から三十ヤードほどのところ——を横切るかすかな土道には、仰々しくも〈ウィロビー・デル・ドライブ〉という名がついていた。

ウィロビー・デル本人も、建物が立ち並ぶ真ん中あたりに隣接する二軒のコテージの片方を所有しており、双方の隣がそれぞれ数軒分ずつ空いていたため、その二軒だけが孤立していた。家の外には普通の一軒家にあるようなポーチに加え、ガラス貼りのベランダまでがついていて、ミスター・デルはそのコテージを〈ザ・バンガロー〉と命名していた。

隣のコテージにはミスター・キャリー・ボランドが住んでおり、そちらの通称は〈フォー・ウィンド〉だった。

キャリー・ボランドは四角張った顔の中年男性で、体格は中肉中背、濡れたように艶やかな黒い髪と、やや硬そうな四角い口髭を生やしていた。その口髭もかつては頭髪と同じように真っ黒だったが、近頃は白いものが目立つようになってきた。良き隣人ではあるものの、物静かで面白味のない男だった。いつも真面目な顔をして感情を表に見せず、滅多に笑いもしなければ、ほとんど話もしない。〈フォー・ウィンド〉でのひとり暮らしでは何でも自分でこなし、たびたび日帰りで、ときには何日か泊りがけでシドニーまで行っているようだが、出がけにも戻るときにもほとんど隣に声をかけることはなかった。ヤルーガの住人は彼についてあらためて考えたことはなかったものの、きっと引退した、あるいは半ば引退したようなビジネスマンだろうと思っていた。ただし、どんな仕事をしていたかは知らなかったし、興味すらなかった。

少なくとも、ウィロビー・デルがモンティ・ベルモアを連れてやって来たあの日までは。その直後、ボランドの名は一気に新聞の見出しを飾るのだった。

ミスター・デルはJ・モンタギュー・ベルモアを助手席に、ストーナーを後部座席に乗せて、シドニーから慎重に車を運転して来た。〈ザ・バンガロー〉に着いたのは、ちょうどキャリー・ボランドが車で〈フォー・ウィンド〉を出発しようとしていたところだった。ミスター・デルの車は、所有者の気性にぴったりだった。高級そうなアメリカ車は戦車のように重厚で、クロムのボディは光を放ち、ロケットのごとく加速した。ボランドの車はより落ち着いたイギリス車で、車内は狭かったが、その分車体は優美なラインを描いていた。おそらくは同じぐらいのスピードが出せるのだろうが、あえてそれをひけらかそうとしないのだ。

「ふん！」ミスター・デルは自分の車庫の扉の前に車を停め、隣人も隣の車庫の扉の前にいるのに気づいた。

「どうしたね？」昨夜の会話を繰り返すように、モンティが尋ねた。

「あれは、ボランドだ。本人だよ」

「ほお！」モンティが納得するように声を上げた。

どちらの車庫もコテージの後ろの、プライアー・ストリートという細い裏道に面していた。ウィロビー・デルは大きく膨らんだソフトレザーのブリーフケースを引っ掴み、車のドアを開けてウサギが跳ねるようないつもの足取りで飛び出した。モンティは助手席側のドアを開け、ワームウッド及びゴール伯爵にふさわしい優雅さと高潔さをふりまきながら降り立った。その後ろでは、ストーナーがスーツケースを掻き集めていた。

今日のモンティはマントを着ていなかった。非常に暖かな陽気のせいもあるが、アーヴィングのかつての愛用品はもっぱら公式の場でしか着用しなかったからだ。が、ステッキだけは持って来ており、モンティはそれを体の正面で地面について象牙の取っ手に両手を載せ、辺りを見回した。目の前に広がるヤルーガの景色と言えば、隣り合う二つの車庫、脚をほぐそうと地面を踏み鳴らして歩く背の低い小太りのウィロビー・デル、濡れたような黒髪と黒白入り混じった四角い口髭の真面目くさった顔の男、それに車庫の後ろにぼんやりと見えているコテージの輪郭ぐらいのものだった。それ以外は、何もかもが濃い霧にかすんでいたのだ。

そう、濃い霧に……。

正確に言えば、それは本物の霧ではなかった。強烈に圧縮された濃密な大気、巨大な煙霧だ。

この季節になるとシドニーを含めた東海岸沿いに見られる現象で、この巨大な煙霧は夜明け頃に現れ、正午には晴れる。だが、ときには一日じゅう居座ることもあり、刻一刻と濃さを増したかと思うと夜になってから、急に現れたのと同じく忽然と消え去る。それでもまた夜明けになると、新たに生まれた煙霧が取って代わることもある。たしかに一年のうちにそう何度とはないものの、起きるときには連続する性質があった。そして今回のような非常に珍しいものとなると、視界はクリケットのピッチの長さほどしかなく、ウィロビー・デル・ドライブの歩行者の目からヤルーガの崖の端はすっかり見えなくなり、その手前に建つコテージは、どれほどの奥行があるかわからない汚れた綿のかたまりの中のぼやけた形しか認識できず、ヤルーガ一帯が影となって宙に浮き上がっているかのように見えた。

ウィロビー・デルが綿のかたまりの奥へ目を凝らす。「おはよう、ボランド」朗らかに声をかけたものの、時刻はすでに午後になっているはずだ。「シドニーまで行くつもりか？」

キャリー・ボランドは言葉少なに、だが礼儀正しくそのとおりだと伝えた。

「運転するには、ひどい天候だぞ」ミスター・デルが忠告する。

ボランドはたしかに少し濃いめだと認めた。

「少し濃いめだと？　まるきりの濃霧じゃないか。ずっと先までこんな調子だぞ。しっかり目を凝らして運転しないと……ところで、紹介しておこう。こちらはミスター・ベルモアだよ、キャリー。ほら――例のラジオドラマの……モント、こちらはキャリー・ボランドだ」

ウィロビー・デルは、オーストラリア人なら誰でもするように、すぐに相手をファーストネームで呼びたがり、それはキャリー・ボランドに対しても同じだった。J・モンタギュー・ベルモアに至っては〝モント〟に縮められ、それ以上短くするのが不可能な域にまで達していた。

ふたりは握手を交わした。ボランドはにっこりとほほ笑んで、興味深そうにモンティを見つめた。

「お会いできて光栄です、ミスター・ベルモア。お名前とお噂はよく存じ上げていますよ」

モンティのほうも同じぐらいの好奇心を抱きながら、ミスター・デルの隣人を眺めていた。そうか、今朝新聞で読んだキャリー・ボランドとは、この男のことか。モンティはステッキの取っ手で自分の胸を叩いた。

「何をおっしゃる」かのジョンソン博士（サミュエル・ジョンソン、一七〇九〜一七八四、英国の文学者）の言いそうな大げさな口調で返す。「光栄なのはお互いさまというものです」

ストーナーが車庫の扉を開け、車を中に入れようとしていた。ミスター・デルがきびきびと言った。「さて、さっさと中に入って、喉に貼りついたスモッグを洗い流すとしよう。一杯どうだい、キャリー？　出がけに一杯やって行かないか？」

だがキャリー・ボランドは丁寧に断った。早く出発したいのだと言う。「ところでウィロビー、今回の滞在予定は？」

「二日ほどかな、たぶん」

「そうか。わたしも明日には戻って来るつもりだ。シドニーに行くついでに、何か用事はないかい？」

ミスター・デルはクックッと笑ったが、いつものように笑っているうちに咳き込んだ。「そうだな、それなら、例のウィスキーをまた一本か二本頼めるかな……」

ボランドは承知したというようにうなずいた。良い一日をとふたりに言い残し、車に乗り込んで出発した。ウィロビー・デルはコテージまでの短い距離を、裏庭の小道をドシドシと踏み鳴らして歩き、その後ろをワームウッド及びゴール伯爵が上品にゆっくりとついて行った。デルは老紳士を家の正面のガラス張りのベランダへ連れて行って、座り心地のいい古い椅子にかけさせた。その椅子に座ると、足載せ台に足を上げて、三方を煙幕に取り囲まれたような外の様子が見渡せた。

「帽子とステッキは床に置いておくといい、モント。じきにストーナーが片づけて、あんたを部屋まで案内してくれるはずだ。それまで、さっき言ってたように一杯やろうじゃないか」

「どうもありがとう」モンティが静かな口調で言う。「そうさせてもらうとしよう」

ミスター・デルの言う〝一杯〟とは、指四本分のウィスキーのことだ。モンティのために注いだグラスを手に持ったまま尋ねる。

「何か入れるか？」

老役者は一刻も早くそのグラスが欲しかった。「いいや、J・モンタギュー・ベルモアは上等なウィスキーの薬効を薄めることをよしとする人間ではない！」

ミスター・デルがまたクックッと笑ううちに、当然ながらそれは喫煙者の宿命たる咳に変わった。再びデカンタに向かい、自分用に気前よく酒を注いだ。その香りを嗅いで、唇をやたらとやかましく鳴らしながらすする。

「どうだい？」

「スコッチだ、こりゃ驚いた！」モンティが大きな声で言う。「本場ハイランドの美酒だ！」

「あんたならわかってくれると思ったよ。ボランドからもらったんだ。どこで手に入れて来るんだか――それにどうやって手に入れるのか、かねてから不思議に思っていたんだ。実に希少な、上等な品だろう。だが、その謎もようやく……」デルは肩をすくめ、短く太い首の許す限り頭を後ろに反らすようにして、グラスに残っていた酒を一気に喉に流し込んだ。

「ほお！」モンティが思慮深く言った。「なるほど、あれがキャリー・ボランドなのだな」

「そうさ。人間は外見じゃわからないという典型的な例だろう。このスモッグの中、シドニーにどうしても行かなきゃならない用事とやらがどんなものか、あんたもよくご存じのとおりだ——委員会に呼び出されてるんだよ」

ウィロビー・デルが言っているのは、酒類問題に関する調査のための王立委員会のことで、今頃シドニーで開かれているはずだった——どういうわけか、酒についてはほかの商品とはちがって〝事業〟や〝業界〟とは言わずに〝問題〟と呼ぶようだ。この委員会は特にこの〝問題〟に思い切ったメスを入れており、そこで明らかにされた事実が新聞紙面を賑わせていた。酒を巡る闇取り引きを白日のもとにさらけ出すと、日頃から密売のニュースに慣れて極端に無関心になっていたシドニー市民でさえ、さすがにその規模と影響の大きさに言葉を失った。深い水底から引き上げた網に、思いがけない魚が何匹か引っかかっていた。その中でもひときわ大きく珍しい魚の一匹が、キャリー・ボランドだったのだ。

ボランドがどんな仕事をしているのかは、もはや謎ではなくなった。無害でやや無口な、半ば隠居した見た目とはほど遠く、闇市場《しじょう》を牛耳る凶悪なひとりとして報道された。ワインと蒸留酒の販売事業を始めるという名目で取得した認可を隠れ蓑に——結局その事業は一度も実現されることはなかった——実のところ、驚くほど大量の瓶ビール——シドニーでは常に品薄状態だ——と、輸入蒸留酒を高値で売っていたのだ。シドニーで言うところの〝カモ業者〟に品物を卸し、顧客は主にレストランやナイトクラブ、場末のバー、大衆酒場、うらぶれた飲み屋など、酒さえ仕入れられるなら値段は二の次という店ばかりだった。こうした商売を長く続けた末に、ついにその責任を問われることとなったのだ。しかも、それは彼の裏商売のほんの一つに過ぎないらしいと、訳知り顔の男たちは噂し合っていた。

「ほお！」モンティは再びミスター・ボランドのハイランドの美酒をじっくり味わいながら言った。「さっきはさほど不安そうな様子には見えなかったが、まあ、不安がるほどのことでもないのかもしれない。連中に何ができると言うのだ、デル？　王立委員会は、刑事裁判ではないのだから」

「所得税」ミスター・デルがひと言言った。

「何だね？」

「所得税だよ。……なあ、モント、王立委員会には所得税の専門家が四人もいる。お決まりの四人だ。今頃はあぶり出した不正に狂喜して、鉛筆を削っていることだろう。何と言っても、大収穫だからな！　正確な数字を委員会に提出して――宣誓した上でだ――すべてを暴く。きっと一年分ずつさかのぼっていくつもりだ――」咳払いをしようと話を中断したデルは、また咳き込んだ。「今のキャリー・ボランドの立場にはなりたくないものだね。調査が終わる頃には、きっと一万ポンド近く持っていかれるだろう」

「一万――これこれ、モンティ・ベルモアの息を止めるつもりかね！」自分のことを第三者のように話すのはモンティのいつもの奇妙な癖だった。もう一つは、相手をファーストネームで呼びたがらないこと。初めて会った瞬間からファーストネームで呼び合うのが当たり前の国にあって、モンティは例外だった。「だが、あの男に対する――その――申し立ては、まだ立証されていないのだろう？」

「立証されるさ。真実だからな――そう、真実に決まってる。それに、キャリー・ボランドが根っからの馬鹿でなきゃ、自ら認めるはずだ。そうしないと偽証罪で訴えられて、今度こそ刑務所行きだからな。何て言ったって、誰かが密告したのはまちがいないんだ、それもかなりの情報を」無意識のうちにまた自分のグラスに〝一杯〟注ぎ、持ち上げて光にかざした。「それにしても残念だな。もうこれも飲めなくなるってわけだ」

# 第五章

　サム・スターリングはデスクの電話に手を伸ばし、番号をダイヤルすると、煙草に火をつけて相手が出るのを待った。

　しばらくして電話の向こうで声がした。「もしもし?」いい声だ。おおかたのオーストラリア女性の鋭い声音とはちがって、温かくて親しみやすい心地よさがある。ああ、アンジェラの声だ。

「お世話になっております」サムが仕事用の話し口調で言った。「こちらはウィロビー・デル金属管株式会社の親代《イン・ロコ・パレンティス》わりの取締役兼秘書です」

「あら、なんだ、サムね……今のはどういう意味なの? ロコ・パレンティスなんとかって」

「つまり、デル・ファミリーの家長は現在ビジネス界を留守にしているという意味だ。全責任は、若き主《あるじ》の両肩にずしりとかかっているのさ。この王国を治めるというのはね、エンジェル、そりゃ多岐にわたる激務で——」

「いったい何を言ってるの?」

「きみにはわかってもらえまい」サムは悲しげな声を出した。「権力に伴うこの痛みを。ぼくは完全なる孤独のうちにこの席に着いている。人の上に立つ権限を持ち、智天使《ケルビム》や熾天使《セラピム》とともに座している。ある男に〝去れ!〟と命じれば、彼は去りぬ。また別の男に〝来い!〟と命じれば、彼は来たりぬ――」

「なるほど、たしかにあなた、いかれてるわね《ロコ》」

「……ある若き乙女に〝長《おさ》たるフログベントとその息子たちおよび一族についてのパピルスをここに持て〟と命じれば、彼女は〝御意、スターリング様、今すぐに〟と答えるも、女性用化粧室に駆け込みてはや十五分、その面《おもて》に軟膏や香油を塗りたくるばかりなり」そこでサムは唐突に普段の口調に戻った。「それできみのことを思い出したんだ、エンジェル。今夜は何か予定があるのかい?」

「まあ!……いいえ、特にないと思うわ。どうして?」

「いや、一緒に食事でもしないかと思ってさ。飲み食らい、あるいは一、二曲ともに踊らん――」

「まあ!」ミス・アンジェラ・デルはもう一度そう言ってから、考えられないほど優しい口調で答えた。「完全な孤独と〝ロコ何とか〟ですっかり寂しがっている若き主が、この若き乙女にまで命令しようってわけね」

「ちがうよ、エンジェル、ぼくはそんなこと――そんなつもりで言ったんじゃないのは、きみにもわかるだろう」

「ええ、サム、よくわかっているわ。でも、別の言い方もできたでしょう。たとえば、ミスター・ベルモアならきっと――」

「ベルモアだって!」サムが腹を立てたように言った。「じゃあ、よく聞いててくれよ。エンジェル・ダーリン、今夜きみと夕食をともにする栄誉を、ぼくに与えてはいただけないだろうか?」

「そのほうがずっといいわ」

「どうかイエスと言ってくれ。きみがいればその場に優しさが降り注ぎ、虚しく寂しいはずのぼくの時間が美しく輝くことだろう」

「ああ、サム、素晴らしく詩的ね！」

「きみを称えるために華麗な花で食卓を飾ろう、もっとも、きみの可憐さの前ではその美しさもしぼむだろうが。最高級のワインもきみの前に並べよう、もっとも、きみの瞳のきらめきを前にしてはその輝きなど翳るだろうが――」

「驚いたわ！」

「それで――えっと――どうかな？」

「そこまで言われて、断われるはずがないでしょう？」

「よかった。じゃあついでに――ぼくと結婚してくれないか？」

「よしてよ、サム！」

「え？」サムは軽いパニックを起こしながら訊き返した。彼女にプロポーズをするのは初めてではなかったが、これまで曖昧にかわしてきたアンジェラが、これほどあからさまに機嫌をそこねたのはまったく初めてだったからだ。

　電話の向こうから、抑えようとしたもののこぼれ出したような笑い声が聞こえてきた。アンジェラがサムの声色を真似て言った。「エンジェル・ダーリン、食い物や酒の話が出たついでに、結婚しないか？」

「そういう意味で言ったんじゃ――」サムが口ごもる。「全然そんなんじゃなかっただろう。ぼくは誠心誠意、真剣に――第一、話のついでっていうのは、きみのことを話してる流れでってことだ。そう言ったじゃないか――」

「ええ、わかってる、わかってるわよ……あのね、サム」また深刻な声に戻っていた。

「えっ？」息を詰めてサムが訊き返す。

「サム、今夜は何を着て行ったらいいかしら？」

サムが唸り声を漏らした。またしてもうまくかわされた。「なんだってかまわないよ」

「馬鹿なことを言わないで！　教えてくれなきゃだめよ――どこに連れて行ってくれるの？」

「そうだな……どこでもいいや。〈ロマーノ〉とか。〈ロマーノ〉でいいかい？」

「〈ロマーノ〉ね、嬉しいわ」

「よかった。迎えに行くよ、そうだな、七時ごろ」

「わかったわ、サム。ありがとう」

「よかった」サムは繰り返した。「これで決まりだね。それでさ、エンジェル、どうなの、ぼくと――？」

「サム、電話越しでなんて、やめてちょうだい！　それに、女の子をそんなに急かしちゃだめよ。ちゃんと考える時間をあげなきゃ」

「女の子ってプロポーズの返事を考えるのにどれだけ時間が要るんだよ？　ぼくにはあと五十年か六十年しか残ってないんだ――そんなにもないかもしれない」

「ずいぶんあるじゃないの」二十二歳の観点からアンジェラが言った。「先はとても、とっても長いわ」

「二十年単位で言えば、三周半だ」サムが陰気につぶやく。「おまけに、ぼくはとっくに二周めに入ってる」

アンジェラが小さくからかうような奇声を上げて言った。「まだほんの坊やだわね。もう行かなくちゃ。サム、また七時にね」

彼女が電話を切ると、サムは王国を治めるための、多岐にわたる激務に戻った。直近の緊急事項は、彼の秘書を呼び出して打ち合わせをすることだ。議題は、女性のドレスに飾る生花を贈るにあたっては、どんな種類の花を選べばよいか。たしかドレスの色は——そこではたと気づいた。彼女が何を着て来るのか、聞いてないや……。

仕事に追われた一日が終わり、サムは車でエリザベス・ベイへ戻ったが、濃い煙霧の中、数珠つなぎになった長い車の列は遅々として進まなかった。シャワーを浴びて白いタキシードの上下に着替え、部屋を出て廊下でエレベーターを待った。そのとき、花を忘れて来たことに気づいて部屋へ取りに戻った。再び出て来てエレベーターの呼び出しボタンを押す。上がって来たエレベーターボックスには、アルトヴァイラー・クレシックが乗っていた。

だぶだぶで形のはっきりしない服はいつにも増して、まるでその恰好のまま寝ていたかのように見える。ミスター・クレシックは厚いゴム底の靴で足音を立てずにエレベーターを降り、色付き眼鏡の奥で目をしばたたかせた。どうやら行き先がわからないらしい。

「誰かお探しですか？」サムが同情して声をかけた。そこできれいに髭を剃った頰のこけた顔と、ふんわりと頭に載せたような灰色の髪に気づいて、申し訳なさそうに言い足した。「ああ、そうか——すぐ下の部屋の方ですよね？　ぼくがボタンを押したからエレベーターが上がってしまったのかな？　どうもすみませんでした」

アルトヴァイラー・クレシックは頭に手を当てた。「わたし、馬鹿しました。この階、ちがいますね、イエス？　あなたは、ミスター・ウィロビー・デルですか、ノー？」

「それは伯父です。一緒に住んでるんですよ——ぼくはスターリングと言います」

「ミスター・スターリング」アルトヴァイラーは小さくお辞儀をした。「クレシック」

今のがチェコスロバキアの罵りの言葉でないとするなら、たぶんこの男の名前がクレシックというのだろう。「どうも」サムがあやふやな挨拶をした。

「ダ、ダ、ンキュー」アルトヴァイラーの返事もあやふやだった。

「それで——えっと——ぼくは下に降りようとしていたんです。あなたの階までエレベーターでご一緒しましょう」

だがアルトヴァイラーは頑として聞き入れなかった。両手を上下にばたつかせた。「わたしのせいで、あなたが遅くなりますね？　ノー、ノー。わたし、自分の足で、ボ、ボ、ーキ、ン、グ、します。階段をボーキングして降りたら、もうまちがえないです。馬鹿しました」

そう言うなり、エレベーターシャフトの周りを取り囲んでいる螺旋階段を、歩いて降り始めた。

なるほど、とサムは思った。移民という連中には、実に様々な人間がいるものだな。熱意にあふれた者、憐れを誘う者、積極的な者、一風変わった者。今のは明らかに変わり者の部類だな。

サムはエレベーターボックスに乗り込み、一階のボタンを押して出かけて行った。食べ、飲み、踊り、そして再びアンジェラに求婚するために。

# 第六章

同じ夜に、別の若い男女も夕食とダンスに出かけていた。エディ・スタッカーとガールフレンドのクエリータ・トーレスだ。と言っても、〈ロマーノ〉には行かなかった。シドニーを南へ抜けた、ジョージ・リバーにある〈人魚の旅籠《マーメイド・タバーン》〉という店だ。〈マーメイド・タバーン〉は〈ロマーノ〉ほどの高級店ではないが、価格帯はほぼ同じだ。シーフードの専門店で、実においしい料理を出す。だが客を呼ぶための趣向は別に用意されており、それが少々風変わりだった……。

クエリータはすらりと背が高く、すべすべとした小麦色の肌に艶やかな黒髪、そしてきらめく黒い瞳をしていた。その外見と異国風の名前はポルトガルの血を引く証拠だ。とは言え、彼女自身はオーストラリア生まれで、言葉、振る舞い、生き方など、どこを取っても根っからのオーストラリア人だった。

ふたりは店までタクシーで向かったが、それは極めて珍しいことだった。さらにどの店へ行くかを、エディがぎりぎりまで明かそうとしなかったのも異例だった。実のところ、今夜のエディはすべてにおいてなんとなく普段と少しちがっていた。どこか気取っていて、抑えようとしても顔がにやついてしまうようだ。クエリータはそれに気づき、彼女流の表現で指摘した。

「なんで猫の顔なの?」タクシーに乗り込み、濃い煙霧の中を車が用心深く走りだすと、クエリータが尋ねた。

「へ？」エディがぽかんと訊き返す。

クエリータは彼の顔をじっと観察した。エディは狭い後部座席で体を寄せるように座って彼女に見惚れていたため、クエリータからはちょうど彼の顔がよく見えた。どうやって眺めようと、大して面白味のある顔ではなかったが。

「今のあんたはね」彼女が説明する。「猫がカナリアを飲み込んだ上に、生クリームをボウル一杯平らげたみたいにご満悦って顔をしてるわ。何があったの？」

「何も」エディの嘘は見え見えだった。

クエリータはまた探るように彼の顔を見つめたが、とりあえず深追いしないことにした。

「なんでタクシーなの？」

「たまにはいいだろう。タクシーに乗りたい気分だったんだ、今夜は。こんな霧だから、誰かに運転を任せたかったんだよ」

それはまるきり真実とは言えなかった。エディにはご自慢の愛車がある。洒落たスポーツカーで、闇取り引きで大儲けした成果だった。だが同時に、その車はひと目でジーニアスに見つかってしまうため、ほとぼりが冷めるまでしばらくは車庫に置きっぱなしにしたほうがいいとエディは考えていた。

「車を運転するときは、周りに目を配らなきゃならない。しっかり神経を集中させてさ。でも――」エディは彼女ににじり寄った――「今夜はきみだけを見ていたいんだよ、ハニー。ほかには何も考えたくない」

クエリータがわざとらしく黒い瞳から刺々しさを消し、真っ赤な唇を開いて、きれいに並んだまばゆいほど白い歯を見せてほほ笑んだ。エディはそのほほ笑みを彼女からの誘いかけだと解釈し、肩に腕を回した。

「やめてよ、エディ」彼女は即座に言った。「髪が乱れるじゃないの」エディの手を摑んで腕を払いのける。引っ込めようとした彼女の手を、エディがしっかりと握った。「今夜はどこに連れて行ってくれるの？」

「秘密だ」

「秘密は嫌いよ。どこ――？」

「サプライズさ」エディが澄ました声で言う。「当ててみな」

彼女は顔をそむけて窓の外を見やったが、灰色の陰気臭い霧にうっすらと浮かぶ灯りと、そびえ立っているらしい建物の形がどうにかわかるだけだった。

「街の中心からは出たみたいね……エディ、意地悪はよして。教えてくれてもいいじゃないの、どうせじきにわかるんだし」

「まあ、そうだね……わかったよ、これから〈マーメイド・タバーン〉へ行くんだ」

「マーメ――！」クエリータはまたにっこり笑ったが、今度は自分自身に向けた笑みだった。おおかたの男に比べて女に鈍感なエディも、さすがに気づいた。

「なんで笑うんだい、ハニー？」

「なんでもないわ。ただ考え事をしてただけ。その店に行ったことはあるの？」

「ないよ。きみは？」疑い深そうに尋ねる。

「ないわ、噂だけは聞いてるけど。ジョージ・リバーにある新しいお店でしょう？」

クエリータはその店の話をジーニアスから聞いたことがあった。彼は店の運営に関わっていたのだ。いくつかの行きつけの店で実に奇妙な出し物を発掘し、〈マーメイド・タバーン〉に提供したのも彼だった。

「さてと」クエリータはそう言うなり、ほほ笑みを軽いしかめっ面に一変させた。「それが一つめの秘密ね。二つめは何なの？」

「二つめってどういうことだよ？」エディは本心からそう訊き返した。

「わかってるはずよ。あんたがそんなにニコニコしている理由のことよ」

「きみだよ、ハニー」エディが甘くささやいて、頬を彼女の頬にすり寄せた。すかさずクエリータが肩を大きく揺すったために、エディは咄嗟に姿勢を正し、ついでに握っていた手を放した。

「おいおい！」苦笑いを浮かべたエディが、自分の髪を直した。

「あんたの隣に、もうふたり乗ってるの？」彼女が険しい声で尋ねる。

エディは再びぽかんとして「へ？」と訊き返した。

「そっちに詰めてよ、狭いじゃないの」

「どうしたんだい？　何を怒ってるんだよ？」

「秘密が嫌いなのよ。ボーイフレンドがガールフレンドに隠し事をするのは、特に嫌い。ねえ、エディ、宝くじにでも当たったの？」

「それは……いや……正確には、ちがうかな」

「どういう意味？　正確にはちがうって」

「宝くじが当たったわけじゃないってことさ」

クエリータは長い間無言のまま、黒い瞳で睨みつけていた。

「何か、発見したのね！」

エディは苦しそうに身もだえした。話しちゃいけない、でも言いたい、彼女にいいところを見せたい。

「ジーニアスについてでしょう！　何かもっとわかったのね！」

エディの表情だけで、質問の答えは充分にわかった。

「ああ、エディ！」事情が呑み込めて動揺した彼女は、本能的に彼の腕を摑んで引き寄せた――見せかけなのかどうかは誰にも、特にエディにはまったく見当もつかなかったはずだ。「きっとそうだわ！　あんた、あいつの正体がわかったのね！」

タクシーの運転手はまるで目も耳も言葉も不自由であるかのように後部座席の会話に無反応を貫いていたものの、エディはクエリータに「しー！　しー！」と言って、警告するように運転手のほうへ頭を傾けて見せた。

「後で話すよ」ささやき声で言う。「店に着いてから」

「そんなに待てないわ」彼女は強い調子でささやき返す。「今教えて。本当に突き止めたのね？」

「ああ」

彼女はゆっくりと、しぶしぶながらエディの腕を放した。エディは早速またその腕を彼女の肩に回したが、今度はクエリータもされるままにしておいた。無言のうちに数分が過ぎていった。

「エディ！」

「ああ？」

「怖いわ」

「怖がることなんてないさ、ハニー。きみは関係ないんだから」

「あんたのことを心配してるのよ」

「馬鹿らしい！」エディが強がってみせた。

「そうやって平然と構えて〝馬鹿らしい〟なんて言ってりゃいいわよ！　あの人……向こうは知ってるの？　あんたが自分のこと、、、を知ってるって。つまり、自分の本当の名前を」

　エディは一瞬ためらってから言った。「いいや、あいつは知らないよ」

　クエリータはまた探るような目で見つめた。「嘘ね」

「嘘じゃない」

「いいえ、嘘だわ。あたしにはわかるのよ、エディ――これであっち、、、がどう出て来るか、想像がつくというものよ。それで、あんたはどう対抗するつもりなの？」

　エディは抱きしめる腕に力を込め、顔を寄せた。「わかったよ、ハニー、教えてやろう。そうしたらこの話はこれきりにするんだぞ、いいかい？」

「ふーん……」

「金と引き換えにするんだよ――」

「脅迫する気なの！」

「ジーニアスみたいな悪党を脅迫なんてできるかよ。そりゃ無理ってもんさ。ただ、おれの情報を買ってもらうんだ」

「でも、もし――」

「もし何だ？　もしあいつが話のわからない相手だったらって言いたいのか？　わかってくれるさ、ハニー。わかってくれないやつだったら、もう一度サツに行くまでさ。サツにはおれのダチがいるからね、ハニー――おれとタイソンの親父はこんな関係なんだ」

彼は人差し指と中指を堅く交差して見せた。クエリータは黙り込んだ。あっけに取られて言葉を失っていたのだ。世の中にはいくらでも馬鹿がいるけど、エディ・ストッカーほどの馬鹿はめったにお目にかかれないわ。

# 第七章

〈マーメイド・タバーン〉の入口は、直接表通りに面していた。ごく普通のビルのように、ドアを入るとまずホールがあり、光沢のある大きな受付カウンターとその後ろにデスクが一つ、カウンターの脇に事務所、そして反対側の壁にドアが二つ並んでいる。事務所のドアは海のような青緑の不透明ガラスでできており、実際にはいそうもない魚がエッチングされている。反対側の二枚はニス塗りの木製ドアで、どちらにもぽっかりと穴が空いたような丸いガラス窓がついている。こちらは普通の透明ガラスだが、片方の窓の中にはシルクハットをかぶった派手なピンク色のロブスターがステッキにもたれかかるように立っており、もう片方では、白い肌と真緑の尻尾のはにかんだような小さな人魚が、自慢げにパラソルをさしていた。会員であれば、即座にこの斬新な絵がそれぞれ紳士用と婦人用の化粧室を表しているとわかるはずだった。

エディがカウンターの女性に予約の確認をしている間、クエリータは経験豊かな鋭い目で品定めするように辺りを見回した。予約が確認され、ふたりは分厚い絨毯を敷いた六段ほどの階段を降りてレストランに通された。そこで彼らを出迎えたのが、燕尾服と白い蝶ネクタイの颯爽としたウェイター長だ。まるで戴冠式の黒杖官のように、このきらびやかなごますり男は堂々たる威厳をもってふたりを席まで案内し、もったいぶった身振りでエディの椅子を、続けてクエリータの椅子を丁寧に引いて、クエリータが腰を下ろすのを待った。それが済むと指を鳴らして子分を呼びつけ、テーブルを離れた。威厳に満ちた足取りで階段の下へ戻って行く男の後姿を見送りながら、エディは彼の落ち着きと自信を内心うらやましく思っていた。クエリータにはエディが何を考えているのかがわかったようだ。

「あれはジョー・ブラッカムよ」彼女は軽蔑するように言い捨てた。「前は〈緑のワライカワセミ《グリーン・クカブラ》〉でウェイターをしてたけど、店がつぶれちゃって。その前は〈メトロポール・ホテル〉でポーターか何かをやってたらしいわ」

その言葉で黒杖官を一気に現実の姿に引き下げると、クエリータは子分ウェイターに手渡されたメニューに見入った。

店の壁の飾りつけは、明らかに客が海の底で食事をしているというイメージを作り出す狙いらしい。席に着くと、海の中のあらゆる空想上の動植物、沈没したガレー船、頑丈そうな宝箱などに取り囲まれる演出なのだ。宝箱の一つは真正面から海底に落ちたらしく、蓋が開いていた。その宝箱の周りに魅惑的な人魚が三人集まって、百万ポンドほどの価値のありそうな様々宝飾品を熱心に観察している。

店内は正方形ではなく長方形で、船のランタンを模した不揃いの照明が壁から弱々しい光を放っている。一番奥にはよく磨かれた小さめのダンスフロアがあり、今のところ数組のカップルが気乗りしない顔でくるくると回っていた。その後ろにはプールがあった。水泳用のプールにしては奇妙で、むしろ水槽のようだ。床から六、七フィートの高さで、客に向けられた面は一枚の板ガラスでできていた。その左手にバンドのための壇があり、右手には、沈没船のハッチにうまく見せかけた出入り口があってキッチンに繋がっている。

「何だ？　あのタンクみたいなのは」エディが、やたらと媚びへつらう子分ウェイターに尋ねた。

「はい、プールでございます」

「プールだって？　なんでそんなものが？」

「ゲストの皆さまへのサービスでございます」どういうわけか、シドニーでは客のことを〝ゲスト〟と呼ぶ。

「じゃあ、泳ぎたくなったら自由にあの中に入ってかまわないってことか？」

「舞台でショーを上演していない時間でしたら、どうぞお入りください」

「水着はどうすればいい？」

「水泳着でしたら、ご用意がございます。が、近頃では常連のゲストの方々はご自分でお持ちになります。たとえば、暑い夜に急に涼みたくなったときなど」

「へえ、こりゃ驚いた！……今は誰も泳いでないようだね」

「ええ、今はどなたもいらっしゃいません。間もなく本日第一回目の公演が始まりますので。ですが、ショーが終われば……」

「こりゃ驚いた！」エディは繰り返した。「どうする、ハニー？」

「泳ぎたいなんて思わないわ」プールのことはすでにジーニアスから聞いて知っていたクエリータが言った。「食事のためにおめかしして来た女なら、水に入って化粧や髪のセットをぐちゃぐちゃにしたくないわよ」彼女はメニューを見て顔をしかめた。「これ、何なの？――〈ヘラルド〉紙の競馬情報のページ？　いったい何て書いてあるの？」

　エディは話題を食事に移した。「ほとんどはシーフードだと思うよ。それにしてもフランス語で書かれても――」彼はウェイターを見上げた。「おい、これを英語に直してくれ」

ウェイターはすぐに応じた。様々な魚料理の説明を順番に半分ほど聞いたところで、エディはステーキが食べたいと言った。

「この店でステーキなんてだめよ」クエリータが反対した。「ここは魚の専門店なんだから」

「どこでだってステーキは食えるさ、ハニー……ウェイター、ステーキだ、ミディアムで――かまわないよな？」

「かしこまりました」

「わかったわよ、あんたはステーキを食べればいい。あたしは真鯛をもらうから」

ウェイターはふたりの注文を鉛筆で書きとめた。「ありがとうございます。お料理が用意できるまで、牡蠣などいかがでしょうか？」

「牡蠣か、いいね」エディが大乗り気で言った。「持って来てくれ……きみはどうする、ハニー？」

だがクエリータは牡蠣アレルギーだった。代わりに小エビのカクテルを頼んだ。

「よし」エディが言った。「さっき頼んだビールはどうした？」

「はい、ワイン担当のウェイターがすぐに参ります」

ワインの担当者がテーブルに来て、やがて去った。ビールが運ばれて来て、テイスティングが行われた。牡蠣と小エビが運ばれて来て、下げられた。次にクエリータの真鯛が、最後にエディのステーキが来た。すると、それまで投げやりで心のこもっていなかったバンドの演奏がぱたりと止んだ。壁の照明が一段と暗くなり、ドラマーの長いドラムロールが続いた。

それがショーの始まる合図で、ダンスフロアにいたカップルもそれに気づいてゆっくりと自分たちのテーブルに戻っていった。バンドの金管楽器がファンファーレを奏で、まぶしいスポットライトが差して、プールを明るく照らし出した。

「水のショーだぞ」知ったかぶりのエディが言った。「水の中で何か出し物をやるんだな」

バンドがワルツを演奏し始めた。すると突然、プールの中に人魚が現れた。本物の人魚だ。体は若い娘、尻尾は魚、長い金色の髪が水中にたなびいている。人魚はワルツのメロディに合わせるようにプールの中をぐるぐると泳いだ。水中に潜って泳ぎ、息継ぎの時だけ水面に顔を出す。正面の板ガラス近くまで近づいて、そこにしばらくとどまったまま、目はしっかりと開け、観客にほほ笑みかけていた。すると次の瞬間、またいなくなった。

ほおばっていたステーキを口に入れたまま、エディは噛むこともやめて、目を皿のようにして見つめていた。

人魚がまたガラスの近くに現れた。ほほ笑んで手を振り、長い金髪がゆっくりと沈んで彼女の肩や乳房の周りにかかった。

エディの目がきらめいた。「ハニー、あの人魚、何も着てないぞ！」ステーキのせいで、発音が少し不明瞭になった。

「気をつけないと、目玉が落っこちちゃうわよ、お兄さん」クエリータはそう答え、無関心に食事を続けた。

エディの言うとおりだった。人魚は腰から上が裸だった。少なくともその夜は。いや、実のところ毎晩そうだ。ただし、どこか手近なところにおもちゃの海藻をくっつけた肌色のブラジャーが用意されていて、万一のときには瞬時に着用できるようになっていた。観客の中に警察関係者か、まったく別のお節介屋が紛れていて、ショーを中断してじっくり調べさせろと言いだしたときに備えての用心だ。

人魚はこれで三度、観客の前にはっきりと姿を見せた。すると彼女はプールの奥へと消えてゆき、今度はもう戻って来ないようだ。

バンドはメロディとテンポをがらりと変え、陽気なポピュラー曲を奏で始めた。絵で描かれた沈没船の扉から女性の一団が出て来た。白いミニスカート、金ボタンつきの白いぴったりとしたチュニック、白い靴とストッキング、それにセーラー帽といういでたちだ。全部で十人。ダンスフロアへ駆け出て一列に並んで互いの腰に手を回し、脚を高く蹴り上げるダンスを始めると、白いスカートの下の小さなフリルのパンティが気前よく披露された。

観客は彼女らを受け入れはしたものの、どこか冷めていた。人魚を楽しんだ後では、あまりにありきたりで、どこでも見られる芸に見える。もちろん彼女たちは見栄えが良く、特に目を引くほどの美女もひとりかふたりほどいた。ぴちぴちのチュニックの下には魅惑的な曲線美が隠れているようだし、スポットライトを受けて輝く肩まで伸びた髪は、ちょうど目を奪うような長さに全員で統一されていた。輝くばかりの笑顔は、見る者を癒すようでいて、誘惑するようでもある。だが、結局は――ただの女の子の集団だ。

勘の鋭い客が何かに気づいて、背筋を伸ばしてじっくりとダンスを見直したのは、まさにその点が気にかかったからだ。

この女の子たちは、なんとなくちがう。何かがおかしいというより、軽い違和感を覚える。

当然ながら、客の中で真っ先に気づいたのは女性たちだった。こういうときには、決まって男性のほうが鈍いものだ。指摘してもらうまで気づきもしないし、教えられてもなお信じようとしない――

きっぱり否定する者までいる始末だ。

　踊っているのは、女の子などではない。男性なのだ。特殊なタイプの男性ばかり、ジーニアスが厳選に厳選を重ねたメンバーだった。ジーニアスはバレエの振り付けにこそ関わっていないものの、彼が演出したも同然だ。

〝女の子たち〟は踊りを終え、また走って退場した。ショーの中で何度か再登場し、終わる頃には客席から口笛が鳴らされ、甲高い裏声の軽口が飛んだりもした。それ以外の客にとっては、ごく普通の女性ダンサーと変わりなく受け止められた。

　フィナーレには、出演者が全員揃って出て来た。プリンシパルたちが順にひとりずつ頭を下げては舞台を去った――おそらくは、裏のキッチンに入って行ったのだろう。〝女の子たち〟もお辞儀を――優雅に――して、走りながら去って行った。再びプールにスポットライトが当たると、そこには人魚が戻ってきていた。バンドは人魚のワルツの終わりの部分を静かに奏で始めた。人魚は最後にもう一度ガラスのすぐそばまで来て、見る者をとりこにするような笑顔をふりまきながら何度も投げキッスをした。長い髪が体を包むように揺れている。彼女はそれをわざと後ろへ掻き上げ、両手を首の後ろに回した。バンドが最後の数小節を弾く間、そのポーズのまま静止していた。

　突然スポットライトが消え、ショーが終わった。

　店内には一斉に低い話し声が沸き上がり、バンドがまた大きな音で演奏を始めると、何組かの客がのろのろとダンスフロアに出て来て踊り始めた。プールに入りたい客がいれば、すでに誰でも入れる状態になっていた。もっとも、入ろうと言いだす者はまだ誰ひとりいなかった。客のほとんどはあまりに満腹だったし、どれほど騙されやすい人間でも、あの水の中にまだ人魚がいるとは思えなかった。

とは言え、彼女がどうやってプールから出たのかは誰にもわからなかった。

エディはビールを飲み干した。「踊りに行くかい、ハニー？」

「あんた、踊れるの？」クエリータが尋ねる。

「どういう意味だよ、踊れるのかって」

「あれだけのステーキを食べた後なのよ。馬一頭分ほどあったじゃないの」

エディがにんまりと笑った。「行こう、踊れるってところを見せてやるよ！」

彼女も笑みを返した。「ちょっと待ってて。先にお化粧を直して来るから」

「わかった。その間にこれをもう一本もらえるか、あのワインのウェイターに訊いておこう。長く待たせないでくれよ、ハニー」

「一分で戻るわ。二分かも。じっといい子にして待っててちょうだい――人魚を探してどこかへ行ったりしないでよ！」

テーブルにエディを残して、クエリータは玄関のホールへ上がった。だが、化粧室には見向きもせず、反対側にあるカウンターの受付の女性に近づいた。

「どこかに内密の話ができる電話はないかしら？」

「あちらの事務所の電話をお使いください。ドアを閉めれば、誰にも聞かれないはずです」

「ありがとう」

彼女は事務所に入ってドアを閉めた。大きなデスクの脇に小さなテーブルがあり、そこに電話機が置いてある。受話器を取って番号をダイヤルする。

「何だ？」電話の向こうから声がした。抑揚のない、死んだような声で、そこには声質も人格も関心も何ひとつ感じられない。

「クエリータよ」

「よお、リート」まちがいなくジーニアスだ。彼女の名前を縮めておいて、非難を免れられる者はほかにいない。「今どこだ?」

「マーメイドに来てるの」

「人魚見物か、え?　エディはショーを気に入ってくれたか?」

「さあ、あたしにはわからないし、どうだっていいわ。言っておくけど――」

「わかった、わかった。それで?　やつは知ってるのか?」

「正体を突き止めたって」

ジーニアスはうめき声を上げてしばらく黙り込んだ。「そこには何時までいる?」

「あたしに訊かないでよ。エディのことだから、追い出されるまで居座るんじゃないかしら」

「そうだな……そのほうが好都合だ。できるだけ遅くまでいてくれたほうがな。いいか、リート、その店は二時に閉まる。一時にやつを連れて出ろ」

「一時ですって!」クエリータが訊き返す。「そんな遅くまでここにいなきゃならないの?　あのショーをもう一回見ろって言うの?」

「ショーのどこが気に食わない?」

「へたくそじゃないの」クエリータが切り捨てる。「それにあの人魚――一回めは、エディの目玉が落っこちるかと思ったわ。もう一回見たら、水槽に潜ろうとするかもね」

再びうめき声。面白がったのか、あるいはくだらないと思ったのかは不明だ。「一時だ、リート」

「わかったわよ。でも、タクシーが要るわ。エディは自分の車で来なかったの」

「じゃ、拾って乗れよ。タクシーならひと晩じゅういくらでも走ってる。困ったら、ジョー・ブラックマンに頼め。タクシーを捕まえてくれる——こんな時のためにやつに金を払ってるんだからな……どうしてエディは自分の車で行かなかったんだ？」

「知らないわ。そういう気分じゃなかったんだって」

「故障してるのか？」

「ちがうと思うけど」

ジーニアスがまた黙り込んだ。あまりに沈黙が続いたので、まだそこにいるのかとクエリータが尋ねた。

「ああ。いるとも。考え事をしてただけだ——計画をな……よし、リート、やつを一時に連れ出せ。アパートに戻って、やつも部屋に入れるんだ——それは問題ないはずだ、そうだろう？」

「そこは問題ないわよ。問題は部屋から帰ってもらうことだわ……それにしても、なんでそんな時間にあいつをあたしの部屋に入れなきゃならないの？」

「なんでって、そこでおれが待ってるからさ」ジーニアスが不気味な声で言う。「やつが来るのを楽しみにしながら——」

# 第八章

ウィロビー・デルが老モンティ・ベルモアを〈ザ・バンガロー〉に連れて行ったのは、仕事の相談があったからだ。新しい宣伝用の番組を立ち上げる計画で、いつものように連続ラジオドラマの形式をとるつもりだった。

そもそもラジオドラマというものは家庭の主婦をターゲットにしており、彼女たちを捕まえて心を奪い、呪文をかけていたことに気づかれてスイッチを切られる前に〝コマーシャル〟を耳に届けてしまうのが番組の目的だった。すでに大勢の人間がひしめくこのエンターテインメントという名の業界において、名前と声こそが重要なのだと見抜いたウィロビー・デルは、業界で一番よく知られ、尊敬されている名前と声の持ち主を雇うことに成功した。こうして一ダースもの脚本を用意し、どれが一番よいかをJ・モンタギュー・ベルモアに選んでもらうためにヤルーガの隠れ家へ連れて来たのだった。そういうわけでその午後、葉巻で気分を落ち着け、ときどき注ぎ足すウィスキーに活力をもらいながら、モンティはゆっくりとその課題に取り組み、一方のミスター・デルは会社から持ち帰った大量の書類を処理していった。

数時間後、ストーナーが夕食のテーブルを準備しようと入って来たとき、ミスター・デルは大胆にも熟睡中で、時おり妙な笛のような音を漏らしていた。モンティは部屋の中を行きつ戻りつしながら、訛りや語尾を様々に変えて話し方を探っているところだった。老役者はすでにワームウッド及びゴール伯爵の役を脱ぎ捨て、サー・ジェレミー・ブレイスガードルになるべきか、平民のエドワード・オールデンがいいかで迷っていた。サー・ジェレミー・ブレイスガードル閣下のほうは、モンティなら眠っていても演じられる得意な役柄のタイプだ。サー・ジェレミーは昔ながらの人物で、弁が立って駆け引きもうまい。一方、素朴で熟慮型の学者肌であるネッド・オールデンおじさんは、生まれ育ったリトル・ディットフォード・イン・ザ・ウォルドの村でガイド兼カウンセラーをしており、村じゅう誰もが友だちだ。こちらのほうが一般の聴衆には受けがいいかもしれない。

その悩みはいったん棚上げにして、ふたりはラウンジ脇のアルコーヴで夕食をとり、互いの健康を祈念して素晴らしい〈クラレット〉（ボルドー産の赤ワインの一種）で乾杯した。ストーナーはコーヒーを出し、テーブルの上をさっさと手際よく片づけて、地下へ引っ込んだ。ウィロビー・デルとモンティはラウンジへと戻った。ふたりとも太い葉巻をくわえ、食後のウィスキーを手近に置いている。

この頃には、モンティはエドワード・オールデンに心を決めていた。ミスター・デルも諸手を上げて賛成した。彼の考えでは、二つのうちのどちらのキャラクターがより消費者に受けるかはわかりきっていた。今度ばかりは、貴族の称号がもたらすイメージや魅力を捨て、素朴なネッド・オールデンを強く推したのだった。

ミスター・デルはお気に入りの椅子にゆったりと体を預けた。短くでっぷりとした脚を交差させ、思いのほか肉のついた顔には、穏やかで満ち足りた表情を浮かべていた。ただし、目だけはいつもと変わらず用心深く光らせ、モンティを見つめている。モンティのほうは立ったまま、ネッド・オールデンおじさんの特徴だとして、膝の力を緩めてよろめくような歩き方を練習していた。ネッドおじさんは学者らしいなで肩で背中を丸め、老眼鏡を鼻の中ほどまでずり下げて、ふと思いついたようにときどきレンズの縁から見上げて周りを眺める。そんな設定は必要のないものだ。ネッドおじさんは声だけの存在なのだから。だがJ・モンタギュー・ベルモアは、オセロを演じるために体じゅうを黒くしたという伝説の役者と魂を同じくしていた。

ネッドおじさんは、モンティ・ベルモアの葉巻を手に、部屋の中をよろよろと歩き回っていたが、やたらと大きな肘かけ椅子の脇の小さなテーブルにモンティ・ベルモアの飲みかけのウィスキーが置いてあるのを見つけ、モンティ・ベルモアに戻った。

「ネッドおじさんはウィスキーを飲むだろうか?」グラスを手に取り、考えながらひと口飲んだ。「ふむ! 飲まないな。年代物のポートワインなら飲むかもしれないが……あるいはブランデーなら……」

「そんなこと、関係あるのか?」ミスター・デルが尋ねる。

モンティは、自分にとっては非常に大事なことだと強調した。「きみ、ラジオとは言え、人を納得させるような演技をするためには、その役のすべてを吸収しなければならないのだ。気性、癖、身振り――」

「わかった、わかった。どうせ演じるのはあんただ、あんたの好きなようにやってくれ。だが、声だけは……」

「そう! それだよ。声だ。脚本の台詞を見ると、どうやら、その――田舎くさい話し言葉のようだね。だがわたしが思うに、彼はきっと学を修めた、教養のある声で話す。深く豊かな声で、かすかに〝R〟の発音を田舎っぽくしてやわらかい印象にしよう。あるいは、ちょっとかすれさせて、全体的に震わせてみようか。どう思うね、デル？」

　ウィロビー・デルはどちらとも答えなかった。何ひとつ言わなかった。返事の代わりにくわえていた葉巻を素早く外し、交差していた脚をほどいて、がばっと起き上がった。耳を澄ましている。コテージの裏のプライアー・ストリートから、ゆっくりと近づいて来る車のエンジン音が聞こえる。

「あれは？」モンティが尋ねる。

「ボランドだ」ウィロビー・デルがかぶせるように言った。「もう戻って来たんだな、でなきゃきっとおれはオランダ人だ」

　大声で〝ストナ〟を呼ぶ。すぐに姿を見せなかったので、もう一度叫んだ。

　ストーナーがドア口に現れた。

「どこにいた？」ミスター・デルが詰め寄る。

「申し訳ございません」ストーナーが落ち着き払って答えた。「お呼びになっていたのは聞こえたのですが、庭におりましたので」

「ふん！　今の音はボランドの車じゃないのか？」

「そうです。ミスター・ボランドがお戻りになったところです」

「たしか」モンティがふさふさの眉毛を片方、デルに向けて上げて見せながら言葉を挟んだ。「彼は明日まで戻らないと言っていなかったかね？」

「気が変わったんだろう。頼んだウィスキーは持って帰ったかな……まだ霧は出てるのか？」

「はい。まだ濃いままです」

「ふん！……ありがとう、ストナ」

一つうなずいて、用は済んだと伝える。
キャリー・ボランドが崖から飛び降りたのは、その翌日だった。

# 第九章

翌朝の早すぎない時間に、ストーナーがモンティの寝室に紅茶を運んで来た。

「おはようございます。紅茶はいかがですか?」

「ほお!」モンティはありがたいとばかりに声を上げ、ベッドに起き上がった。「ありがとう、ありがとう」

「とんでもございません」ストーナーが丁寧に答え、窓辺に行ってブラインドを上げた。「今日も視界は思わしくありません、残念ながら。昨日と同じです——いえ、さらに濃くなっているかもしれません」

「そうなのかね?」モンティは老いた目を窓に向けた。

世界はまだ形のない汚れた綿のかたまりにしか見えなかった。いや、正確には〝まだ〟ではなく、〝再び〟だ。なぜなら、太陽が昇ると同時に、ミスター・デルが〝スモッグ〟と呼んだ煙霧が新たに発生してヤルーガの集落に覆いかぶさり、外界から遮断し、住人をひとりずつ孤立させていたからだ。窓から外を見るストーナーには、ウィロビー・デル・ドライブの向こう側が数ヤード先までしか見えなかった。崖の端、そしてさらに先は、完全に煙の中に隠れている。

ストーナーが寝室を出て行くと、ウィロビー・デルがすたすたと入って来た。

「おはよう、モント！　目は覚めたか？」

そういうミスター・デルは元気いっぱいで、ぱっちりと目が覚めていた。小太りの体に派手な色と柄のパジャマを着て、白い水玉模様のついた茶色いバスローブを羽織った姿は、まぶしいほど生命力にあふれている。さっそく朝から喫煙者ゆえの咳に襲われていたにもかかわらず、すでにその日最初の煙草に火をつけている。彼も片手にティーカップを持ち、空いたほうの手で紅茶を乱暴にスプーンでかき回していた。

「すっかりな」モンティが答えた。「すっきりと目覚め、早く動きたくてしかたない」

ミスター・デルが笑いかける。「どうやら、よく眠れたようだな」

「ご招待いただいたホストに喜んで申し上げるが、モンティ・ベルモアがこれほどよく眠れたことなどめったにない」自分のティーカップを高く持ち上げ、まるでハムレットがヨリックのしゃれこうべを眺め回すようにじっくり見つめた。「きみの心遣いに感謝するよ。朝一番の紅茶ほど年寄りにとってありがたいものはない！」

「ああ」ウィロビー・デルは上の空で答えた。窓の外を見て顔をしかめていたのだ。「外の様子は見たか？　今日もスモッグだ」うんざりしたように不満げな声を出す。

「天気は気まぐれだ」モンティが寛大な調子で言う。「気まぐれなものなのだよ」

ミスター・デルは馬鹿にしたように禿げた丸い頭を振って、気まぐれな天気の話を終わらせ、そのはずみでまた咳き込んだ。呼吸ができずに喉がぜーぜーと鳴った。煙草を睨みつけたが、捨てようとはしなかった。

「ちくしょう、いまいましい煙草め！　やめよう、やめようと思うのだが、やめられやしない。ここまで来たら、やめるなんて無理なんだろうな……どうだい、モント、朝食でも食べるか?」

「ほお!」モンティが嬉しそうに言った。「わたし流に言うなら、〝大いに喜んで〟」

「今ストナが用意してるところだ。三十分後にしよう。それでいいか?」

「結構だよ」

「よし。どっちが先にバスルームを使うか、コイントスで決めよう」

紅茶を飲み終えたモンティはカップとソーサーをベッドのサイドテーブルに置き、静かにまたベッドに潜り込んだ。

「いやいや、とんでもない! 自宅のバスルームを真っ先に使う権利を友人から奪うことなど、老いぼれモンティ・ベルモアにはとてもできない。先に使ってくれ——この老役者なら後でも充分に間に合う」

ふたりはラウンジ脇のアルコーヴで朝食をとった。特に何もないまま無意味に時間が流れていった。だからこそ後になって、キャリー・ボランドが最初にコテージを訪ねて来たのが何時だったかと尋ねられても、ふたりには正確な時刻はわからず、ただ朝食後で〝たぶん十時ごろじゃないか〟としか答えられなかった。

ふたりはその頃にはガラス張りのベランダにいたのだが、霧の中から突然男が現れるのが見えた。隣のコテージからウィロビー・デル・ドライブを通ってこちらへやって来るのが、ぼんやりながらもまちがいなく見えたのだ。男はミスター・デルの小さな門を曲がり、外のポーチまで入って来た。ゆったりとした長めのレインコートを着て、古くくたびれた薄っぺらい帽子をかぶっている。ヤルーガではお馴染みになっていたそのいでたちを見れば、ひと目でキャリー・ボランドが崖の下の岩まで釣りをしに行くのだとわかる。開いたままのベランダのドアへ出迎えに行ったミスター・デルは、ボランドの抱えている二本の瓶を見つけて顔がぱっと明るくなった。

「やあ、おはよう！　もう帰ってるんじゃないかと思ったよ。ゆうべ車の音が聞こえたのでね」

「おはよう、ウィロビー」深刻そうな顔のボランドが答える。「そうなんだ、予想以上に早く帰って来られてね」うっすらと笑みを浮かべて、瓶を差し出した。「ご注文の品だ」後ろに座っているモンティに気づき、彼にも礼儀正しく挨拶をした。

　だがモンティはもはやJ・モンタギュー・ベルモアではなかった。今はネッド・オールデンおじさんに変わっていた。そこで、クラバット（十七〜十九世紀に流行した襟元に巻いて結ぶスカーフに似た布で、ネクタイの原形とされる）に顎をうずめ、空想上の眼鏡の縁越しにキャリー・ボランドを優しい目で見上げ、乾いた、わずかに震える声で、親しみを込めて返事をした。「おはようごぜえやす、ムスター・ボランド」

　ウィロビー・デルがかすれた声で熱っぽく言った。「やあ、キャリー、わざわざすまないね。感謝するよ。さあ、入って、入って！」

　だがボランドはその誘いを礼儀正しく断った。「またの機会にさせてもらうよ、ウィロビー、申し訳ないね。散歩に行くところなんだ」

「釣りか？」

「いや、ただの散歩だ」

「へえ、なんたって散歩には持ってこいの天気だからな」

　ボランドが真面目な顔でうなずいた。「たしかに、まだ少し濃いようだね。昨日よりひどい。でも、今朝のわたしの気分にはぴったりだ。ひとりになって考えたいことがいくつかあって、静寂の中で長い散歩をするのは頭を整理するのに一番いいんだ。何と言っても」彼は深刻な表情で付け加えた。

「今は頭がいっぱいなんでね」

「そりゃいっぱいだろうさ！」ミスター・デルが言った――ただし、心の中で。集落の裏を走る幹線道路の売店で、その朝ストーナーが朝刊を買って来ていた。王立委員会でさらに発覚した情報について、ミスター・デルもモンティもすでに読んで知っていたのだ。

キャリー・ボランドは彼らしい弱々しい笑みを浮かべ、踵を返して歩きだすと、煙霧の中に飲み込まれた。

# 第十章

十一時四十五分に到着したシドニーからのバスは、予定よりも四十五分遅れていた。未完成にしか見えない貧相な店が建ち並ぶ中ほどに停まったバスは、ミスター・アルトヴァイラー・クレシックを降ろすと、再びガタガタと綿のかたまりの中へ走り去った。

アルトヴァイラーが降りて来るのを店主のひとりかふたりが目撃していたが、もちろん彼が誰なのかはわからなかった。だぶだぶの服に、いかにも〝ニュー・オーストラリアン〟ふうの靴、垂れた蝶ネクタイ、そして紺色のベレー帽という風変わりな男がやって来たのに気づき、どこの誰だろうと、ふと疑問に思っただけだ——どういう類の人間かは一目瞭然だった。そこで、たまたま店の外にいた店主のひとりが声をかけた。いや、声をかけたのはアルトヴァイラーからだった。

「ヤー・ルー・ガー」アルトヴァイラーは読唇術で相手に伝えるかのように口を大げさに動かした。

「この先ですか、イエス？」彼はバス停の反対側にある上り坂を指さして尋ねた。ほんの数ヤード先までしか見えず、その奥は煙霧に覆われている。

「そうだよ、相棒《メイト》」店主が気安く答えた。「誰か探してるのかい？」

アルトヴァイラーは色つき眼鏡の奥で目を輝かせた。「ミスター・ボランド」ためらいもなく答えた。

「ボランド……ああ、わかった、キャリー・ボランドだな」店主は訳知り顔でにんまりと笑った。「このずっとてっぺんだよ、ウィロビー・デル・ドライブだ。崖に面してる。番地までは覚えてないが」

「名前は〈フォー・ビンド〉」アルトヴァイラーが懸命に伝える。

「そうかい？　あんたのほうが詳しそうだな、メイト。ここをまっすぐだ。すぐ見つかるはずさ——あ、ウィロビー・デル・ドライブがだ」

「ダンキュー」アルトヴァイラーがにっこりと子どものような大きな笑みを浮かべると、唇の両端の隙間から奥歯がないのがわかった。「どうも、ダンキューでした」

　彼はゆっくりと道を渡り、丘をのぼって集落に向かった。しばらくして立ち止まり、後ろを振り向いてみる。店も大通りも、すっかり見えなくなっていた。煙霧が世界を消し去ったかのようだ。またのぼり続けたが、常に前後左右の十五ヤードほどしか見えなかった。

　坂を四分の三ほどのぼったところで、買い物に降りて来たふたりの女性に出会った。すかさず、彼女たちの行く手をふさいで立つ。急いでベレー帽を脱ぎ、ふわふわの薄い灰色の髪を掻き上げた。

「失礼！　ビロビー・デル・ドライブ——この上ですか、イエス？」

　ふたりの婦人は面食らって、同時にしゃべりだした。やがて年配の女性が役目を引き受けた。

「ウィロビー・デル・ドライブのことね？　ええ、そうよ。このままこの道をのぼればいいの。もう少しでてっぺんに着いたら、道が左へ折れるわ。そこから先がウィロビー・デル・ドライブよ」

「ダンキュー」アルトヴァイラーが礼儀正しく言った。釈明するように付け足す。「ミスター・ボランドの家に行きます」

「まあ！」女性の表情が一変した。彼女も新聞を読んだらしい。「そう、それならすぐに見つかるはずだわ。ドライブの真ん中あたりにあるの。〈フォー・ウィンド〉という建物よ」

「ダンキュー」アルトヴァイラーはもう一度言った。「どうも、ダンキューでした。とても親切です」

彼は道を譲り、ベレー帽をまた頭にかぶった。女性たちは再び坂を降りながら、今のは何だったのかしらと声に出して話し合っていた。アルトヴァイラーがまたぶらぶらと歩くうちに道は平らになり、左に折れ曲がった先に家が建ち並んでいるのが唐突に左手に見えてきた。それがウィロビー・デル・ドライブだというのはわかるが、右へ三十ヤードほど離れたところにフェンスのない崖があることも、その百五十フィート下に深い海が広がっていることも、どこにも表示されていなかった。

ドライブの中ほどまで来ると、隣り合った二軒のコテージが、周りから孤立した様子で建っていた。中に入ろうとして、おそらく濃い煙霧のせいで道を誤ったのだろう。二軒めの〈フォー・ウィンド〉の庭の小さな門を入らずに、ひとつ手前の似たような門から〈ザ・バンガロー〉の短いコンクリートの小道を進み、そこのテラスに入り込んだ。ベランダのドアは大きく開いたままで、彼は躊躇しながらノックした。

家の中では、ラウンジのデスクに座っていたミスター・デルが不満げに唸った。

「どうしたんだね？」生真面目ゆえにユーモラスなネッドおじさんの独白に没頭していたモンティが尋ねた。

「ボランドだろう。戻って来たのかな」

「ほお！」そう言うと、モンティはまたネッドおじさんの研究に戻った。

ストーナーがラウンジを通ってドアに向かおうとしたところを、主人に呼び止められた。「いいよ、ストナ。わたしが出る。たぶんミスター・ボランドだ」

　だがベランダのドアへ行ってみると、そこにいたのはキャリー・ボランドではなく、奇妙な身なりのニュー・オーストラリアンの男だった。アルトヴァイラー・クレシックの顔に浮かんでいた大きな笑みは、ミスター・デルを見つけたとたんに不安そうな表情へと変わった。口を開けて「ちょっと、失礼――」と言いかけたところでミスター・デルに遮られた。

「あんた、知った顔だな。どこかで会ったはずだ……ああ、そうか、〈リンドフィールド・ホール〉の下の階の住人だったな。名前は、クレシック――そうだろう?」

　アルトヴァイラーは小さなお辞儀をした。「クレシック」デルの言うとおりとばかりに繰り返した。驚きを隠せないまま嬉しそうに言う。「〈リンドフィールド・オール〉。そうです！　では、今話している、あなた、ミスター・ビロビー・デルですね、イエス?」

「そうだ。どういう用で――?」

「ちょっと、失礼」アルトヴァイラーはポーチの脇へ走って行き、壁にかかっている板木に書かれたコテージの名前を確かめようと首を伸ばした。芝居がかった仕草で額をペチンと叩く。

「この家、ちがいます。馬鹿しました。どうもごめなさい、ミスター・ビロビー・デル、わたし、ちがう家に来ました」

「誰を探してるんだ?」

「ミスター・ボランドです。〈フォー・ビンド〉という家」

「隣だ」ウィロビー・デルが短く言った。「しばらく待つんだな。彼なら留守だ。散歩に出かけてる」

「どういうこと?　いないですか?」

「いない。あんたが来ることは言ってあるのか？　彼は知ってるのか？」

アルトヴァイラーは肩をすくめて、よくわからないとばかりに両手を広げて見せた。「今日わたしが来ること、イエス。でも今、この時間、この瞬間のこと、ノー、知らないかもですね」

「ふん！　そうか、どっちにしろ、そう長くはかからないはずだ。出かけてからしばらくになるからな。そろそろ帰って来るだろう」

アルトヴァイラーはやたらとうなずいた。「待ちます。ダンキュー、ミスター・ビロビー・デル。待ちます。どうも、ダンキューでした」

彼は嬉しそうに小道を戻り、通りへ出た。興味を惹かれたミスター・デルが目で追うと、アルトヴァイラーは〈フォー・ウィンド〉の門から入り、熱心にコテージを外から観察しながらぶらぶらと歩いて、やがて建物の裏へと消えた。ミスター・デルはデスクへ戻った。前日に甥のサムが抱いたのと同じ感想を頭の中で繰り返しながら。

# 第十一章

それから十五分ほどして、キャリー・ボランドが考え事をするための散歩から戻って来た。その頃にはウィロビー・デルと老モンティ・ベルモアはまたベランダに出ており、その日一杯めとなるウィスキーが注がれていた。モンティはステッキを腕に抱えていた。ネッド・オールデンおじさんは、きっとステッキを使う男だという結論に達したのだ。

ボランドは門の前を通り過ぎたが、何かを思い出したらしく、戻って来た。ポーチのそばまで来たところで、ウィロビー・デルがベランダのドアを開けて出迎えた。

「やあ、お帰り——頭はすっきりしたか？」

「少しは」ボランドがいつもの感情を抑えた静かな声で言った。「さっき言い忘れたがね、ウィロビー、今日の午後、下の岩で釣りをしないかと誘うつもりだったんだ」

ヤルーガでは、崖の下に広がる平たい岩は、単なる〝岩〟で通っていた。ミスター・デルが考え込む。

「こんな中で？」太い腕を振って、何もかもを包み込んでいる煙霧を示す。

「釣りには影響ない」ボランドが真面目な顔で答えた。「それにミスター・ベルモアも——もしよかったらご一緒にどうかと」

「どうする、モント?」ミスター・デルが尋ねた。

今度はモンティが考え込んだ。ほお、釣り?――ふむ! はてさて、ネッドおじさんは〈釣魚大全〉(一六五三年発行の英国人アイザック・ウォルトンによる随筆集)の愛読者だろうか? ああ、もちろんそうだ! まちがいない、釣り好きなはずだ。絶対にそういうタイプだ。もっとも、リトル・ディットフォード・イン・ザ・ウォルドなら、むしろ清流でマスのフライフィッシングといったところだろうが。それでも……だがミスター・デルはすでにボランドに向かって話し始めていた。

「ところで、キャリー、客が来てるぞ。ちょっと前にあんたを探してるっていう男が来たんだ。そっち側にいるはずだ」

「え?」ボランドが自分のコテージを横目で見た。「隣のコテージで、今わたしを待っているということかい?」

「そうだ。楽しそうに庭をぶらぶらしてた。偶然にも、わたしの知ってる男でね。と言っても、見かけたことがある程度だが。おかしなやつなんだ。名前はクレシック。知ってるか?」

「クレシック」キャリー・ボランドはそう言うと、表情と声音が一変した。

そのときには特に興味もないまま、それでもじっくりと様子を観察していたモンティ・ベルモアは、後になってからボランドのその変わりようを分析しようとした。実際に彼の顔つきが変わったわけではない――キャリー・ボランドの能面のような顔にはいつも表情などなかったのだから――だがあのとき突然、彼の目がうつろになった。うつろで、何も映らないかのように目に苦痛を浮かべていた。それに、あの声。クレシックの名を繰り返す声は重く、悪い予感をはらんでいた。

「クレシック」生気のない平坦な声でもう一度繰り返す。「なるほど、ここで行き止まりというわけか」

それだけ言うと、目を丸くしているウィロビー・デルをその場に残し、踵を返して小道を駆けだした。だが、通りに出ても自分のコテージへは向かわなかった。道を斜めに渡り、草が伸び放題になっている空地を崖のほうへ歩いて行く。そのまま煙霧の中に姿が消えた。

ポーチにいたふたりはその後姿を見つめていた。ウィロビー・デルは目を飛び出さんばかりにして。モンティはうつむき気味に首を突き出し、きつく寄せた眉の下から見上げるように注意深く観察していた。

「いったい何――?」ミスター・デルがわめいた。「いったい何を考えてるんだ?」鋭く非難する。「どこへ行くつもりだ?」

「妙だな」モンティが言った。「まったく、実に妙だ! 自分が何をしているのか、当然彼にはわかっているのだろうね?」

ミスター・デルが怒りを抑えられないような口調で言った。「たった今、この瞬間までは、自分が何をしているのか、どこへ向かっているのか、キャリー・ボランドほどよくわかっている人間は世界じゅうにいないと思っていた。だが、今のはいったい――」

そのときは、一連の出来事が驚くほどの速さで起きたように感じられたものの、実際にはそうでもなかった。衝撃的な出来事のせいで、そう思えただけだ。ふたりが次に気づいたのは、アルトヴァイラー・クレシックが興奮したように隣から叫ぶ声だった。「ミスター・ボランド! ミスター・ボランド!」クレシックが隣のコテージから飛び出し、ボランドを追いかけるように道を渡って行くのが見えた。

だが今回は、ボランドのようにアルトヴァイラーの姿を煙霧の中で見失うことはなかった。デルが走りだしたからだ。「大変だ！　行くぞ、モント！」そう指示するなりポーチを飛び降りていた。デルが門へ向かう小道の途中まで差しかかったところで、ようやくモンティが動き始めた。だが老モンティも動きだしてからは速かった。大急ぎで駆けだし、一時的にアルトヴァイラーの姿は見失ったものの、ミスター・デルの後姿から目を離さずに走り続けた。ミスター・デル自身は、アルトヴァイラーを常に視界にとらえていた。

モンティの耳に、アルトヴァイラーの叫び声がまた届いた。切羽つまった、必死の声だ。「ミスター・ボランド！　ミスター・ボランド——待ってください！」もう一度呼びかけたが、今度は悲鳴に近かった。

「ヤ、ヤンプしないで、ミスター・ボランド！……止まって！……」

モンティは息を切らしながら後を追った。ウィロビー・デルは十ヤードほど前を走っており、アルトヴァイラーはおそらくミスター・デルのさらに十五ヤード先にいるようだ。

「危ない！」ミスター・デルが叫ぶと、アルトヴァイラーは自分が崖の縁に立っていることに気づいた。草の上に何か落ちている。だらりとしおれたような、黄褐色の物体だ。すぐ後から来たモンティが、それが何かに気づいた——キャリー・ボランドが最後に着ていた、古ぼけたレインコートだ。やがて全員が崖の端に集まった。キャリー・ボランドを除いた全員が。

「ヤンプしてしまった！」アルトヴァイラーが泣き叫ぶ。彼の英語はいっそうわかりにくくなり、混乱した金切り声でわめいている。「わたし、呼びかけたが、ノー。ミスター・ボランド、ボーキングやめない。すごいスピード、どんどんボーキング。わたしを見ない。ミスター・ボランド、崖になった。ゴートを脱いで――あそこに――それから、ヤンプして……」

　珍しく、ウィロビー・デルが言葉を失っていた。四方八方へ素早く視線を走らせる。アルトヴァイラー、モンティ、足元に落ちたコート、今来た道とその奥で煙霧にかすんでいる家々。崖の下を覗き込む。いっそう濃い煙霧で何も見えない。

　アルトヴァイラー・クレシックが両腕を振り回して心の叫びを上げていた。「ヤンプしてしまった」そう繰り返す声に、なぜか苦悩に満ちた懇願が感じられた。「ヤンプした。そして帽子、落ちた……」

# 第十二章

ウィロビー・デルは気を取り直した。質問は後でいい、今必要なのは迅速な行動だ。

「急げ！」彼は言った。「すぐに下へ降りるんだ、もしかしたらまだ――」そこで口をつぐみ、興味深そうにステッキでコートを突っついているモンティをどやしつけた。「触るな、モント！　そのままの状態で残すべきだ。一緒に来てくれ。あんたもだ、ミスター・クレシック」

ミスター・デルは端から少し離れたところを崖沿いに、ウィロビー・デル・ドライブとほぼ並行するように急いだ。残ったふたりも遅れて追いかけ、モンティは頭の中で、これからどこへ連れて行かれるのか、下へ降りるとはどれほどの労苦を強いられるのかと考えを巡らせていた。だが心配には及ばなかった。ドライブの終わりで角を曲がると、店が建ち並ぶ岬の内側の大通りまで続く下り坂になるが、その同じ曲がり角からビーチへ降りる小道も伸びていたのだ。比較的幅の広い、勾配の緩いつづら折りの道だ。その小道に入ったミスター・デルは歩みを速め、ほとんど走りだしていた。アルトヴァイラー・クレシックは歩いたり、ときには小走りになったりしながら、まるでせっかちな年上の子どもに置いていかれまいと急ぐ幼児のように、ミスター・デルのすぐ後ろにくっついていた。だがモンティは、その年齢と威厳を重んじて、落ち着いた様子で後に続いた。先のふたりが下に着いて砂の上を歩きだしたときには、少し遅れをとったモンティからふたりが見えなくなっていた。とは言え、ふたりの声は聞こえていたため、耳を頼りについていった。

崖の下の大きな平たい岩に向かう途中には、波に洗われたいくつもの大きな石の間を縫うように細い筋道があり、ミスター・デルは足の裏で砂を跳ね上げながらそこを目指した。そのかすかな筋道は岩に到着するまでに消えたため、最後は大きな石を乗り越えて行くしかなくなった。ウィロビー・デルの頭の中にはたどるべき道がはっきりと見えているらしく、華麗にとはいかなかったが、自信たっぷりに石から石へと飛び移った。アルトヴァイラーも、近眼のカモシカよろしく、後ろから飛び跳ねながらついて行く。持っていたステッキが支えどころか足手まといになっていたモンティは、じたばたと追いかけた。

長く直線的に伸びる幅一インチほどのひび割れや浅い穴を除けば、岩の上は水平で滑らかだった。モンティはほっとしたようなうめき声を上げながら、岩の上に立った。ようやくふたりの姿が見えるようになったものの、まだ少し離れた先で足を止めたようだ。キャリー・ボランドが飛び降りた真下に当たるはずだとミスター・デルが推定した位置だった。その推定は当たったたようで、アルトヴァイラーが屈んで何かを指さしているのがモンティから見えた。

「ああ！　見て！」アルトヴァイラーが言いながら、ボランドのかぶっていた薄っぺらい釣り用の帽子を指さした。

その切実な叫び声を最後に、アルトヴァイラーは黙り込んだ。ミスター・デルも無言で、モンティも何も言うことがなかった。途方に暮れた三人の視線は、むき出しの岩の上をきょろきょろとさまよった後、ゆっくりと崖に沿って這い上がり、煙霧で何も見えなくなった。

あの上には、キャリー・ボランドのレインコートがある。帽子は自分たちの足元に落ちている。ではこの地点で、いや、この近辺のどこでもかまわないのだが、キャリー・ボランドは崖から飛び降り、何もない空中を百五十フィート落下したことになる。だが、生死にかかわらず、キャリー・ボランドの姿はまったく見当たらない。

ミスター・デルの鋭い目が探るように辺りを見回す。煙霧の中に目を凝らしていたモンティも、自分たち以外に崖の下に誰かがいることに気づいた。それは三人の男で、比較的近くにふたり連れがおり、もうひとりは離れていて姿がぼやけている。岩の縁の無言で静止した三つの人影は、釣り糸で海と繋がっている。そばにいるふたりのうち背の高いほうが、静止を解いて近づいて来た。

「こんにちは、ミスター・デル。どうしたの、そんなに慌てて?」

モンティは、男だと思っていたその人物が女性だとわかってぎょっとした。その大柄な女は堂々とかまえ、きびきびとした口調でしゃべった。ズボンとゆったりした青い麻のジャケットに加え、白髪交じりの短い髪のせいで、誤った印象を受けたのだ。

ミスター・デルはその女が、かねてから知り合いであるここの住人だと気づき、質問を浴びせた。

「ああ、ミス・バッグ、あんただったのか……ミス・バッグ、少し前にこの崖のてっぺんから誰かが落ちて来なかったか?」

「誰かが、何をしなかったか、かですって?」

ミスター・ウィロビー・デルが村の王様だとすれば、ミス・バーサ・バッグは女王様といった存在になるのだろう。彼女は引退した学校の先生だった。長い教師歴のうちに、数えきれないほどの幼い少年少女から名前をネタにからかわれ、その傷は今も胸に刻まれたままだ。引退したとはいえ、この広い世界という名の教室で、大きな子どもに過ぎないすべての大人の前で、今も教育者として、また批判や批評を与える者として、教壇に立っているようなものだ。デルが怒鳴り、ミス・バッグがぴしゃりと返すと、モンティ・ベルモアはステッキにもたれながら、両雄があいまみえるさまを眺めていた。

ミスター・デルは地面に落ちている帽子を指さした。「あれはキャリー・ボランドの帽子だ。あんたも見覚えがあるだろう、ミス・バッグ、わたしと同じで。ボランドの釣り用の古い帽子だよ。あの上には」そう言って太く短い指をさっと上に向ける「レインコートが落ちている。あそこで脱いでうっちゃっちゃったのさ、自分の身をうっちゃる前に――」

「彼が、何をする前ですって?」ミス・バッグは険しい声で訊き返し、モンティには彼女がデルの発言の内容を尋ねているのか、〝うっちゃる〟という表現を非難しているのかがわからなかった。

「キャリー・ボランドがついさっき、あの崖の上から飛び降りたんだ。五分も経っていないはずだ。われわれも、うちから道を渡って後を追ったんだ。彼はまっすぐに崖の端まで歩き、古いレインコートを脱いで投げ捨てて――そこからジャンプしたんだよ」

ミス・バッグが彼に顔をしかめてみせた。「もう一回言ってちょうだい、ミスター・デル。もっとゆっくりと――意味がよくわからないわ」

「つまりだ、ミス・バッグ」ミスター・デルは懸命に、はっきりと言った。「彼はついさっきまでわたしの家のポーチで話をしていた。突然、何の前触れもなく、くるりと向きを変えて道をずんずん渡って行った。頭がおかしくなったかと思ったよ。今だってそう思うよ! 次の瞬間、ミスター・ベルモアとわたしは……ああ……ふん!」

背の低い体をしゃんと伸ばし、遅ればせながら手短に紹介した。「こちらがミスター・ベルモアだよ、ミス・バッグ……モント――ミス・バッグだ」

「お会いできて光栄です」モンティは、ステッキの取っ手で自分の胸を叩きながら言った。ミス・バッグは老紳士の風変わりなクラバットを見つめたまま、彼の挨拶に軽く会釈を返した。

「それから、ミスター・クレシックだ」

アルトヴァイラーはいつもどおり、自分の名前を復唱してから小さなお辞儀をした。ミス・バッグは再び白髪頭を軽く下げたが、そのお辞儀は短いとはいえ冷たい印象ではなかった。互いに挨拶を交わし終えると、彼女はミスター・デルに向き直った。

「で、話の続きだが、次の瞬間、ミスター・ベルモアとわたしは、ミスター・クレシックが呼びかける声を聞いた。クレシックは隣のミスター・ボランドの家で彼の帰りを待っていたんだ。わたしはそれをボランドに伝えたが……そう、その直後に頭がおかしくなったようだった。自分の家に帰らずに、大急ぎで道を渡って崖から飛び降りたんだ。クレシックが彼を見つけて声をかけたが、立ち止まりもしない。気にも留めない。ひたすら前へと歩くだけだ、えらく早足で。クレシックが呼びかけながら後を追いかけた。わたしたちふたりは、その後を追った。クレシックに呼びかけようとしてな――彼も危険なほど崖の縁まで近づいていたから――」

「なるほど、さっきの叫び声は、そういうことだったのね。ここまで聞こえていたから、誰がふざけているのかしらと思っていたのよ」

「誰もふざけちゃいない。自殺を止めようとしていたんだ。だが、間に合わなかった。崖の端まで着いたときには――もう飛び降りた後だった」

ミス・バッグはしばらく黙っていた。視線を落として周りを観察した。先ほど三人がやったのと同じように。それから真剣な顔で崖のほうへ頭を傾けた。

「あそこから」彼女はひと言ずつ丁寧にしゃべった。「ここまで、まっすぐ百五十フィートはあるわよ！」

「そう、そうなんだ。この辺りに死体が落ちてるはずだ。だが、どこにもない。だからあんたたちに訊いて――」

「百五十フィートよ！」ミス・バッグはまるでそれがミスター・デルのせいだとでも言うような口調で、もう一度そう言った。

彼はモンティのほうを振り向いた。「なあモント、そうだろう？ 上で何があったか、わたしの話にまちがいないよな？――ほんの数分前に」

老役者はこの状況に徐々に興味を惹かれていた。喉を鳴らす。「ほお！ ふむ！ まさしく――」厳かな口調で言いかけたところで、その一語で満足したミスター・デルが早速アルトヴァイラーに顔を向けた。

「ミスター・クレシックはどうだ？」

「イエス」アルトヴァイラーが簡単な言葉で答えた。「わたし、見ました。彼がヤンプするの、見ました」

「よくわかりました」ミス・バッグが鋭く言った。「全員一致というわけね。さて、あなたがたのおっしゃったことをわたしがちゃんと理解しているか、おさらいさせてちょうだい。今から五分ほど前に、あなたがたはミスター・ボランド――あのミスター・ボランドね！――彼があの上の崖に向かって歩き、飛び降りるのを見たと。よくわかりました。五分前には、いえ、そのずっと前から、ロナルドとわたしはここにいたのよ。ご覧のとおり、とても穏やかで何もない静かな午後だわ――いつもよりもずっとね。なにせ、この――このおかしな霧のせいで、空気がぴたっと停滞しているの。海も波ひとつないわ。ここはずっと静かだったし、何も聞こえなかった。この崖は、さっき申し上げたとおり、そしてあなたもよくご存じのとおり、百五十フィートの高さがあるわね。それだけあっても、叫び声や呼びかけるような声は聞こえてきたの。だとすれば、そんな高いところから重みのある人間の体が落ちて来れば――それも、わたしたちのすぐ後ろによ――その音は聞こえたはずでしょう？　よく言われるように〝針一本落ちた音すら〟聞こえるほど静まり返っていたのよ。でもね、ミスター・デル、言っておきますけど、そんな音は聞こえなかったわ……」

智者J・モンタギュー・ベルモアの中で、瞬間的な反応が起きていた。彼はかつて別の機会にも、こうして舞台ではない場所でいきなり何の準備もなく、とある役を演じなければならなくなったことがある。彼はそれを心から楽しんだだけでなく、驚くほどの大成功を納めた。おおかたの人間に比べ、モンティは置かれた状況や場面に対する反応が実に素早い。だが同時に、その奥底には極めて抜け目のない老紳士が潜んでもいる。そして今回のような反応を示すとき、彼はほかのすべての役柄を捨てて、自分自身を舞台に引っぱり上げる。そのむき出しの平たい大きな岩の上で、人間を拒絶するかのような崖と向き合い――と同時に、一見不可能そうな状況とも向き合ううちに、彼は最近生み出したばかりのその新しい役に再び挑もうとしていた。J・モンタギュー・ベルモアは今、ひと言で言うなら、〝名探偵〟になったのだ。

〝名探偵〟はステッキを体の前でしっかりと立て、古びた象牙の取っ手に両手を載せた。穏やかで澄みきった青い瞳をミス・バッグに向け、じろじろと見つめた。「そのとおりだ、奥さん。おっしゃるとおり。たしかに針一本落ちた音すら聞こえたにちがいない——では、帽子の落ちる音ならどうだろう?」

# 第十三章

その独特な声の抑揚を除けば、たしかにその〝名探偵〟は、ネッド・オールデンおじさんやワームウッド及びゴール伯爵、ウェアリング卿、そのほかのいくつもの役と、驚くほど外見がそっくりだった。というのも、老モンティの多様な変身術は、常に外見ではなく中身にこだわっていたからだ。だが、急に声が変わるのを聞いて、ウィロビー・デルとアルトヴァイラー・クレシックは驚いて振り返った。

「失礼ですけど」ミス・バッグがいらいらしながら言った。「あれは単なる言い回しです。何が言いたいかはおわかりになったでしょう。第一、帽子というものは――あそこにある帽子は――軽いし、パラシュートに似た形状をしているのよ。ふんわりと浮かんで、静かに着地するはずだわ。それに、それが今回のことと何の――」

アルトヴァイラーが勢い込んで説明する。「彼がヤンプしたとき、頭から落ちたですよ。わたし、見ました」

ミス・バッグが厳しい目つきで彼を見つめた。「あらそうなの？　でもわたしには、それがどうして――わけがわからないわ。ミスター・ボランドがジャンプしたと言うのね？　あのてっぺんから。百五十フィートほどの高さから。それで音もなく、怪我もなく、きれいに着地して、静かに立ち去ったというわけね」

　ウィロビー・デルが支離滅裂な説明をしながら、怒り狂ったように足を踏み鳴らした。〝名探偵〟はステッキをたったひと振りして、礼儀をわきまえて鎮まるよう命じた。

「もしや、あの崖の上からここまでの間の、どこか霧の中に答えが隠されているのではなかろうか？」

「そんなはずはない」ミスター・デルが不愛想に答える。「そんなことがあるものか、モント。あの崖は上までずっとまっすぐ続いてる。岩のように硬い。大理石のように滑らか。下まで一直線。穴もひびもない。トカゲが登れる足がかりひとつない……ミス・バッグ、そうだろう？」

「そのとおりよ、ミスター・ベルモア。この崖を登るのは不可能だわ」

「ふむ！」

「マホメットの棺」アルトヴァイラーがつぶやいた。

「何だって？」

「マホメット。彼の棺は、天と地の中間に、止まっていたですよ。（マホメットの棺が墓穴の天井から目に見えない力で吊るされたように浮かんでいたという伝説より）まるで――」

　そこへもうふたりの釣り人もやって来て、話が中断された。話が長々と続いているのが気になったらしく、別々に立っていたふたりが揃って様子を見に来たのだ。若いほうの男は、ミス・バッグとそっくりだった。もうひとり、近づくまで煙霧にかすんでほとんど見えなかったのは、日焼けした顔のいかにもタフそうな男で、窪んだ眼ときつく結んだ唇は彼のようなタイプには典型的な特徴だ。おまけに声を聞いたとたん、彼が紛れもなく、ずうずうしく落ち着き払った生粋のオーストラリア人だとわかった。

「よお、なんかあったんか、メイト?」薄い唇をほとんど動かさずに尋ねた。

誰も答えなかった。わざと無視したわけではなく、その前にミス・バッグがひとりめの若者に話しかけたからだ。

「なんともおかしな話なのよ、ロナルド。本当におかしな話。それどころか、聞いた限りじゃ不可能な話だわ……そうそう、ミスター・デル、わたしの甥のロナルドに会うのは初めてじゃなかったかしら? ロナルド・ゴールディングよ。数日間うちに泊まっているの……こちらはミスター・ウィロビー・デルよ、ロナルド。それにミスター・ベルモア。それから、ミスター——?」

名前が思い出せず、黙り込む。

「クレシック」機械的にアルトヴァイラーが空白を埋めた。

「ミスター・クレシックね、そうだったわ……ロナルド、この三人がおっしゃるには、とても奇妙な出来事をあの崖の上で見たそうなの。キャリー・ボランドは知ってるわよね——少なくとも噂は知ってるでしょう?」

ロナルド——叔母以外のすべての人間からはロンと呼ばれていた——はうなずき、彼もまた世間の最新情報に疎くないことを示した。もうひとりのポーカーフェースの男も話に加わるかのように、その名を知っているとばかりに低い声で唸った。

「この方々は、ミスター・ボランドがこの真上の崖の端まで歩いて、飛び降りたって言うの!」

その重大発言に、ロンは特に驚きも見せなかったが、〝この方々〟を不審そうに睨み、口をゆっくりと歪めてにやりと笑った——話の〝落ち〟を待ち構える人間の、疑いを含んだ笑みだ。ポーカーフエース男の能面のような表情に変化はなく、ほかの者たちがやったように、岩のあちこちを見回した。

ウィロビー・デルは若者の苦笑がしゃくにさわり、ロンに向かって大威張りで言った。「あんたの叔母さんの皮肉たっぷりの話しぶりや、あんたのそのにやけた顔とは裏腹に、わたしたちはたしかにそのまんまをこの目で見たんだ」

即座にロンの笑みが消え、戸惑った表情が取って替わった。モンティ・ベルモアはミスター・デルの言葉に付け足そうと――いや、むしろ修正しようと――したが、ポーカーフェースの質問に先を越された。

「そいつ、本当にそんなことしたんか？」

「ああ、したとも！」ミスター・デルが間髪入れずに答える。

「そりゃすげえな！」ポーカーフェースが、抑揚のないつぶやきを入れた。「次のオリンピックに出すべきだな！ そいつが高飛び込みで、マージ・ジャクソン（マージョリー・ジャクソン、一九五二年のヘルシンキオリンピックのオーストラリア代表で、女子陸上百メートル及び二百メートル走の金メダリスト）が百メートルで――」

そこでミスター・デルの堪忍袋の緒が切れた。

「あんた、いったい何者なんだ？ 誰があんたにくだらないジョークで茶化してくれって頼んだ？ いったい何のつもりで――」

モンティが警告するように舌を鳴らした。

「わかったよ、メイト」ポーカーフェースがまったく動じることなく答えた。「わかったから、怒んなよ。それより、論理的に考えようぜ。よお、そいつがこの崖のてっぺんから飛んだんならよ、今どこにいるんだ？ きっとこの辺りに落っこちて、割れたビール瓶の入った袋みてえに、こう――」

「だからだな！」ミスター・デルが怒り狂った。「さっきからそう言ってるじゃないか！」

「オホン！」モンティは大きな声でその場を取り仕切るように言った。頭に血がのぼっているウィロビー・デルの胸をステッキの取っ手で軽く叩いた。「静かに。落ち着け、デル、怒りに任せて得られるものは何ひとつない」

ミス・バッグが厳しい調子で「ふふん！」と言って、この点ではモンティに賛同していることを表明した。

「誰が怒りに任せてるって？」新たな怒りの矛先を見つけたミスター・デルが詰め寄る。

「きみだよ、デル、きみのことだ……いやいや、老いぼれモンティ・ベルモアにも少ししゃべらせてくれ。こちらの紳士に尋ねなければならないことがあるのだ。明らかに無駄な質問と思われるだろうが、どうしても尋ねる必要がある」

何に対しても動じることのないポーカーフェースに顔を向ける。「失礼だが、あなたは疑いの余地なく完全に断言できるとおっしゃるのだね？　この十五分か二十分のうちに、何かが落ちる音はまったく聞こえなかったと。それからミス・バッグと甥御以外に、ここで――そう――この水平な岩で誰の姿も見かけなかったと」

「おう、誓ってやるぜ」万人に例外のないモンティの礼儀正しさに、ポーカーフェースが精いっぱい応えてみせた。「何にも聞いてねえ。何にも見てねえ」

「失礼なことは言いたくありませんけどね、ミスター・ベルモア」ミス・バッグが割って入る。「あなたご自身が、どうせ無駄な質問だとおっしゃったじゃありませんか」

「そうでしたね、ミス・バッグ、そのとおりです。ですが、まずはすべての可能性を当たってみなければならないのです。一見、その、どう見ても不可能としか思えないことに向き合う前に。そしてわれわれはまだすべての可能性を当たってはいないのです。たとえば、こんな可能性はどうでしょう。わが友デルが――そうですね――この煙霧のせいで方向感覚を誤っていて、実際にはキャリー・ボランドが飛び降りた場所がここでは――」

「じゃ、あの帽子は？」ミスター・デルが鼻で笑う。

「あの帽子は」〝名探偵〟が指摘する。「別の方角から落ちたか、飛ばされて来た可能性がある。あるいは、ミス・バッグがさっきおっしゃったように、風に乗ってここまで漂い、われわれを勘違いさせたとも考えられる。もう少し広い範囲を調べてみなければ。今通って来たビーチとここの間に、死体など落ちていなかったことはもうわかっている。だが、もう少し先の、煙霧でよく見えないあの辺りは――」

「よお」ポーカーフェースが苛立ったように遮った。「おしゃべりはそのぐれえにして、さっさと見にいこうぜ、じっちゃん」

無礼には目をつぶり、モンティは進言に従うことにした。「まさにそれこそ、この老いぼれの言いたかったことだ。見にいこう」

そう言うと〈ウェアリング卿の冒険〉の第一七九話を密かに思い出しながら、オムダーマンの戦い（一八九八年、現在のスーダンにおけるイギリス軍とマフディー軍との戦い）で、かの勇敢な貴族が剣を抜いたようにステッキを振りかざし、部隊の者どもについて来いと号令をかけた。

# 第十四章

岩の上を全員でくまなく探したが、キャリー・ボランドどころか、ほかの人間の姿も、生死にかかわらず、まったく見つからなかった。

「どうかしら、ミスター・ベルモア」捜索を終えたミス・バッグが感想を述べた。「これであなたのおっしゃるように、可能性をすべて当たったと言えるんじゃない？　その結果、何がわかったと言うの？　まるきりおとぎ話の中だわ」

「ほお！」モンティが思案げに言った。

「ほかに何か考えられるとしたら、どうやら二つに絞られると思うの。あなたがた三人が集団幻覚を見たのか——」

「そんなはずはない！」ミスター・デルがすかさず返す。

ミス・バッグは、まるで勝手な発言をする生徒を制止するように、軽く手を振って彼を黙らせた。

「でなければ、ミスター・ボランドは本当にあの崖から飛び降りたものの、途中で透明なマントをまとい、音を立てることなく軽々とここに着地して、そっとどこかへ立ち去ったかだわ」

ポーカーフェースはせわしなく釣り具を片づけていたが、その発言が面白かったらしい。口に出してそう言った。ウィロビー・デルは、ちっとも面白いとは思わなかった。彼も、口に出してそう言った。

「これこれ」モンティが優しくいさめる。「無益な議論はよしたまえ」

「それじゃ、ほかにどんな可能性があるというの？」ミス・バッグが反撃した。

「スーパーマンだな」釣り糸や餌を広げてしゃがんでいたポーカーフェースが、低い声でつぶやく。

「スーパーマン・ボランドだ。軽々と空を飛ぶ」

モンティが彼に向けてステッキを振る。「いや、ちょっと待ってくれ。さっきミス・バッグの言われたおとぎ話は、ひとまず置いておくとしてだ。一つ疑問が――ほお！　いや、まさしく――老いぼれモンティ・ベルモアの頭の隅には、ある疑問が浮かんでいる。先ほどわが友デルのポーチでボランドと話していたときに、彼が突然妙な言葉をつぶやいて以来、どうも引っかかっていたのだ」

〝名探偵〟は芝居の効果を上げるためにそこで間を空け、ほかの者たちは期待を込めた目で彼を見つめた。

「劇的に中断されたその会話の中で、わが友デルはさりげなく、悪気なく、ミスター・クレシックが訪ねて来たこと、隣のコテージでボランドの帰りを待っていることを伝えた。その何と言うことのない発言を聞いた彼の反応は、仰天という表現では足りないほどだった。あれほどまでに驚愕した人間を、モンティ・ベルモアはいまだかつて見たことがない。致命傷を受けたかのごときだ。その印象は拭い去れないほど深く刻みつけられている」老役者は、厳かな調子で陳腐な表現をこれでもかと積み重ねていく。「つまり、彼はおのれの人生の終焉を告げる弔いの鐘の音を耳にして、たちどころにそれに応えたのだと。その瞬間に彼の態度も表情も一変したのだから。ほんの一瞬、彼はその場に根が生えたように凍りついた。そのときに、例の奇妙な言葉を残したのだ。たしか〝道が行き止まりだ〟

とかなんとか言ったかと思うと踵を返し、自らの死に向けて疾走を開始した。ゆえに、一つの疑問がわれわれに突きつけられている。われわれのうちで唯一答えを知っているとおぼしき人物に尋ねるほかにない、とある疑問が」

彼は大きく身を翻し、目を丸くしているアルトヴァイラーのほうを向いた。

「あなたの名前には、人を死に至らしめるほどのいかなる恐怖が秘められているのかね、ミスター・クレシック？　この平穏なる集落にあなたが到着したというさりげない言葉の中に、あなたの名が含まれていただけで、強靭な男の精神を尋常ならぬ状態へと陥れ、ただちに――ただちにですぞ！――近くにあった断崖絶壁の頂きへと駆りたて、永遠《とこしえ》の女神の胸に飛び込ませるほどに」

（朗々たる弁舌に思わず「すげえな！」とつぶやいたポーカーフェースだったが、モンティがラジオドラマ〈スネークベンドの隠修士〉の中の台詞をほぼ一言一句たがわず引用していることはもちろん知る由もなかった）

質問をぶつけられたアルトヴァイラーは驚くばかりだった。突然のことに息が詰まった。両手をばたつかせ、陸に上がった魚のように口をパクパクさせている。ほかの者はその様子を興味深く、疑い深く、非難するような目つきで見つめていた。アルトヴァイラーがようやく声を出せるようになった。

「狂ってるです！」勢い込んで叫ぶ。

「ああ、もちろんそうだとも」モンティがなだめるように言う。「だが今は、それについて議論しているのではない。ただ質問をしただけだ」

「馬鹿なことです！」アルトヴァイラーが怒ったようにわめく。「あなた、考えていますね？　わたしが――わたしが――」

「何も考えてはいない。質問をしているだけだ。答えてもらえるかね?」

「ノー! ノー、ノー、ノー、ノー! 狂ってるです! ミスター・ボランド、わたしに来てくれ、言いました。修理が必要——」

「修理?」

「家の修理です。〈フォー・ビンド〉の」

「何だって?」ウィロビー・デルが嚙みついた。「キャリー・ボランドの家の修理が、いったいあんたとどんな関係があると言うんだ?」

「彼の家じゃない! わたしの家!」

「あんたの家?」

「そう。わたしの家。わたしのもの。だから、ミスター・ボランドから、修理が必要と言われたとき、わたしが見に来る、言いました」

ミスター・デルが目を丸くして問い詰めた。「こりゃ驚い——てっきり……いつからあんたのものになった?」

「そうですね……六カ月前」

「何だって?」またしてもミスター・デルが言った。

「何ですと?」こちらは老モンティ。

「どうしてそんなに驚いているの、おふたりとも?」そう言ったのはミス・バッグ。活発な動きを見せている前線に復帰したらしい。「明らかに誤解なさってたようね。ミスター・クレシックはあの家の所有者で、ミスター・ボランドは借家人だった。それだけのことでしょう」

「だが、こいつがあの家を六カ月前から所有できたはずがない、この国に来て間もないというのに！」

「ノー、ノー、ノー、ノー！」アルトヴァイラーは再び両手をばたつかせ、ミスター・デルに思わぬ事実を知らせようと躍起になっている。「〈リンドフィールド・オール〉に、イエス、来たばかりです。でもこの国には、ノー、ちがいます。オーストラリアに、長い間います。戦争が終わったすぐから、六年、七年です」

その情報がもたらした困惑による静寂を、モンティが破った。

「ふむ！　デルと同様、わたしもてっきりきみはこの国に新しく来たばかりなのかと……教えてくれないか、ミスター・クレシック、あの家は誰から買ったんだね？」

「ミスター・ボランドです」

「ほお！　では、やはり元は彼の所有だったと」

「イエス。ミスター・ボランド、家を売りたいと言いましたが、もう少し住みたい、そうとも言いました。だから……」アルトヴァイラーは両耳につくほど肩をすくめた。「わたしが買いました。投資です」

ミスター・デルが彼を睨みつけた。ウィロビー・デル・ドライブのウィロビー・デルともあろう者が――しかもすぐ隣に住んでいたというのにだ！――そんなことも知らなかったとは。

「つまり、彼は六カ月前にあの家をあんたに売ったんだな？」

アルトヴァイラーはこくりとうなずいた。

「だが、売った後も、家賃を払って住み続けたいと言ったんだな？」

アルトヴァイラーがまたうなずいた。

「だが、いったいまたどうして？」

　再び肩をすくめる。

「理屈が通らないじゃないか」ミスター・デルがぶつぶつと言った。「あの男のことだ、売らなきゃならないはずはなかっただろうに――金に困って、背に腹は代えられないなどということは――」

「なかったと言えるのかね？」モンティが静かに尋ねた。

「あのキャリー・ボランドが？　馬鹿じゃないのか、モント！」

　モンティはそれを受け流した。思案深そうに、ステッキの取っ手で顎を撫でた。

「ミスター・クレシック、支払いは現金で？」

「失礼？」

「全額を一括で支払ったのかね？　コテージを買う金を、一度にまとめて渡したのかということだ」

「ああ、イエス。一度にまとめて渡しました」

「ふむ！」

　モンティが指の間からステッキを滑らせ、先端の口金が岩に当たってカチーンと大きな音をたてた。ミスター・デルに顔を向ける。

「今まさにＪ・モンタギュー・ベルモアは、実に奇妙なネズミのかすかな匂いを嗅ぎつけつつある」

「いったいどういうことだ？」

　だが〝名探偵〟は――歴代の偉大な名探偵たちの前例にたがわず――その謎めいた発言を説明することはなかった。

「ネズミですって?」ミス・バッグが冷たく言う。「気のせいじゃないの? ……お気づきでしょうけどね、ミスター・ベルモア、あなたのおっしゃった疑問にはまだ答えが出ていないのよ。でも、もしその答えが出たとしても、それでさらに重大な疑問を解くのに役に立つのかしら? 崖の上からここまでの空中を落下するミスター・ボランドが消えてしまった――いえ、消えたと思われている――謎を、それで解くことができるの?」

「そのとおりだぜ!」長い沈黙を破ってポーカーフェースが低くつぶやいた。さっきから、使い古した砂糖の荷袋と革紐で作ったらしい肩掛けバッグに釣り道具をせっせと詰め込んでいたのだ。その袋を肩にかけて立ち上がり、いつでも引き上げられる準備が整ったようだ。

「あんたの言うとおりだ! それが一番の難題なんだからよ。あんたらがどう思うか知らねえが、おれはそろそろサツに連絡したほうが――」

「失礼します、旦那様」

ウィロビー・デルは、驚いたウサギのように飛び上がった。老モンティでさえ、一瞬たじろいだ。使用人のストーナーが、猫のように足音を忍ばせて、急に背後の霧の中から姿を現したのだった。

「いったいこんなところまで何しに来た?」ミスター・デルが怒鳴りつけた。驚いて飛び上がったはずみで舌を嚙んでしまい、頭に来ていたのだ。

「失礼します、旦那様」ストーナーは礼儀正しく繰り返した。「昼食の用意ができておりますので、お知らせにまいりました」

「そうか」主人が大声で言う。「わざわざこんなところまで降りて来て、そ、そ、そんなことが言いたかったのか?」

「さようでございます」ストーナーは動じることなく答えた。「いいえ、ちがいますね。ほかにもお伝えしたいことがございました。ミスター・ボランドのコテージのリビングルームで、男が死んでおります」

# 第十五章

　ストーナーはその情報を、天気の話をする程度の感情を込めて伝えた。ミスター・デルの反応はいかにも彼らしかった。まず、ストーナーが酒に酔っているわけでも、頭がいかれているわけでもないと知って安心し、改めて、いったい何の話をしているんだ、と尋ねたのだ。ストーナーはもう一度その報告を繰り返してから、少々付け足した。

「死んだ男というのは、部屋の奥の椅子にうずくまるようにして、窓のほうを向いて座っています。それでわたしも気づいたのです。こちらのリビングルームの窓から外を見ていたのですが――上では霧が上がり始めておりまして――昼食のご用意ができたので、もしや旦那様とミスター・ベルモアがミスター・ボランドとご一緒にお戻りなのではないかと――」

　ミスター・ベルモアがいらいらしながら、先をせっついた。「どうしてその男が死んでるとわかるんだ?」

「それはですね、旦那様、この目で見たからです。つまり、窓からミスター・ボランドのお宅の中を覗いたのです。あの男は動いていませんでした。それに頭が――何かで殴られておりました」

「ほお!」モンティが思わず声を上げた。「シドニー流だな。悪党による刻印というわけか。きっとこん棒で殴られたのだ――あるいは、靴か」

ウィロビー・デルは、今度はモンティの言葉を無視した。「その男が誰だか知ってるのか?」

「いいえ」ストーナーが言った。

「行こう」ミスター・デルが簡潔に言った。「上に戻らなければ」

一行は大きな石を乗り越えてビーチへ戻り、つづら折りの小道をのぼって崖の上を目指した。一行という中には、不気味な目つきのポーカーフェース男と、無口のロンも含まれていた。ミスター・デルが先導し、短い足を丸いピストンのように懸命に動かした。モンティとポーカーフェースがしんがりを務めた。モンティはその老齢と品位からみっともなく慌てることをよしとしなかったためであり、ポーカーフェースは、一つには老紳士を気に入ったからかとも思われるが、もう一つには〝生粋のオーストラリア人《オージー》〟だったからだ。生粋のオージーたるもの、いつでも、どこでも、どんな状況でも、決して急ぐことはない。ミス・バッグとロンは、ふたりの前方を歩いていた。

「女ってやつはよ!」ポーカーフェースがつぶやく。「けっ!」

彼に目で合図され、モンティが視線をミス・バッグの臀部に向けると、たしかにそこにはズボンに包まれた哀れな光景があった。男はさらに感想を声に出した。何やら、ポケットがどうとか言っている。

だが〝名探偵〟の頭の中は別のことに向けられていた。考え込むように独り言を漏らす。「なるほど、面白い視点だ……」

「なんか言ったか、じっちゃん?」

モンティは鋭い視線で彼を睨んだが、ポーカーフェース男が単に〝メイトらしい〟親しみを——あるいは彼なりの奇妙なスタイルで、尊敬さえ——込めたつもりであり、悪気はなかったのだと気づくと、何も言わずにその称号を受け入れた。

「ある視点から見ると……」

「おう、視点ってのは聞こえたんだ。それがどうかしたんか?」

「ストーナーが最初に異常に気づいたのは、ミスター・デルのコテージのラウンジの窓から、隣のリビングルームの中を見たときだという話だっただろう。だが、クレシックは何も気づかなかった——あるいは、気づいているのにだんまりを決めているのか——しばらくの間、ミスター・ボランドのコテージの外をうろついていたというのにだ。ボランドが——その——いなくなる直前に」

「なるほどな」ポーカーフェースは窪んだ目を片方つぶって、意味ありげにウィンクをした。「そりゃ、そのクレシックってやつにとっちゃまずい話だな、おれに言わせりゃ!」

ふたりがようやく小道の頂上に到着したとき——その頃には、巨大な汗の玉と化していたウィロビー・デルは、さらに〈フォー・ウィンド〉に向かっていた——ストーナーの言っていたように霧が、厳密には煙霧が上がりつつあった。まるで水が引いていくように、文字どおり、より高い上空へと霧全体が浮かび上がっていたのだ。あと一時間もすれば陸も海もすっかり晴れわたり、まぶしい日の光が煙霧を突き抜けて差し込むだろう。だが煙霧そのものは空高くに居座り、おそらく夕方までは巨大な暗い煙の帯となって横たわっているはずだ。

ウィロビー・デル・ドライブに並ぶいくつものコテージが、はっきりと見えるようになっていた。道を渡った向こう側にある崖の輪郭までがうっすら識別できる。モンティは道が平らになると足を速め、冷静沈着なポーカーフェースも従順に彼にならった。とは言え、到底急いでいるとは呼べないペースだ。

数分後、考え込むような沈黙をポーカーフェースが破った。

「ありゃ何だ？」崖の端のほうへ頭を傾けて尋ねた。「あの子鹿みてえな色のやつ」

「何だって？」モンティが目を凝らす。「ほお、なるほど。ボランドのレインコートだよ。あれこそは、あの場所からミスター・ボランドが飛び降りるのをミスター・クレシックが目撃した目印だ」

ポーカーフェースが低くつぶやく。「問題は」皮肉を込めて言う。「下じゃ誰も着地するのを見てねえってことだ」すると突然、横目でレインコートを眺めていた視線を、訝しむようにモンティに向けた。「クレシックがだって？　どういう意味だよ、じっちゃん？」

モンティは表現力豊かな眉を上げた。「言葉どおりの意味だよ。ミスター・クレシックが一部始終を見ていたのだ、ボランドがレインコートを脱いであそこに投げ捨て、それから――」

「そんなこたあ、わかってる。だがあのデブっちょは、それはあんたら全員が見たって――」

「デブっちょ？」

「捜査を勝手に仕切りだした、あの小さくて丸っこい野郎のことだよ。あいつが言うには――」

「ふむ！　言っておくがな、わたしの友人のデルについて話す際には、きちんと名前で呼んでやってくれたまえ。何と言っても、ミスター・ウィロビー・デルは立派な男なのだから」

「おれだってそうさ」ポーカーフェースが平然と切り返す。「多数決を採りゃな。まあ、どうでもいいや。教えてくれよ、じっちゃん。デブっちょの話じゃ、キャリー・ボランドが崖の端から飛び降りるのを、あんたら全員で見たってことだったぜ。なのに、あんたは今、あのクレシックって野郎が――」

「失礼だが」老モンティは優しい声で言った。「わたしの友人のデルの話をする際には、もう少し敬意を払ってやってもらいたい」

「わかった、わかった……とにかく、どっちなんだ？　クレシックって野郎が見たのか――」

「そうだ」モンティはそう言って眉をひそめた。「そのとおりだよ」

「あんたらは見たのか？」

「いいや」モンティが言った。「見ていない」

ステッキを持った手を上げ、じっくり考えるように眉を撫でつけてから説明を始めた。彼自身もその点を見過ごしていたわけではなかった。不穏な空気を一掃しようと、〝名探偵〟は事件のあらましを聞かせるように一連の出来事を話した。

「キャリー・ボランドの後を追いかけたとき、われわれ三人は厳密には一緒ではなかった。クレシックがボランドのコテージから――いや、より正確を期すなら、ボランドの庭から――彼の後を追って走りだした。ミスター・デルは自分のコテージから飛び出したので、クレシックより少し遅れをとった。わたし自身も、友人のデルの少し後からついて行った――さすがのJ・モンタギュー・ベルモアとて、かつての俊敏さは失っているのでね。

それがキャリー・ボランドを追いかけたわれわれの位置関係だ。あのときは今よりもはるかに霧が濃かった。走りながら、わたしには前にいるデルの姿はかなりはっきり見えていた。クレシックは霧に隠れて見えなかったが、声だけは聞こえた。ボランドについては、見えも聞こえもしなかった。わたしはデルを見失うまいと注意しながら走っていた。ボランドに向かって呼びかけるクレシックの声が聞こえた。一度、二度、それから最後に懇願するような叫びが一度。その少し後に、われわれは揃って崖の端に立っていたのだ。揃って、と言っても、ボランドを除いた三人だがね。

そこでだ、よく聞いてくれたまえ！　われわれは各々走りながら、自分のすぐ前にいる人物しか見えていなかった。だがその人物が何をしているかは、しっかりと目撃している。この事実から、何が起きているのかという全体像は明らかだったのだよ。老いぼれモンティ・ベルモアは〝一番最後《ウルティムス・オムニウム》〟であり」モンティはそう言って芝居じみたため息をついた。「友人のデルから目を離さなかったから、ミスター・デルがミスター・クレシックを追いかけていたのは明らかだ。ミスター・デルはミスター・クレシックを視界に捕えていたから、同様にクレシックも懸命にボランドに追いつこうとしていたのも明らかだ。そしてクレシックは――レインコートという物的証拠を別にしても、ボランドに追いつけなかったことは、ミスター・デルにもわたしにも数秒後に明らかになった。彼は見たのだ、ボランドが一瞬立ち止まって、レインコートを脱ぎ――飛び降りるのを……」

　だが、ポーカーフェースはまだ疑い深い声で言った。「そうとは限らねえぜ」彼が反論する。「もしかしたら崖っ縁まで行って、そのまま端に沿って曲がったのかもしれねえ」

「その可能性もまた絶対にない」モンティもすぐに反論を返す。「絶対に、明らかに、確実に、それはできなかったのだよ！　もしボランドがそんなことをすれば、彼の姿を捕えていたクレシックも同様に端で向きを変え、後を追い続けたはずだ。だが実際には、ずっとクレシックを見ていたわが友デルは、崖の縁でクレシックが立ち止まり、下を覗き込むのを目撃している。ボランドがもしも崖の縁で向きを変えて走り続けたとすれば、同様の理由でわれわれの誰かから、あるいは全員から見えたにちがいない」

　不釣合いなコンビはすっかり歩を緩め、ぶらぶらと歩いていた。ボランドのコテージで待ち受けているはずの謎の男の死体など忘れてしまったかのようだ。モンティの説明についてポーカーフェースが考え込み、ふたりは黙って歩き続けた。突然ポーカーフェースが足を止め、身動きもせずに厳しい視線でモンティの目をじっと見つめた。

やがて口を開く。「本当に追いつかなかったのかな、じっちゃん？」

「何だって？」

「そのクレシックってやつさ。本当にボランドに追いつかなかったんだろうか？……つまり、ボランドは崖から落っこちたのか――それとも、突き落とされたのか？」

「ほお！」モンティが言った。「実を言うと、それこそがモンティ・ベルモアの頭を悩ませ続けている疑問なのだよ。だが、今ではその疑問もほとんど意味がなくなった。より重大な疑問、より差し迫った疑問は――ボランドは、あるいはボランドの死体は、どこへ行ったのか、ということだ」

ポーカーフェースが低い声で言った。「おう。あんたの言うとおりだな……なあ、じっちゃん。もしもキャリー・ボランドがあの崖から落ちたんなら――ま、突き落とされたにしても――真下まで引っかかるものなんかねえはずだ。なのに、真下にはいねえ。途中にもいなけりゃ、とにかくどこにもいねえんだ」

モンティはステッキを胸に当てて驚いたような仕草をして見せた。肩をすくめ、眉を上下させる。

「そのとおりだよ。現状は――今わかっていることから導くと――まさしくきみの言葉どおりに要約される。それなら、どんな説明ができるだろう？ 耳を傾けるべきミス・バッグがやや面白おかしく提案したように、キャリー・ボランドは透明なマントをまとって無事に着地したのか？ あるいは、曙の翼を駆りて地の果てまで飛び去ったのか？（旧約聖書より「詩篇」一三九章九節のもじり）」

ポーカーフェースは、ただでさえ見えないほど薄い唇をさらに横に引いて、かすかな笑みを浮かべた。

「サツに神のご加護あれ！　こんな謎、あいつらの手に負えるわけがねえ」

# 第十六章

〈フォー・ウィンド〉に到着したウィロビー・デルは、とにかくストーナーの話を確認しようと、窓のある建物脇へ走って回り込んだ。疑いの余地はない。部屋の中では、大きな肘かけ椅子に、誰の目にも死んでいるようにしか見えない男がぐったりと座っていた。ミスター・デルは玄関へ引き返そうとして、窓に向かっていたアルトヴァイラー・クレシックと激しく正面衝突し、邪魔をするなと悪態をついた。玄関のドアノブに手をかけたところで、モンティ・ベルモアと同じ疑問が頭をよぎって手を止めた。

「一つ教えてくれ」彼はアルトヴァイラーに詰め寄った。「あんたがこの周りをうろついていたときには、あれに気づかなかったのか?」

アルトヴァイラーが両手をばたつかせる。「わたし、中を見なかったでした。外だけ、壁と、雨どいと。それと、家の裏。修理の必要は、家の裏、ベランダの屋根です」

「ふん!」ミスター・デルはノブを回したが、鍵がかかっていて開かなかった。「鍵をくれ」

「失礼?」アルトヴァイラーが驚いた。

「このドアの鍵だよ、くそ!」ミスター・デルが怒鳴る。「あんた、ここの家主なんだろう?」

「イエス、わたし、家主です。でも、ミスター・ボランドが借りています。鍵を、ミスター・ボランドが持っています」

そのとき、ミス・バッグがロンとともに到着し、ひと目ですべての状況を把握した。「裏口を試してごらんなさい、ミスター・デル」

だが、裏口のドアにも鍵がかかっていた。気の短いミスター・デルが力づくで開けようとするのをよそに、ミス・バッグはそっとキッチンの窓へ向かい、窓枠の下に手を伸ばして押してみた。窓が滑るように開いた。

「みなさん!」ミス・バッグが鼻息も荒く呼びかける。「ロナルド!」

ロンが開いた窓から潜り込み、裏口を解錠してドアを開けた。ウィロビー・デルが早速中へ飛び込んで、リビングルームに直行した。アルトヴァイラー・クレシック、ロン、ミス・バッグ、そしてストーナーは、その順に彼の後に従った。

リビングルームでは、ミスター・デルがひと声命じた。「何も触るな!」ぴしゃりと言い放つ。とたんに、誰もが口を開くのをためらった。

丸まるように椅子に座っているその男を、一同は立ち尽くすように眺めていた。死んでいる、それはまちがいない。ヤルーガでは見かけたことのない男だった。痩せた顔はフェレットに似ており、細い髪は砂色で、ほとんど肌が透けて見えるほどうっすらと口髭を生やしている。青いスーツを着て、爪先の四角い黒い靴を履き、白いシャツに真っ青なシルクのネクタイを締めている。頭と顔、それに白いシャツに、血がついている。

アルトヴァイラー・クレシックは、不器用な手つきでベレー帽を脱いだ。十字を切り、何かつぶやく。ロンとストーナーはすっかり目を奪われていたが、突然吐き気に襲われた。死んだ男からそろりそろりと離れ、ようやくドアにたどり着くと部屋の外へ出た。入れ替わるように、モンティ・ベルモアとポーカーフェースが入って来た。

「ほお！」モンティが無意識に声を上げ、近づいた。

ポーカーフェースは椅子の真正面に立ち、無感動な目で死体を見つめた。「こりゃすげえな！」彼がつぶやく。「ずいぶんこっぴどくやられたらしいや」

モンティは、手入れの行き届いた手を伸ばしかけた。

「気をつけろ、モント！」ミスター・デルが忠告する。「指紋がつく！」

「静かに！」モンティにしてはぞんざいな口調だった。手を男の頬に当てる。「なんということだ、氷のように冷たい！」

ウィロビー・デルがいらいらしたように言う。「当たり前だろう。死んでるんだから」

モンティが穏やかな口調で言った。「ああ、そのようだね、まちがいない。誰か、この男に見覚えはあるかね？」

それぞれが首を横に振った。

「ふーむ！」老人はそう言うと、部屋の中をじっくりと見回した。整理と掃除が好きな独身男特有の、さっぱりと整頓された部屋だった。「ほお！」何か考え込むようにつぶやく。「ふむふむ」

「おい、モント！」腹を立てたミスター・デルが抗議した。「やぶ医者じゃあるまいし、ひとり合点の妙な声ばかりはよせ。何かわかったのか？」

「ああ、そうだとも」老モンティは、熟練された演出効果を存分に発揮して答えた。「冷たすぎるのだよ。この男はすでに死んでから何時間か――かなりの時間が経っている！」

「でも――」ミス・バッグが言いかけてやめた。

モンティが抜け目なく鋭い視線を彼女に向けた。「そうとも、ミス・バッグ。そのとおり。〝一日の謎は、一日にて足れり〟（新約聖書「マタイによる福音書」六章三十四節より〝一日の苦労は一日にて足れり〟のもじり）。だが時間とともに、謎はますます深まるばかりだ。失礼するよ」

モンティはいかにも思わせぶりに、颯爽と部屋を出て行った――〝名探偵〟はこれから手がかりを探しに行くのだ。まずは裏口へ戻り、鍵がドアの内側に挿さったままになっていることを確認して、すました顔でうなずいた。それから迷いもなく通路を進んで玄関へ向かった。正面のドアには鍵が挿さっていない。彼はさもありなんと言うように、再び白髪頭を縦に振った。裏口は施錠され、鍵が残っている。玄関も施錠されてはいるが、鍵はなく、おそらくは最も合理的に考えられる場所、キャリー・ボランドのポケットにあるはずだ。

「何もかも、あるべき状態にある」小さくつぶやく――と、急に躊躇しだした。「いや、待てよ」ゆっくりと言葉を足す。「あるいは、あるべきでない状態、だろうか」

「何だって？」ウィロビー・デルが鋭く尋ねる。「いったいどういう意味だ？」

だが〝名探偵〟は、相変わらず伝統にならって、暗号めいた発言を説明しようとはしなかった。ミス・バッグには老紳士の頭をよぎった考えが理解できたが、訳知り顔で笑みを浮かべただけで黙っていた。

モンティが静かな声で言った。「たしか少し前に、警察に知らせるという案が出たが……」

ポーカーフェースの出番だ。彼は何も読み取れない、故意に感情を殺したような目でモンティを見つめていたが、それを聞いて〝デブっちょ〟に視線を移した。

「そうさ。いつサツに知らせるのか、ずっと気になってたんだ。聞いてくれ。ここから一番近いのはナラビーンの警察署だが、おれはナラビーンに住んでる。今日はここまで釣りに来て、その先の道におんぼろ車を駐めてあるんだ。おれがひとっ走り、呼びに行ってやろうか？」

「ふん。そこまでする必要があるのか？」

「必要があるかだって？」ポーカーフェースは機嫌を損ねたようだ。

ウィロビー・デルが鼻を鳴らした。「電話のほうが速いだろう」

「おう、そうだろうよ。そんなら、やってみりゃいいさ。おれはおれで呼びに行くから。あんたらのために、やつらを駆り連れて来てやるよ」不正確な英語でそう言った。オオカミのようににたりと笑って話を続ける。「どこへ呼びに行きゃいいか、どこに連れて帰って来りゃいいか、おれはよく知ってんだぜ。本当言うと、サツがこの状況をどうするか、見てみてえんだ！」

ミスター・デルは彼を無視した。すでに目で電話を探しながら、この口の悪い愚か者がさっさといなくなればいいとさえ思っていた。ポーカーフェースは砂糖のずた袋をしっかりと肩にかけ直し、ドアに向かった。

「出発する前に！」モンティが慌てて呼びかけると、男はドア口でおとなしく立ち止まった。

老モンティが実に穏やかに言った。「きみは――その――そちらはわれわれよりも有利な立場にあるのだよ。わたしたちの名前はすべてきみの前に明かされたが、こちらはまだ伺う光栄にあずかっていないのでね。差し支えなければ、ご教示いただけないだろうか？」

「へ？」ポーカーフェースが訊き返した――彼自身の言葉で言えば――〝ぴんと来ねえ〟ようだ。

「きみの名前を訊いてるんだよ」

「ああ！　いいとも、じっちゃん。おれはバートだ。バート・グラブ。あんたら、もう知ってるもんかと思ったぜ。ナラビーンじゃ、サツも含めて、誰もがバート・グラブの名を知ってるんでね」

　彼は出て行った。

　ウィロビー・デルはリビングルームの小さな書きもの机に電話があるのを見つけた。受話器を上げ、その場の全員を険しい目つきで見回してから、これからナラビーンの警察署に通報するつもりだと告げた。ついては警察が来て現場を掌握するまで、何ひとつ手を触れるなと付け加えた。

　通報が終わると、モンティはデルに手を差し出した。

「お疲れさん」

「え？」ミスター・デルが呆然と彼を見つめた。「わたしに何か用か？　モンティ」

「用があるのは、その電話機だ」モンティがきっぱりと言った。「シドニーの犯罪捜査局《CIB》に連絡したいのでね――具体的には、わたしの旧友、タイソン警部に」

# 第十七章

そのおよそ三十分後、ナラビーン警察が到着した。年配の巡査部長と若い巡査だ。霧のせいだとしても時間がかかりすぎであり、そもそも霧ならとっくに晴れていた。が、どうやら別の場所に出ていた巡査部長を迎えに行ってからこちらへ来たらしい。巡査部長の名前はその顔と完全に一致していた。オキャラハンという名で、どこから見てもアイルランドの血筋にちがいない顔をしている。ただ、祖先から受け継いだのはその二点だけだ。かの国の伝統音楽を思わせる抑揚は彼の話す声にはなく、平坦で鼻にかかった、バート・グラブと似たはっきりしないしゃべり方をする。そのバート・グラブは警察と一緒に戻って来てはいなかった。

ふたりがサイドカー付きのオートバイに乗ってやって来たのは、ＣＩＢの捜査官が到着するほんの数分前だった。死体をちらっと見て、モンティの質問に一つだけ答える時間しかなかった。

「誰だって？」オキャラハンが訊いた。

「グラブだよ」モンティが繰り返す。「バート・グラブだ」

「聞いたことねえな」

「だが、彼はたしかに言ったのだ。ナラビーンの住人なら、警察を含めて誰でも自分を知っているはずだと！　第一、きみたちを呼びに行った張本人ではないか！」

「聞いたことねえな」オキャラハンはもう一度そう言って、モンティを睨みつけた。「ナラビーンまで、おれたちを呼びに来たんだって？　あの部屋にあんなものがあるってのに、あんたらはそいつをここから自由に解き放っちまったんだよ！　そんなやつが警察を呼びになんて来るか！　今頃どこにいることやら」

「きっとまだナラビーンに向かっている最中なのだろう。きみたちの――その――マシンは、彼の車よりスピードが出るのかも知れない――〝おんぼろ車〟などと呼んでいたがね」

「そうかい、そんならなんで途中でおれたちを呼び止めるなり、一緒に戻って来るなりしなかったんだろうな？　どっかで出くわしたはずだろうに」

モンティを含めて誰も答えられずにいるうちに、ウィロビー・デル・ドライブの小さな門の前に車が近づく音がした。

「おいおい！」オキャラハン巡査部長はつぶやいた。「ありゃ誰だ？」

「ああ、あれなら」モンティが淡々と言った。「ＣＩＢの連中だよ」

オキャラハンは何も言わず、驚いた顔をしている。

「わたしが連絡したのだ」モンティが相変わらず落ち着き払って説明した。「友人であるタイソン警部に、すぐにでも知らせるべきだと思ったのでね」

オキャラハンは無言のまま、部下の巡査に目配せをして、小さな庭の先の門に向かって慌てて出て行った。そこへ到着するには、当然ながら、コテージに入ったときと同じ道筋をたどらねばならず、裏口から出て家の脇を通って正面に回った。玄関のドアは、その朝キャリー・ボランドが鍵をかけたきりになっていたからだ。

車から五人の人間が降りていた。痩せて背の高い、緩慢な動作のタイソン警部、縁なし眼鏡の背の低いずんぐりとした男、それに判で押したようにそっくりな、寡黙で用心深く、真剣な顔つきの三人の屈強な若者だ。

「オキャラハンだな?」

「はい、そうです。タイソン警部であられますか?」

タイソンがうなずいた。古ぼけた黒い鞄を提げている背の低いずんぐりとした男に、軽く手を振る。

「こちらはドクター・ロスマン」ほかの者にも手を向ける。「ブレイク、ドッズ、それにエサリッジだ……死んだのは誰だ、オキャラハン?」

「まだわかっておりません、警部。その時間がありませんで――われわれも、わたしとダーキン巡査ですが、たった今到着したところなのです。ダーキンは今、目撃者たちと家の中におります」

「死体はどこだ?」

「リビングルームです。椅子に座るような――」

「〝案内《あない》せよ、マクダフ〟(シェイクスピア「マクベス」より)」タイソンが素っ気なく言う。

巡査部長は警部たちを連れて裏口へ回りながら、そこを通らなければならない理由を説明し、家に入るとまっすぐにリビングルームへ向かった。ダーキン巡査が目撃者たちを現場から一番近いボランドの寝室に集め、彼らを見張っていた。タイソン警部は大きな椅子の上の死体をひと目見て、凍りついたように立ち止まった。

「なんとまあ、これはこれは!」優しい口調で言う。「リチャード!」

「ええ」エサリッジ刑事が、ごく当たり前の口調で言った。「エディ・スタッカーです。運の悪いやつめ。どうやらジーニアスに見つかったようですね」

「そう思うかね、リチャード？」

「でなきゃ、誰がやったと言うんです？　ジーニアスはこいつのことで頭に来てましたからね、当然――」

「それにジーニアスは、頭に来た相手の頭を殴って殺す悪い癖があると言うのだろう？　そのとおりだ。だが、これがジーニアスの仕業だとすればだ、リチャード、キングス・クロスから二十マイルも離れたキャリー・ボランドの住居に死体があるのはなぜだ？」

「それはボランドに訊きましょう」

「ふむ、そうだな……キャリー・ボランドを見つけ次第な。どうやらキャリー・ボランドは、なんとも不可思議な方法で消えてしまったという話なのだ。死者がひとりと、不可思議な行方不明者がひとり。リチャード――この二つに関連はあると思うかい？」

「二件です！」オキャラハンが言った。

「今、何とおっしゃいましたかな？」警部が礼儀正しく問いただした。エサリッジ刑事は、タイソンの親父がまたまた饒舌モードに入るぞと覚悟した。

「行方不明者は、ふたりいるのです、警部」オキャラハンが言った。「ボランドと、グラブという名の――いや、そう名乗っただけなのかもしれませんが――男がもうひとりいたのです。バート・グラブです。死体発見時にはここにいました。われわれを呼びに行くという話を信じ込んだ連中が、やつを逃がしてしまったのです」

「オキャラハン君」しばしの沈黙の後、警部が父親のような口調で呼びかけた。「これからきみとわたしとで、きみの集めた目撃者たちと話をしに行こうじゃないか……どうした、ドクター?」

死体を見下ろしていたドクター・ロスマンが、注目を引くために指を鳴らしたのだ。「見てくれ!」

無造作にエディの頭部に手を置き、力を込めて下へ押した。エディ・スタッカーの死体は椅子から滑り落ちて、床に転がった。そのままの姿勢で、固まって。

「この悪魔め!」百戦錬磨のタイソンでさえ、驚愕して息を呑んだ。

「死後硬直だ」ドクター・ロスマンが大まかな説明をする。「この男は少なくとも死後十二時間は経過している。外表面の傷痕から、お馴染みの鈍器による撲殺だと推察される。だが、ここ以外の場所でだ。殺されたのはこの部屋じゃない——流血が少なすぎる」

「ありがとう」タイソンが自分を抑えるように言った。「つまり、彼は殺された後、誰かにここまで運び込まれたわけだ。そして昨夜から今日までずっとここにいた、おそらくはキャリー・ボランドと一緒に。そのキャリー・ボランドが、今度は消えてしまったと」

「バート・グラブもです」オキャラハンが、この点に執着するように付け加えた。

「うむ……ドクター、お得意の残忍なお仕事を頼むよ。きみたちは何か見つからないか、周辺の捜査に当たれ。いや、リチャード——きみは一緒に来てくれ。オキャラハン!」

「はい?」

「目撃者に会うぞ——どこにいる?」

# 第十八章

目撃者たちはキャリー・ボランドの寝室にいた。ミス・バッグは小さな肘かけ椅子に腰を下ろし、すっかりくつろいでいた。モンティ・ベルモア、ウィロビー・デル、アルトヴァイラー・クレシック、それにミス・バッグの甥のロンは、まるでひと昔前の小学生が昔ながらの長椅子に腰かけるように、ベッドの上に並んで座っていた。昼食を食べそびれたウィロビー・デルは、機嫌を損ねていた。ストーナーは手持ち無沙汰なウェイターのように、のんびりと窓のそばに無言で立っている。ダーキン巡査は、何にも、誰にも、いっさいの関心がないというように、ドアの前に立っていた。

タイソン警部はモンティと旧友同士らしく握手を交わした。

「ミスター・ベルモア、賢明で迅速な通報をいただき、感謝しますよ。こちらのエサリッジ刑事をご紹介しましょう。かの有名なサー・ジョージ・エサリッジの直系の子孫だそうですよ」

モンティはきょとんとした。仕事上、ピネロ（サー・アーサー・ピネロ、一八五五～一九三四、英国の劇作家）より古い劇作家には詳しくない。

「たしか十八世紀でしたか」タイソンがぶつぶつと言う。「戯曲を書いていた人物です。今はその子孫が、報告書を書いているのですよ」

モンティに腰を下ろすよう勧めながら、タイソン自身はまるで〈橋の上のホラティウス〉（進攻してきた敵軍が町の入口の橋を渡らないよう、友人を従えてたった一人で立ちふさがった古代ローマの若者ホラティウスの逸話）のごとく、右手にオキャラハン刑事を従えて立っていた。タイソンは、かの有名なミスター・デルに対しては——少なくとも表面上は——たいへんな敬意を表しながら、ミス・バッグには礼儀正しくも用心深く、そしてアルトヴァイラー・クレシックには好奇心を露わに接した。アルトヴァイラーに、オーストラリアに来てからどのぐらい経つのかと尋ね、アルトヴァイラーは先にウィロビー・デルに伝えたとおりに答えた。

「そうでしたか」タイソンが礼儀正しく言った。「それは、それは」

「それが何か？」アルトヴァイラーが言った。「どうしました？」

「この国が好きですか、ミスター・クレシック？」

「イエス」アルトヴァイラーは嬉しそうに答えた。「良い国です。自由の国です」（ロン・ゴールディングはその言葉を皮肉るように鼻で笑った）「お金、たくさん稼ぎました」

「そうですか。それはよかったですね。どうやって稼いでいるのですか？」

答えるアルトヴァイラーの声から嬉しさが消え、自分の言葉に矛盾するように答えた。「お金、稼げませんでした——しばらくは。わたしは、輸入業してます。買い付け委託します」

ウィロビー・デルは、喉の奥で何かをつぶやいた。彼自身も輸入に携わってはいたが、同時に製造もしていた。そして製造者としては、輸入業者——ある特定のタイプの輸入業者——を毛嫌いしていたのだ。

「それを言うなら、輸入していいたのまちがいだろう。何の輸入だったんだ？」

「そうですね……陶器、ガラス、おもちゃ」

ミスター・デルが唸るように言った。「我が国がこれまでにとった最善の政策は、輸入制限だ」

アルトヴァイラーは予想外に敵対心を見せた。「ノー！　それは、良くないこと。それは、誠意のないこと。それは――それは――」両手をしきりに振りながら、言いたい言葉を探している。「それは、商業的道徳に反すること」

J・モンタギュー・ベルモアは突然目を見開いたが、口は閉じたままだった。

「道徳に反するだと！」ミスター・デルが歯をむき出した。「この国をゴミ捨て場にするのも、商業的道徳に反するんじゃないのか。誠意を見せたいがために、どこもかも倒産してしまえばよかったんだろうよ！」

それまでまったく口を開かなかったロンも、輸入制限策に苦しめられた挙句に職を失っており、怒りと苦々しさを吐き出すようにこの論争に加わった。タイソン警部は、まるで交差点の交通整理を任された警察官のように、大きく骨ばった片手を上げて、いくぶんいかめしく「そこまで」と自制を促した。まるで何にでも賛成の大合唱をする国際連合の代表団のようじゃないか、と言った。直近の問題に一同の注目を引き戻し、それぞれの証言に耳を傾けた。辛抱強く神経を集中させて聞いていく。全員の話が終わると、「うーむ」と言って、ハリー・フーディーニ（一八七四～一九二六、ハンガリー生まれの稀代の奇術師で「脱出王」の異名をもつ）がどうのこうのと小さくつぶやいた。

「キャリー・ボランドの、その――うむ――消失についてですが――それはあり得ません」

「そんなことはわかってるんだ、ちくしょう！」ミスター・デルが怒鳴る。「だが、現に見たのだ――」

「いいえ！」タイソンがきっぱりと正す。「あなたがたは、何も見ておられないのです。みなさんのお話を突き合わせると、あなたがたは見落とされているようだが、キャリー・ボランドが崖から飛び降りるのを実際に見た――あるいは見たと言っている――のは、ひとりだけなのです」

アルトヴァイラー・クレシックはベッドに座ったまま背筋を伸ばし、警部を見つめて瞬きをした。

「どういうことです?」半信半疑で訊き返す。「わたし、たしかに見ました!」

「ああ、信じるよ」ミスター・デルが温かく言った。「そうとしか考えられないんだ、警部。ボランドが飛び降りたのでなければ、もしも引き返して崖に沿って左右どちらかに走ったのなら、わたしたちが目撃したはずだ。見逃すはずはない」

「それには、老いぼれモンティ・ベルモアも同意見だよ」その名前の持ち主が口を挟んだ。「ボランドの姿が霧の中に隠されて、わが友デルとわたし自身から見えなかったのは、あくまでも彼がわれわれからまっすぐ遠ざかるように走っていたからだ。もしも引き返したり、方向を変えたりしたのなら――」

「ええ、わかりました、わかりました」波風を立てないためだけに譲歩するような口調で警部が言った。「今はそういうことにしておきましょう……リチャード!」

「はい、警部」

「きみの可愛いピンク色の耳をちょっと貸してくれ、リチャード」

彼はエサリッジ刑事を脇へ呼び寄せ、可愛くもピンクでもない耳に何事かささやいた。モンティ・ベルモアは、これから当然なされるべき捜査の手順について、内密の指示を出しているのだろうと思った。つまり、崖下の岩と崖の上の捜索、それに崖の岩肌の綿密な調査だ。

「さて」エサリッジが部屋から出たところで、タイソンが言った。「その奇妙な謎についてはいったん置いておくとして、あちらの部屋にいる不運な若者に話題を移しましょう。彼をご存じの方はいらっしゃいますか？」

「いや」ウィロビー・デルは、勝手に一同の代表者となって答えた。

「今までに、この辺りで彼を見かけたことのある方は？」

「いや。たった今まで見たこともなかった」

「あなたこそ、あの男の人をご存じなんですか、警部？」ミス・バッグが鋭い質問をした。

「ええ」タイソン部長はため息をついた。「そうです、あの男ならよく知っています。エディ・スタッカーという名のちんぴらでした……この名前を聞いても、どなたも思い当たりませんか？」

全員が首を横に振った。

「そうですか――そうでしょうね、そうだろうと思いましたよ……では、みなさんにお聞かせしましょう。数日前、エディ・スタッカーは、とある情報をわれわれの元に持ち込んだのです。彼の話のうち、いくらかはわれわれもすでに知っていましたが、知らないことも含まれていました。その新しい情報は酒類に関する調査委員会にとって重要なもので、おかげで思いがけない紳士たちを委員会に招聘することができました。彼の情報なしには――その――見過ごされてしまっていた紳士たちです」

「ほら、言ったとおりだろう」ウィロビー・デルは、名指しはしないものの、どうやらモンティ・ベルモアに向かって指摘しているらしい。「誰かが垂れ込みをしたはずだってな」

タイソン警部は腕を組んで両肘に手を添え、ゆったりと壁に寄りかかった。

「しばしお話をさせていただきましょう……巷では、特にキングス・クロス辺りの子どもじみた噂では、〝ジーニアス〟という名が恐れられています。ジーニアスなる人物の正体はわれわれにも摑めない――そして、誰ひとり知る者はいない――のですが、どうやら多岐にわたる凶悪犯罪に手を染めている紳士であり、裏社会における無名の帝王のひとりだと思われます。エディ・スタッカーは、われわれとの興味深い話し合いの中で、そのジーニアスの活動について知っていると言いました。実はそれ自体は大した情報ではなく、ほとんどわれわれの摑んでいた情報と変わりありませんでしたが、そのうちに彼は、とある住所を挙げ、運が良ければ、そしてタイミングよくそこへ行けば、その謎に満ちた人物に会えるかもしれないと言ったのです。だがこれまでのところ、運に恵まれなかったのか、タイミングが悪かったせいか、あるいは——最も考えられるのは——ジーニアスがその場所をすっぱりと見限ったのか、われわれはまだ彼を発見できていません。こうしてジーニアスは今この瞬間も噂の的のまま、幽霊か影として存在し続けているのです。実に残念なことです。なぜなら、法廷や調査委員会の前に影を引きずり出すわけにはいかないのですから。

さて、ジーニアス本人はおそらく、いや、たぶん、エディがわれわれの元を訪れたことを知っており、ゆえに彼には充分な動機があったと言えるでしょう——つまり——あの不運な若者を始末する動機です。なぜなら、近い将来エディがジーニアスの本名や正体にたどり着き、それをわれわれに知らせることは考えられたからです。また、これまでの仕事の手口を見れば、現在のエディにははっきりとジーニアスの署名が残されているも同然です。

ですが——ここから先は、今回の事件の奇妙な点を挙げていきますが——第一に、エディがこの苦難に満ちた世界からの旅立ちを余儀なくされたとき、彼の死体が発見されたのは、ジーニアスが暮し、活動し、悪事を行う土地から二十マイルも離れた、キャリー・ボランドなる人物の住居だった！

そしてすぐに第二の疑問点へと続きます。エディはこの場所で殺されたのではないことはわかっています。どこか別の場所で殺され、死後ここまで運ばれて来た。さらに、殺されたのは昨夜であり、死体が持ち込まれたのも昨夜のうちだった。それは死後硬直が起きて、エディが――その――椅子に座らされたときにはすでに姿勢が固まっていたことからも――」

「なんたることだ！」老モンティが、彼特有の大げさな演出で大声を上げた。

タイソンは演説を中断して、問いかけるようにモンティを見つめた。

「ボランドは昨日シドニーへ出かけたのだよ。われわれがここに到着したとき、ちょうど車で出かけるところだった。一日か二日ほど留守にするかもしれないと言っていた――が、ゆうべ遅くに戻って来たのだ。それはデルも立証してくれるはずだ」

「ああ」ウィロビー・デルは不満そうに言った。「そのとおりだ、警部。実を言うと、うちの従卒がそのとき彼を目撃したんだ……おい、ストナ！」

「はい？」ストーナーは答えてから我に返った。「ああ！　ええ、そのとおりです、警部」タイソンに向かって言った。

「うむ……本人にまちがいなかったのですね？　あの霧の中でも彼が見えたと？」

「はい、まちがいありません。二軒の車庫はすぐ隣り合っておりまして、わたしはそのとき布巾を取りに外に出ていたのです。見まちがえるはずがないほど、すぐ近くから目撃しました」

「ほかに何か見ませんでしたか――あるいは、ほかの人物は？」

「いいえ。ちょうどそのとき、ミスター・デルに呼ばれましたので」

「なるほど」タイソン警部は優しい口調で言った。「ありがとうございました。これで第三の奇妙な点にぶつかるわけです。ボランドが戻って来たときにはすでにエディの死体が家の中にあったのか、でなければボランド本人が死体を運んで来たのか、あるいはまた、もっと遅くなってから別の誰かが死体を持って来たのか。いずれにしろ、死体は霧に乗じて運ばれたのです。そして、いずれにしろ、ボランドは死体がここにあることを知っていたにちがいありません。にもかかわらず、何の反応も示さなかった。ひと晩経って今朝になるまで家の中に放置しておいた。彼の行動は、どう考えても奇妙そのものです。死体を家の中に置いたまま──朝になって考え事がしたいからと散歩に出た。ミスター・デル、彼があなたに言ったように、気がかりなことが頭から離れなかったにはちがいないでしょうが──」

　タイソンはさらにゆったりと壁にもたれかかった。

「もしも彼がエディの殺害と無関係であったのなら、当然ながら警察に通報しなかったのはどうしてでしょう？　あなたのコテージに立ち寄ったとき、何も言わなかったのはどういうわけでしょうね？

　ここに非常に奇妙な、第四の疑問点が現れるのです。散歩から戻ったとき、彼は再度あなたのコテージを訪ねましたね、昼食後にあなたとミスター・ベルモアを釣りに誘うために。釣りですぞ！　家の中にあんなものがあり、今にも霧が晴れてしまいそうだというのに──実際に晴れたわけですが……その瞬間に至るまでのボランドの行動──つまり、彼の家にあんなものが秘められているとは知らないあなたがたから見た行動──は、まったく普段通りでごく自然なものでした。ですが、ミスター・デル、あなたは、隣のコテージでミスター・クレシックが待っていることをさりげなく伝えた。そのときにミスター・クレシックの名前と、彼が来ているという情報が引き金になって、ボランドはまっすぐに崖へと追い立てられ、おそらくは飛び降りた。彼の家の中で他殺体を見つけたことは、少しも言ったり暗示したりしたわけでもないのに──」

「待ちたまえ、警部」モンティが遮った。「ちょっと待ってくれ。ボランドはおそらく、クレシックが死体を発見したか、窓越しに見えてしまったと思い込んだのではないだろうか」

「ですが、そうすると第三の疑問点に戻って来てしまいます。どうして発見されるまでずっと死体を放置しておいたのか？　どうしてあのままにして散歩に出かけたのか？」

警部は間を空けて、アルトヴァイラー・クレシックの意見を待っているようだった。だがアルトヴァイラーは何も言うつもりはないらしい。ベッドの上でウィロビー・デルと老モンティに挟まれて座ったまま、不安と動揺の面持ちでベレー帽をいじっていた。その短い間《ま》のうちに、エサリッジ刑事が部屋に戻って来て、タイソンに何やら耳打ちした。

「ありがとう、リチャード」警部は一同へ向き直った。「第五の奇妙な点を発表しますよ。ボランドは一見崖から飛び降りたかのように――」

そこでアルトヴァイラーが強く主張した。「本当にヤンプしたです！　わたし、見ました！」

「わかりました、わかりました。彼は崖からジャンプして――その――姿を消しました。いいですね。その数分後にあなたがたは崖の下の岩で彼を探し、そのときミスター・バート・グラブなる男も一緒に手伝った。ミスター・デルの使用人がやって来て、ボランドのコテージで男が死んでいると伝えた。そこであなたがたはそれを確かめようと、揃ってここまでのぼって来た。ミスター・デルはナラビーン警察に電話をかけ、ミスター・ベルモアはわれわれCIBに通報した。ここまではすべて通常の範囲であり、正しい行動であって、実に賞賛に値します。ですが、明らかに異常で誤った行動が起きます。そのバート・グラブという男が自らオキャラハン巡査部長を連れて戻るという考えにとらわれた――少なくとも、それが彼の言い分でしたね。ですが、バート・グラブがナラビーン警察署に姿を見せることはありませんでした――たった今、エサリッジ刑事がその点を確認して来たのです。さらに、バート・グラブは誰もが知る人物ではありませんでした。それどころか、誰も彼のことを知りません。ナラビーンの住人も、われわれも――そこでわたしはこの結論に至ったわけです、〝バート・グラブ〟などという男は実在しないと……」

「ほお！」J・モンタギュー・ベルモアは、考え深そうに声を上げた。

# 第十九章

当然ながら、この件は翌朝の新聞に掲載され、常にメディアの最大の関心事が犯罪とセックス――一位はダントツでセックスだが――であることから、各紙に大きく取り上げられた。夕刊紙は一面のスペースを空けて待機中だ。〝女を探せ《シェルシェ・ラ・ファム》〟が取材のモットーである彼らは、こぞって記者をあちこちへ〝探し《シェルシェ》〟に行かせた。一方、朝刊の記事には女の影はなく――ミス・バッグでは物足りないとの判断だ――著名なビジネスマンであるウィロビー・デルと、誰もが知るラジオ俳優のＪ・モンタギュー・ベルモアの名前が前面に打ち出されていた。

キャリー・ボランドの行方は謎のまま、解決できそうになかった。バート・グラブなる男も、本名が何であれ、行方をくらましていた。バートに関しては、新聞はすでに殺されているのではないかとの見方だったが、誰の犯行かは書かれていなかった。おそらく新聞社の勝手な推理か、でなければ無意味で聞こえがいいというだけの理由で書いてみたかのどちらかだろう。少なくとも、タイソン警部はまったくそんなふうには考えていなかった。タイソンがモンティ・ベルモアに語った考えによれば、バートはたまたま現場に居合わせた些末な目撃者に過ぎず、おそらくは犯罪歴があるものと思われた。だからこそ警察の尋問を避けようと、最初に訪れたチャンスに飛びついて姿を消したのだと。

アルトヴァイラー・クレシックは、法的には外国籍のままだったことを主な理由に、ＣＩＢでの取り調べに連行されはしたが拘束されたわけではなかった。ボランドのコテージはまだ刑事たちが徹底的に調べていた。別の刑事たちはヤルーガの住人に聞き込みを続けており、アルトヴァイラーがバス停からの坂道で遭遇したふたりの婦人や、バスを降りたところを目撃した店主も見つけ出していた。そしてさらに、新聞記事によれば、警察は一帯をくまなく捜査しているらしかった。

その捜査の過程で、早くも発見があった。ビーチの向こう側の集落と二つの岬を結ぶ、ほとんど人の通らない山頂の道に、車が乗り捨てられているのが見つかったのだ。流行の二人乗りのスポーツカーで、ボディは磨き抜かれ、内部も一見するとぴかぴかだった。だがよく見ると、助手席側のシートの背もたれの隅に染みがあった。呼び出されたタイソンが触ってみると、その染みはまだかすかな粘り気を帯びており、それが何かはすぐにわかった。誰かがここで血を流し、その血がシートの繊維に染み込んだのだ。

シドニーに電話で問い合わせた結果、車はエディ・スタッカーのものと判明した。死体から二百ヤードほど離れた場所に彼の車があったことから、タイソンの頭脳は活発に動きだしていた。実のところ、新聞には書いていないが、そのことでタイソンとモンティ・ベルモアは議論を交わしていた。

いったいなぜこんなところにエディの車が？　警部が問いかける。どうやってここへ？　いつから？

モンティは、ほんの親切心から、その疑問に当たり前と思われる答えを口にした。

「スタッカーという若者自身が運転して来たのだろう。ゆうべ」

「うむ……そう思われますか、ミスター・ベルモア？」

「きみはそう思わないのかね？」

「ちがうと思います。エディはゆうべ殴り殺された。そして、誓ってもいいが、あれは」——車の染みを指さす——「エディの血でしょう」

「なるほど。では、誰がここまで運転したのだろう?」

「そうですね……ボランドでは?」

「ひとりの男が、一度に二台の車が運転できるかね? ボランドは自分の車に乗って出かけたのだよ」

「たとえばですが、ミスター・ベルモア、たとえばエディが昨日のもっと早い時間に車でここへ来て——誰かに会いに来たと仮定しましょう——その誰かはこの場所でエディと落ち合って話をし、ここで彼を殺してから、車に死体を放り込んで霧に乗じ——」

そこでモンティが遮るように、誰かというのは誰かと尋ねた。

「どうでしょう——ボランドでは……」

「だがね、警部、ボランドはその場にいなかった。シドニーに出かけていて、夜八時まで戻って来なかったのだよ」

「シドニーにいたと言いきれますか? シドニーに行って来ると本人が言ったとしても——実際にそこで見たわけではないのでしょう?」

「そうだ。もちろん見てはいない。だが、今朝友人のデルにと、古くて珍しいスコッチを二本も持って来てくれたのだよ。そんなものは、シドニーでしか——その——手に入らないはずだ」

「初めからコテージに貯蔵してあったものかもしれません」

「ふむ! ではボランドのコテージからあのスコッチがほかにも見つかったかね? いいや、見つかってはいまい。あれほど高級で貴重なものを、貯蔵していた最後の二本とも簡単に人にあげられるものだろうか？」

「どうでしょう——シドニーに行く前だったとか……？」

「おやおや、昼間の明るいうちから？」

「昨日の昼間は必ずしも明るくはなかったでしょう」

「それでも充分な明るさはあった。それに、集落では人が行き来していたし、主婦たちの詮索好きな目、好奇心で大きくなった耳があった……残念ながら」と〝名探偵〟はその賢そうな頭を訳知り顔で横に振りながら言った。「ここでこの車が発見されたことは、手がかりになるどころか、いっそう謎を深めてしまったようだ。きみ自身が考えているように、モンティ・ベルモアも、スタッカーなる若者が自分の車で最後のドライブに出かけたときには、すでに死んでいたと思っている。だが老人の頭では——きみが考えるようには思い描けないのだが——そのときの運転手はボランドではない」

「わかりました。では、シドニーから戻って来た後では？」

「つまり、自分の車をいったん車庫に入れた後で、わざわざここまで戻って来てスタッカーと会い、それからさらに——」

モンティは芝居がかった手の動きだけで質問を締めくくった。

「そのようなことです」

「だがね、警部、それではきみが提示した最も重要な質問に誤謬が生じる。きみの質問は〝もしもキャリー・ボランドがスタッカーの死亡とまったく無関係であるなら、つまり、もしもスタッカーの死体が第三者によってボランドのコテージに——その——遺棄されていたのだとしたら、なぜボランドはそれを発見したときすぐに誰かに知らせなかったのか？〟というものだったね。では反対にモンティ・ベルモアが尋ねよう。〝もしもボランドがその不運な若者の死亡に関わっていたのだとしたら、もしも彼が自分の手であの場所に死体を置いたのだとしたら、どうしてそんな明らかに馬鹿げた意味のない行動をとったのか？〟と。どうして死体をどこか別の場所まで運んで――そう――崖から海へ投げ捨てなかったのか？　それより、車に乗せたままエンジンをかけておいて、死体もろとも海へ突っ込ませればよかったのでは？　それなら事故に見せかけられたかもしれない」

「では、なぜそうしなかっと思いますか？」タイソンがさりげなく尋ねる。「ご自分の質問に、答えられますか？」

「ふむ！　いや。答えられないな、警部、満足できる答えは出せない。ボランドがスタッカーの死と死体遺棄に関して本当に無実だからだと言えば、きみの質問に戻って来てしまうからだ。〝自分のリビングルームに死体があるのを発見したのに、なぜ何もしなかったのか？〟と」

「何かしましたよ――ずっと後になってから。彼は、姿を消したのです。すっかり準備を終えた後で――自ら行方をくらましたのです」

「準備？　彼の振る舞いからは、とても用意周到に段取りを整えてあの劇的な飛び降りを実行したとは思えなかったがね」

「飛び降りと見られる行為です」

「何？　いや、それは不可能だ……だが待て、どちらにしても不可能だな！」J・モンタギュー・ベルモアはしばらく考え込んだ。「どうにもおかしな話だ、警部」彼はステッキの取っ手でタイソンの胸を叩きながら言った。「〝デンマークで何か良からぬことが起きている〟（シェイクスピア作「ハムレット」より）とは呼べないまでも、何かが実に怪しい――」

その直後、これも新聞に書かれてはいないが、タイソンは無口ながら忠実なるエサリッジ刑事を伴い、エディ・スタッカーの運命の分かれ道となった夜について調べるためにシドニーへ戻って行った。彼はクエリータ・トーレスを訪ねた。いち早く彼女に悪い知らせを伝えに行った――少なくとも、そう思っていた。クエリータはもっともらしく月並みな反応を見せた後、少し気分が落ち着いた頃には気やすく協力的にしゃべった。エディと午前一時まで〈マーメイド・タバーン〉で夕食を楽しんでからアパートまで送ってもらい、部屋で最後に一杯だけ飲んでおしゃべりをした後、彼は帰って行ったと言う。

「午前一時まで？」

「そのぐらいだわ、ええ」

「彼がアパートを出たのは、何時だった？」

「きっと二時ごろだったと思うけど。正確には答えられないわ」

二時ごろか。エディはクエリータと別れてから間もなく殺されたにちがいない、おそらく部屋を出た直後ぐらいに……誰かが待ち伏せていたのだろうか？

「それで……どうしてタクシーに乗ったんだ、クエリータ？　エディは車を持っていただろう？」

「ええ、でもゆうべは乗って来なかったの。どうしてって訊いたら、気分を変えたいんだって言ってたわ、この霧じゃほかの人に運転してもらったほうがいいからって」

「なるほど。まだ若い割には賢い男だ」

それを聞いて、クエリータがまた泣きだした。「あの人のことをそんなふうに言わないで、まだ若いとか若くないとか、そんなこととは無縁の世界に行っちゃったんだから！」

タイソンはそっと詫びたが、公平に見てもその言葉には心がこもっていた。「すまなかったね、クエリータ、失礼なことを言うつもりはなかったんだ。聞かせてもらえないだろうか。エディの車だが、ゆうべはどこにあった？」

「彼の車庫だと思うわ、たぶん。ほかのどこに置いておくというの？」

タイソンが説明すると、彼女は目を丸くして彼を見つめた。

「でも、そんなのわけがわからないわ！」

「そうだな、わけがわからない。だが、車はそこにあるのだ……クエリータ、ゆうべきみがエディとここへ戻って来たとき、ふたりだけだったのか？」

「ええ、そうよ」

「それで、彼はひとりで帰って行ったんだな？」

「ええ、もちろん。少なくとも――」

「少なくとも、何だ？」

「少なくとも、ここを出て行ったときにはひとりだったわ。その後に何かあったとしても――誰かが彼を待ち伏せていたとしても……」

「彼はどうやって帰った？　つまり、またタクシーを拾うつもりだとか、歩いて帰るとか、何か言ってなかったか？」

「わからないわ。何も言ってなかったもの。じゃあ、またなって、そう言っただけで――行ってしまったの」そう言い終わると、クエリータはまた嘘泣きを始めた。

「クエリータ、ほかにも誰かボーイフレンドはいるのかい？　嫉妬深いタイプの男は？」

「いいえ、とんでもない。そんなのいないわよ、ミスター・タイソン。男友達ならほかにもいるし、前にお付き合いをしていた人はいるけど、あたしにはエディひとりだったの——そういう関係は」

「うむ……キャリー・ボランドという人物は知っているか？」

「キャリー・ボランド？　聞いたこともないわ」

「新聞を読まないのかね？」

「読むわよ、でも——ああ、待って！　たしか、あの人ね——？」

「そう、酒類に関する調査委員会に呼び出されていた人物だ」

「ああ、そうね、そうそう、新聞で名前だけは見たわ。でも、そんな人は知らないわよ、見かけてもわからないと思う」

「エディはどうだった？　個人的に知っていたか、という意味だ。新聞で読んで名前を知っているだけじゃなく」

「そんなの、あたしにはわからないわよ、ミスター・タイソン。もし知っていたとしても、あたしには何も話さなかったし、そんな名前は言ってなかったわ」

「クエリータ、きみは〝ジーニアス〟という男を知らないか？」

クエリータはさらに目を大きく開け、無垢な顔で答えた。「ジーニアスって、誰？」

「それはこっちが知りたい」

「でも、それって誰かの名前じゃないんでしょう？」

「その呼び名しかわからないのだ。本当にジーニアスを知らないんだね、あるいは彼についての情報も？」

クエリータは不思議そうに首を振っただけで、またしても泣き崩れた。その涙にはタイソン警部も騙された。というのも、エディが先日の夜クエリータについて言っていたことが証明されたと思ったからだ。そこで同情するように彼女の肩を優しく叩き、無言のエサリッジに指で合図して立ち去った。

これでヤルーガで発見されたエディ・スタッカーの車は謎のままとなり、J・モンタギュー・ベルモアの言葉を借りるなら、手がかりとなるどころか、謎を深めただけで、警部のリストにまた奇妙な疑問が一つ追加される結果となった。

## 第二十章

その朝、サム・スターリングは電話の音で叩き起こされた。ベッドから這い出て、裸足のままラウンジまで歩いて行った。

「もしもし?」

「サム!」切羽つまった電話の声が言った。「サム、今朝の新聞はもう読んだ?」

「ああ、エンジェルか。何を勝手なこと言ってるんだよ? どうしてこんな夜中に電話なんかして来るんだ?」

「夜中ですって!」ミス・アンジェラ・デルはあきれたように反論する。「もうすぐ八時よ!」

「ああ、知ってるよ。でも今日は土曜日だ——つまり、まだ夜中みたいなものなんだよ」

「ひどい怠け者ね! それで、今朝の新聞は読んだの?」

「何も見てないよ、ようやく目の焦点が定まってきたところさ。何にしても、きみがこんな神も恐れぬ時間帯に起き出すなんて、そのくだらない新聞に今朝は何が載ってるって言うんだ?」

「父よ」

「そうなのか? 何をやったんだ?」

アンジェラが説明した。

「何だって?」サムが言った。「ちょっと待って、落ち着くんだ――ボランドが崖から飛び降りたって、どういうこと?」

彼女はもう一度説明した。

「きっときみの勘違いだよ、エンジェル。そんなはずがない。〈ホパロング・キャシディ（一九四〇年代～五〇年代のアメリカ西部劇のラジオシリーズ）〉じゃあるまいし、人間が崖から落ちたら、落ちたまんまのはずだ」

「勘違いなんてしてないわ。新聞に書いてあるんですもの」

「新聞に出てるからって、何でも信じちゃだめだよ。特にこの国の新聞は――」

「男のくせに、口ばっかりで何もしないつもり?」アンジェラはこういうときだけ女性であることを笠に着て言った。「さっさと動いて!」

「ぼくが?」

「そうよ。わたしをヤルーガへ連れて行ってよ、サム。お父様がどんな面倒に巻き込まれたのか、確かめたいの」

「わかった、わかった」サムが快く引き受けた。「それで、きっと今すぐにでも行きたいって言うんだろうね」

「そうよ、お願い」

「わかったよ、エンジェル。三十分ほど辛抱して待っていてくれたまえ、早速この髭をやっつけて、コーヒーを流し込んでからまいるとしよう」

四月にしては暖かな、少し暑いほどの陽気だった。まだ秋が来ないうちに、小春日和ばかりが続いているようだった。その朝は太陽が出ていなかった。上空一面を白い雲が覆い、シドニーとノース・

ショアは比較的晴れていたものの、その間に挟まれた入り江には濃い煙霧がのしかかっていた。時間とともに煙霧は濃さを増し、サムとアンジェラが〈ザ・バンガロー〉に到着する頃には、またしても霧もどきがシドニーの上に集結しつつあった。だが、それはあくまでもシドニーの話だ。ヤルーガでは、まだ空はうっすらと白く塗られただけで、海は灰色がかっていたものの、霧は晴れて澄みわたっていた。

「仕事熱心な連中がよくも集まったものだね」サムがミスター・デルのコテージの前に車を寄せながら言った。ボランドの家は中にも外にも大勢の人がいて、さらに別の男たちが――女たちも――ウィロビー・デル・ドライブを行き来したり、崖に向かう草地の上を歩いたりしている。

「仕事かどうかは疑わしいわ」アンジェラが颯爽と車から降りながら言った。「このうちの何人ぐらいが警察関係者なのかしら?」

「一部だろうね。どうやら、ぼくたち以外にも野次馬がいるようだよ、ハニー」

「誰が野次馬ですって!」アンジェラはそう答えると、父を探しに家の中へ駆け込んだ。ウィロビー・デルはいかにも彼らしい挨拶でひとり娘を出迎えた。

「おいおい! また何だってこんな時間にここまで来たんだい?」

「お父様に会いに来たのよ。いったい何をやったの?」

「どういう意味だ、何をやったかって」

「新聞にいろいろ出ていたわ……」

「ふん! 新聞を読んだというわけか?」

「そうよ、もちろん」

「それなら、わたしたちと同じだけの情報があるということだ……おはよう、サム」

「おはようございます、ウィロビー伯父さん」

「お母さんはどうしてる？」ミスター・デルが娘に尋ねた。

「元気よ。でも、機嫌は悪いわ。どうやら今回の件は、お父様のしかけた宣伝作戦が大失敗した結果だと思い込んでいるみたい」

ミスター・デルが怒った顔で鼻息荒く言った。「おまえの母親は大馬鹿だ！　いつだってそうだ。それに、いつも何かしら機嫌を損ねている」

「そんなこと言わないで」アンジェラはなだめるように腕を父親の首の回りにからめて、禿げた頭を優しく叩いた。「わたしにはたったひとりの母親なんだから」

モンティ・ベルモアが袖の中にハンカチを押し込みながらラウンジに現れた。

「ほお！　これは嬉しい驚きだな。おはよう、お嬢さん。そっちはスターリング君だったね？　きみにも、おはよう」

「おはようございます、ミスター・ベルモア」アンジェラが可愛い声で言った。

「ふたりめの共謀者、L、登場」サムが言った。
J．モンタギュー・ベルモアは、今朝はどの役になるべきか決めかねていた。ワームウッド及びゴール伯爵はこの場にふさわしくないし、エドワード・オールデンは前日の騒ぎにすっかり参っていたし、〝名探偵〟は現在、言わば舞台裏で再登場のきっかけ待ち状態だ。そこで一時的に、モンティは単なるおじさんでいることにした。
「お父様」アンジェラが面と向かって問いただした。「いったい何が起きているの？」

「具体的には」サムが付け加える。「お隣さんがなんだかものすごいところから飛び降りたっていう、嘘みたいな話について聞かせてくださいよ」

　そのひと言が起爆剤となって、それまでの雑談が怪しげな噂から議論へ、さらに空虚な会話へと段階を踏んで移っていった。

「よく聞け！」話がついにその最終段に行き着いたのを見て、ウィロビー・デルがいささか憤慨した形相で怒鳴った。「そんな話をあれこれ言ったところで何も始まらない。警察が捜査を進めているし、もし何かわかったら、モントの友人だという警部だか何だかが知らせてくれるはずだ。われわれにできることは、何ひとつないのだ」

　驚くべきことに、モンティがこれにやんわりと反論した。「その点では、老いぼれモンティ・ベルモアは同意しかねるよ、デル。われわれにも、できることはある。キャリー・ボランドが、突如として、不可思議な消え方をした謎の答えを考えてみることはできる」

「何を言ってるんだ！　そもそもそれがすべての始まりじゃないか！　たった今、警察が何をやってると思う？」

「一見したところ」とモンティは窓の外をちらりと眺めて言った。「彼らは同じ大きな円の上をのろのろと歩き回っているだけのようだがね。あんなことをしていて答えが導き出せるとでも思っているのだろうか？」

　ウィロビー・デルが苦笑いして見せた。「じゃあ、どうすれば満足するんだ――小さな円の上を走り回ればいいのか？」

「まあ、たまには建設的な思考を試してくれてもよさそうに思うがね。どうもこれまで誰も真剣に考えていないように思えるのだ、ボランドの――その――奇跡的な消失について」

「あんたは考えたとでも？」苦笑いのままでミスター・デルが尋ねた。

「いや、さにあらず」モンティが悲劇役者の声色で言った。「残念ながら、積極的、建設的と呼べるような思考には至っていない。そろそろ誰かが着手すべきときだ」

「わかったよ、モント、それならあんたがやればいい。わたしは仕事があるからな……昼食までいるつもりか？」アンジェラに鋭く尋ねる。

「ええ、お願い」

「ウィロビー伯父さん」サムが尋ねる。「シドニーへはいつお戻りですか？」

「今夜には、たぶん。あるいは明日の朝かもしれない。まだわからないな。どうしてだ？　何か問題でもあったか？」

「いえいえ、ちがいますよ。それどころか、すべて順調です。ただ訊いてみただけで」

「今夜だ」伯父が繰り返した。「あるいは明日の朝だ」そう言うと急に大声で〝ストナ〟を呼びながら、足を踏み鳴らして部屋を出て行った。

　やがて残された面々は、周りの様子を見に出かけて行った。アンジェラにせがまれて、モンティは彼らを〝舞台装置《ミザンセーヌ》〟の見学に案内した。とは言え、特に見るほどのものはなく、アンジェラたちにとって〝ミザンセーヌ〟は馴染みのある場所だった。ボランドのコテージは当然ながら立ち入りを規制されており、警察は崖の端へ過度に接近する者を警戒していた。それなりの理由があっての対策だ。というのも、向こう見ずな若者たちが崖の端で腹這いになって崖下を覗き込もうと、思った以上に上半身を空中に乗り出してしまうだけでなく、キャリー・ボランドによる命懸けの大ジャンプ――あるいはそう疑われる行動――を模倣し、彼を越えてやろうという頭のいかれた人間がいつ出て来ないとも限らなかったからだ。それに、すでにある理論を唱える男まで現れていた。その理論とは、ボランドが密かに小さなパラシュートを装着していたというもので、警察はその男に手を焼いていた。縁飾りのついた古い傘のような奇妙な装置に身を固めた男が、現場でその理論を実証させろと大声で要求し続けたからだ。

いつものように、週末を迎えたヤルーガは急激に人出が増えたが、その週末は集落にマスコミの目が注がれたことで輪をかけた賑わいとなった。ビーチでは、輝きを失った海が鈍く重く盛り上がるだけで一向に波が打ち寄せないにもかかわらず、大勢の人が水を跳ね上げ、歓声を上げながら季節外れの温暖な海を楽しんでいた。またほかの者は浜辺沿いを散策したり、走ったりしながら行き来し、裸足の足の裏で砂の感触を堪能している。太陽の熱心な崇拝者たちはわずかなりとも日光を浴びようと、競って場所取りをして寝そべり、ヨガに似た瞑想の境地に入っていた。さらに多くの人間が後から後からやって来ては、子どもたちやバッグやバスケットに見合う空間を見つけて腰を落ち着けていく。若い娘たちはボーイフレンドにからかわれて嬌声を上げ、度を超えて危なっかしい子どもたちに向かって母親たちが怒鳴り声を上げ、子どもたちは互いに叫び合っている。モンティ・ベルモアはその光景を、剣士のような黒い帽子の下から博愛のまなざしで眺めながら、この世のすべてのものは生きる喜びに満ちているが、その喜びに騒々しさが伴うのは人間だけだと感じていた。

崖の下の岩の周りには、好奇心に駆られた者たちが集まっていた。その好奇心がいくらか満たされたとしても、互いにつぶやきを交わす例の疑問については、まだ何の答えも見つけられないようだ。ぶらぶらと歩いて来て、何もない崖の岩肌をぼんやりと見上げ、しばらくすると首を横に振りながら立ち去る。岩の端にはいつものように楽観的な釣り人たちが点々と立っていたが——大衆《ホイ・ポロイ》の苦手なミス・バッグは今日は来ていなかった——この日ばかりは、背後の騒ぎに見て見ぬふりを決め込むことはできないようだ。

「とくとご覧あれ!」モンティがステッキを振りながら、人々の脅威の対象を指した。「いざ、謎を解いてみよ」

サムとアンジェラが目を凝らして、その石の壁をじっくり観察する。

「いや、ぼくにはさっぱりわからないな」サムが言った。

「わたしも何も感じないわ」アンジェラが言い添える。「特に見るものなんて、何もないんですもの」

そこで三人は引き返し、つづら折りの道を懸命にのぼって〈ザ・バンガロー〉に戻った。タイソン警部とミスター・デルが部屋に籠っており、ストーナーが朝の紅茶を中へ運ぼうとしているところだった。珍しいことに、今日の警部には何かが足りなかった——エサリッジ刑事が隣のコテージで、ほかの刑事たちと捜索をしていたのだ。タイソンは即座に立ち上がり、ミスター・デルが娘と甥を紹介した。

「警部から質問を受けていたところだ」彼はモンティに言った。「わたしがキャリー・ボランドについてどれほど知っていたのかと」

「ほお!」モンティが反射的に言った。「それで、実際にどれほどキャリー・ボランドのことを知っていたんだね?」

ミスター・デルは、銃を連射するようないつもの答え方をした。「ほとんど何も。いつも貝のように閉じこもっていた——彼自身や仕事について聞いたこともない。新聞で知ったときには驚いた。まさか、すぐそこに住んでる男が——うちの隣人が、とな。どんな手を使ってか、珍しいスコッチの瓶を入手する天才だった。彼について知っていたのは、それだけだ」

「知っていた——過去形なんですね」サムがつぶやく。

タイソンはサムの言葉に片方の眉を吊り上げたが、ミスター・デルに向かって言った。「彼の経歴について、たとえばどこから来たのか、家族や親類はいるのか——そういったことについては、何もわかりませんか？」

ウィロビー・デルは首を横に振ったが、その動作ひとつで、知らないという答えを示すとともに、アンジェラが差し出したスコーンの皿を拒否してもいた。

「悪いね、警部、役に立たなくて。なんだってあの男の経歴を知りたがるんだ？　そんなことをしたって、姿を消したトリックは解けないだろう？」

「そうですね……」タイソンは考え込みながら紅茶をスプーンでかき混ぜた。「彼がどうしてあんなことをしたかは、少しわかってくるかもしれません」

それを聞いたアンジェラは、いかにも女性のやりそうな行動に出て、たった今警部が答えがわからないとほのめかした質問をそのままぶつけた。「彼はどうしてそんなことをしたのかしら？」

「それはだね、お嬢さん」老モンティ・ベルモアはわざとらしく落ち着き払って答えた。「ミスター・クレシックという人物が彼を探しに来ていると、きみのお父上が伝えたばかりだったのだ……タイソン、われらの友クレシックについては、何かわかったのかね？　昨日きみたちが連行して行ったが、きっと彼を、ああ——何と言えばいいんだろう？——そう、責めたてる、彼を責めたてたんじゃないのかね？」

「ええ、思う存分」警部がひどく大真面目に答えた。すぐに、普通程度に真面目な顔に戻す。「ええ、いくつか質問はしましたし、彼の素性と、質問に対する答えについて裏を取りました。ミスター・アルトヴァイラー・クレシックに関してわれわれが摑んでいる情報は次のとおりです。オーストラリアには、一九四七年五月に来ています。イギリスからの入国でした。第二次世界大戦中はイギリスにいたようですね。到着後しばらくして、輸入及び買い付け代理のビジネスを始めました――」

「それで金をたんと稼いだのだろうな」ウィロビー・デルが言葉を挟んだ。

「ええ、金は稼いだようです。どうやら事務所兼倉庫がセントラル駅近くの裏通りにあるそうです。ひとり暮らし、これまでに結婚歴なし、この国に家族や親族なし。初めはダブル・ベイの狭いアパートに住んでいたらしいのですが、次にクロナラの食事つきアパートに移り、さらに三週間ほど前からはエリザベス・ベイの――」

「〈リンドフィールド・ホール〉だな」

タイソンがうなずく。「そう、あなたと同じアパートメントですね、ミスター・デル。クレシックはあなたの真下の部屋を買ったのです……まあ、アルトヴァイラー・クレシックという人物を簡単に説明するとそうなります。品行方正、記録上は法を順守する善良なる市民であり、仕事上の取り引きもすべて合法的です。むしろ、謎多き男はボランドのほうです。六カ月前、どういう理由かは不明ですが、ボランドは〈フォー・ウィンド〉という名のコテージをクレシックに売却しました。クレシックは全額を小切手で一括で支払った。ボランドは領収書を渡し、その金を銀行に預けた――と思う間もなく、すぐにまた引き出しているのです――」

「そりゃまたいったいどうして？」

「わかりません。ミスター・キャリー・ボランドについては、まだあまり摑めていないのです――実を言うと、ほとんど何もわかっていません。その不動産売却以外に、仕事上の取り引きの記録は一つも残っていません――」

「そう聞いても驚かないがね。あの男の正体は知っているだろう?」

「いえ、知っているとは言い難いですね」タイソンが穏やかな口調で返した。「キャリー・ボランドに関する記録は、まったくどこにも残っていないのです。彼が船なり飛行機なりで入国した記録もなければ、この国で生まれたという公式な証拠もありません」

「ふん！　きっと名前を変えたんだな」

「たしかに可能ですが、それには戸籍登録事務所の長官による認可及び記録が必要です」

「当然、そんなくだらん手続きなど気に留めなかったのだろう」

サムが突然背筋を伸ばした。「所得税だ」

タイソンがかすかにほほ笑んだ。「われわれもそれは見逃しませんでしたよ、ミスター・スターリング。ですが、どうやらキャリー・ボランドは所得税などというものは認めていなかったようですね。なんにせよ、税務局長はボランドが一度たりとも所得税を申告した事実をご存じなかったのですよ」

「なんということだ！　どうりで姿を消すわけだな！　だが、さっき言っていた銀行口座はどうだ?」

「その……ミスター・デル、あなたから見て、ボランドは裕福だったと言えますか?　相対的で結構です。そう、たとえばこのわたしと比較すると、どうです?」

「もちろん、裕福だろう。闇市で大儲けしていたにちがいない」

「それが、今彼の口座には、四百ポンド少ししか残っていないのです」

ウィロビー・デルも彼の甥も、少しも驚きを見せなかった。ただ、なるほどとうなずくだけだった。

「複数の口座に分けたんだな」ミスター・デルがぶっきらぼうに言った。「ほかの口座は偽名を使ってるんだろう。ああいう連中がよく使う手だ」

「その口座だが」モンティが鋭い質問をぶつけた。「過去には、そう、たとえば六カ月前には、どのぐらいの残高があったのかね？」

「九千ポンド以上ありました。それ以来、定期的に高額の引き出しが続いています。彼の小切手はどれも支払先の指定されない〝現金化〟目的のもので、その金がどこへ流れたのかは突き止められません」

「別口座に移したのだ、当然」ミスター・デルがぴしゃりと言った。「火を見るより明らかだ」

「きっとおっしゃるとおりでしょう。ですが、今は性急に結論を出すつもりはありません。ただ、事実を申し上げているだけです」

「そういうことか！」モンティが突然声を上げ、たちまち空想の世界に入り込んだ。「老いぼれモンティ・ベルモアには、暗いガラスの向こうに隣の男がぼんやりと見えている。そのガラスに煙が文字となって浮き上がり、老人にはこの一語が読み取れるのだ――〝計画的〟と」

そこでサムが、その比喩にならって言うなら、暗いガラスに息を吹きかけて老人の視界を曇らせるような発言をした。

「ちょっと待ってくださいよ！　じゃ、ボランドのコテージにある男の死体はどうなんです？　今の話とどんな関係があると？　あれも〝計画〟のうちですか？」

「ふーむ！」モンティが唸り、思わぬ問題に頭を抱えて背もたれに背中を預けた。

「亡きエディ・スタッカーか」タイソンがつぶやいた。「そうですね……たしかに木曜日の早い時間にエディ本人がここまで車を運転して来た可能性はありますが、わたしはそうは思いません。と言うのも、そうだとすれば、なぜそのまま自分の車に乗って帰らなかったのでしょう？　彼が木曜日の夜、シドニー市内にいたのはまちがいありません。エディは――その――ある女性と〈マーメイド・タバーン〉で夕食をとっています。ふたりで彼女の部屋に行き、彼がそこを出たのは午前二時ごろでした。彼女の話では、エディはひとりで帰って行ったそうです。もしそうなら、どこかで彼を待ち伏せしていた人物がいたはずです。なぜなら、われわれの入念な捜査の結論として」警部は厳かな声で言った。「そして同時に、その――医学的専門家の推測とも合致するのですが、エディ・スタッカーは自宅の車庫で撲殺されたのです」

一瞬、全員が考え込むように沈黙が流れた。するとモンティが口を開いた。「若きスタッカーの車にも血痕があったな……と言うことはだ、警部、彼は自分の車でここまで運ばれて来たことになる……誰かの運転で……」

「これで決まりだ」ウィロビー・デルがいつもの気やすい口ぶりで言った。「ボランドのわけがない。ボランドは八時過ぎにここへ戻っていたのだからな」

「そうですね」タイソンが静かに言った。「彼が戻って来た物音を、あなたが聞いたのでしたね？」

「それにストナが見かけた」

「でも、彼が早朝に再び家を出て、また戻って来る音は聞いていないのですね？」

「何だ、それは？　どういう意味だ？　どうして彼がもう一度出かけたと言える？」

「断言はできません。ですが、仮に出かけたとしても、必ずしもその音が聞こえるわけではありませんよね？」

予想外の問題にまだ苦戦していたモンティが言った。「ひとりの男が、一度に二台の車を運転できるだろうか？　これはわたしが昨日きみに投げかけた疑問だよ、覚えているかね？」

「ボランドが二度めに出かけたときには、必ずしもシドニーまで車を運転して行ったとは限りません。ただ幹線道路まで歩いて行って、遅いバスに乗ったのかもしれない。そして戻って来るときには、エディの車に乗って来た――エディの車に乗ったはずです」

モンティは抱えていた問題を口に出した。「だがね、警部、いったい、なんのために？　ボランドが仮にあの夜もう一度シドニーへ行ったとして、仮に若きスタッカーを殺した張本人だとして、どうして――理性的かつ常識的に考えて、いったいどういうわけで、その死体をここまで運び、車は言うに及ばず死体をここまで運んで自分のコテージに遺棄し、誰かの目に触れるおそれのある形で放っておいたのか？」

老役者が問いかけた疑問点は、三つあるようだった。

「理性的かつ常識的」タイソンが思案しながら繰り返した。「そうだ……うむ……」ずっと手の中に包み込んでいたグラスをそっとテーブルの上に置く。「この問題に、ある程度の理性と常識を当てはめる方法がありますよ。たとえば、キャリー・ボランドが、〝ジーニアス〟と呼ばれる謎の男と同一人物だったと考えれば……」

# 第二十一章

「ふうむ」J・モンタギュー・ベルモアは言った。「そうか……ははん！」それから「ふむ！」

　昼食後の眠気を誘う時間帯だった。タイソン警部はとっくに退室して部下と合流し、おそらくボランドのコテージで何らかの昼食をとったようだ。ウィロビー・デルは眠気に屈服していた。椅子に座ったまま背もたれに身を預け、両目を閉じ、口を開け、正確にはいびきとも口笛とも寝言とも呼べない、その三つを混ぜたような奇妙な音をたてている。アンジェラは父親の寝室で、サムはモンティの部屋で、それぞれ水着に着替えているところだ。そういうわけで、J・モンタギュー・ベルモアはひとりきりで、言わば自分自身との会話を楽しんでいたのだった。

「ふむ！」彼は言った。「いいや、無理だな……それでは理屈に合わない……非論理的だ……」

　そのとき部屋にサムが入って来て、椅子に体を投げ出すようにだらしなく眠りこけている伯父の姿を見つけ、モンティに何をしているのか問うような視線を向けた。モンティが説明した。

「老いぼれは今、考え事をしていたところだ。残念ながら、全部声に出てしまうのだよ」

「そんなことはやめましょうよ」サムが提案する。「ぼくたちと下のビーチへ行きませんか？　いや、いっそ海で一緒に泳ぎましょう」

「何を言うんだね！　こんな老人が？」

「すっきりしますよ。頭の中の蜘蛛の巣を一掃できます」

「ほお！　蜘蛛の巣か。老いぼれの頭の中には、蜘蛛の巣のかたまりが詰まっているようだ」

「昼食のせいですよ」サムがにやりと笑った。「ストーナーの昼食を堪能した後じゃ、誰だって頭が働きませんから」

アンジェラが部屋に入って来た。薄いグリーンのツーピースの水着に、丈の短い白いコートを羽織っている。足にはグリーンのサンダル、金髪の頭にはつばの広いビーチ用の帽子。巨大なサングラスで目を隠している。白く短いコートの下から、日に焼けた形のいい脚がすらりと伸びていた。モンティはそのさまを愛しむように眺め、この現象についてしばし熟考してみた。彼が若かりし頃の女性たちにあったのは〝脚〟などではなく、単なる〝下肢〟だった。そんなものを話題にする者などおらず、演芸場のステージ以外でお目にかかる機会もなかった。年月とともに、女性は徐々に公衆の面前にさらけ出す面積を増やし、今や彼女たちの脚は――文字通り〝脚〟になったのだ。それにしても、近頃の若い娘たちの脚の長いことと言ったら……

だが、アンジェラの脚線美がモンティ・ベルモアの老いた目の保養になっている一方、若いサムにとっては何の意味もないようだった。彼はその脚に一瞥もくれなかった。彼女の可愛らしい鼻に乗っかっている大きすぎるサングラスに、いくぶん批判的な視線を投げかけただけだ。

「そんなもの、要らないよ」彼が言った。「今日は太陽が出ていないからね」

「いいえ、必要よ」アンジェラが落ち着き払って答えた。「しわには気をつけなきゃ……まあ、お父様を見て！」

「マレンゴの戦いを終えたナポレオンのごとし、だね。きみのご立派なお父上の長所の一つは、熟睡できるところさ」

「賑やかな音を立てながらね……うーん――娘たる者、実の父親の寝姿を目にするべきじゃないわ。影響を受けてしまいそう」

「影響って？　どんな影響？」

「よくわからないけど、親の威厳が崩壊してしまった気分ね。まるで大きな赤ん坊のように見えるわ。ねえサム、あなたが眠っているときはどんな感じなの？」

「ぼくにわかるわけないだろう。寝ているときの自分を見たことなんかないんだから」

「いびきはかくの？」

「ぼくが？」サムが断固否定した。「いいや。いびきなんてかくはずがない……といいんだけど」そろそろ話題を変えるべきだと判断した。「ミスター・ベルモアは、何か考え事をしておられたんだよ」

「まあ、たいへん！」アンジェラが悲鳴を上げた。「またですか！」

「老いぼれは」モンティがやんわりと認めた。「熟考していただけだ。今朝われらの警部が繰り広げた――その――同一人物説について考えていたのだよ」

「やめたほうがいいですよ」アンジェラが素っ気なく勧めた。「警部さんの持ち出した理論ですもの、熟考なら警部さんにお任せすればいいんです。それより一緒にビーチまで新鮮な空気を吸いに行きましょうよ」

モンティは返事代わりに目をきらめかせた。「スターリング君にも、ちょうどそう誘われていたところだよ。ただし、彼のはより大胆な提案で、海へ飛び込めというものだったが」

「あら、そうなさればいいじゃありませんか？　きっとストーナーが水着を探し出してくれるわ」

「なんと、それではきみたちの意見は一致というわけか。さすがのモンティ・ベルモアも、もしや若いおふたりが本気でこの偏屈じじいの同伴を望んでいるのではと考えてしまいそうだ」

「望んでいますとも！　それにあなたは偏屈じじいなんかじゃないわ。行きましょうよ、ミスター・ベルモア」アンジェラは両手を伸ばし、モンティを引っぱって椅子から立たせた。

サムが言った。「ストーナーに水着がないか訊いて来るよ――」だが、モンティが止めた。「いや、やめてくれ、お願いだ！　わたしは砂の上に寝そべり、きみたちが波と戯れる間にタオルやら荷物やらを見張っているとしよう。だが、よぼよぼのJ・モンタギュー・ベルモアが羽目を外せるのも、そこまでが限界だ」

アンジェラは屈託のない笑い声を上げながら尋ねた。「どうしていつも、まるでご自分が百歳みたいなことばかりおっしゃるの？」

するとモンティはほんの一瞬、風変わりで哲学的なエドワード・オールデンに戻った。顎をクラバットにうずめるようにして、ネッドおじさんの幻の老眼鏡の縁越しにふたりを見上げる。

「若さ――その若さだ！」彼は独り言のようにつぶやいた。ネッドおじさん特有のかすかに震える声での発言を、自分でも信じそうになった。「若さを目の前にした年寄りっちゅうのは、ついそんなことを言いたくなるもんさ」そう言うと、明るい顔になった。ふさふさの眉毛の下で目をきらめかせる。

「あんたがた、なんともお似合いのカップルさね！」

「まあ、それはどうもありがとうございます」アンジェラが最高の笑顔で言った。

サムが彼女に向けて苦笑いした。「ぼくもまったく同じことを、何年も彼女に言い続けてるんですがね」

アンジェラは返事代わりに、サムに舌を突き出して見せた。

「それに」と老モンティは付け加えた——ついやりすぎてしまうのが癖なのだ——「きれいなだけじゃねえ、心もうんと優しい」

アンジェラは今度は少しぎこちなくほほ笑んだが、ふたりともうまい切り返しができないまま、モンティは帽子とステッキと葉巻を取りに出て行った。

「変わったじいさんだね」モンティがいなくなるとサムが言った。

「うーん……わたしはとっても可愛い方だと思うわ」

その可愛い方が、じきに上機嫌で戻って来た。左脇にステッキを抱え、特徴的な黒い帽子を右手に持っている。彼が部屋に入って来ると同時に、ウィロビー・デルががばっと起き上がり、突然大声で「自分でやれ！」と怒鳴ると、鼻を鳴らし、息を詰まらせて目を覚ました。

「ほお！　〝リチャード王、復活せり〟だな」

それは大げさだった。ミスター・デルはまだ復活してはいなかった。とろんとした目を三人に向けながら、「どした？」というような言葉をつぶやいた。

それを正しく解釈したモンティは、これからビーチへ行くところだと答えた。

「ああ——うう——気をつけてな」ミスター・デルはろれつの回らない調子でそれだけ言うと、また眠りに落ちた。

モンティが言った。「どうやらリチャード王は、モルフェウス（ギリシャ神話の眠りの神）の抱擁の内へ戻ったと見える」残ったふたりを鼓舞するように帽子を振る。「前へ《アナヴァン》！　カリブ海へ進め！——スペイン無敵艦隊が待っておるぞ！」

ビーチはさらに混み合っており、海の中で遊ぶ人よりも、浜辺で寝そべっている人の数が勝《まさ》っていた。子どもたちは相変わらず走り回りながら理屈の通らないことを叫び合っていたが、より年かさの人間たちは最初の爆発するようなエネルギーはとうに失って各々楽な姿勢を取り、ほとんどはぼんやりとした、半ば無意識状態にあった。サムとアンジェラは早速、かろうじて波打つ海の中へ飛び込み、モンティは彼らのタオルや所持品を警備するように立ちはだかった。

彼の到着は、人目を引かずにいられなかった。半裸の人間の群衆の中で全身しっかりと衣服を着こんでいる上、古風なブーツに古風なクラバット、黒いつば広帽子、それにいかにもミコーバー（ディケンズの小説「デービッド・カッパーフィールド」の登場人物）の持っていそうなステッキまでを完備したJ・モンタギュー・ベルモアは、静かな関心を集めた。まだ多少なりとも頭の働く人たちは彼を、おそらくキリストの福音を雄弁に説きたがっている変人だと思っているようで、演説の大声が自分の耳にまで届かないことを、眠気に襲われつつ願っていた。だが老紳士が温かく乾いた砂の上におそるおそる腰を下ろしただけで演説をしそうもないと見るや、人々の関心は急速に引いていった。

モンティは腰を下ろして自分の足首を掴み、いつものように慈愛に満ちた好奇の目で周りの様子を眺めた。だがしばらく経つうちに、その目から好奇心も力も消えていき、その朝タイソン警部が繰り広げた理論について熟考を始めた。すなわち、キャリー・ボランドと、裏社会では〝ジーニアス〟として知られる影のような凶悪犯が、実は同一人物だという説だ。モンティは、その考えにはあまり納得できなかった。

つまりは、こういうことだ。キャリー・ボランドはジーニアスの〝分身〟であり、〝隠れ蓑〟だった――突然、劇的にその正体が酒類に関する調査委員会に暴かれるまでは、真面目で影の薄い、法を順守する〝表の顔〟だった。だが、その正体が明かされてしまった。そこで見せかけの役を続けられなくなったため、〝キャリー・ボランド〟は行方をくらまし、殺人を犯した疑いだけが残された――ただ、キャリー・ボランドがどうやって姿を消したのか、そのトリックは未解決のままだ。

　ほほう、なるほど、とモンティは内心で思った。だが、あのスタッカーという若者の件はどうだ？　スタッカーはジーニアスにまつわる秘密を発見し、警察に知らせた。つまり――その――〝サツに密告〟したわけだ。そこでジーニアスは自分の身を守るために、彼を始末した。

　さて、タイソンの考えでは、さらなる展開が繰り広げられていた。ジーニアスは自分に疑いを向けさせないために、スタッカーの車に彼の死体を乗せて、ジーニアスの立ち回りそうな場所から遠く離れたヤルーガまで運び、〝ボランド〟のコテージに死体を置くと、車を近くに駐めに行って〝ボランド〟に罪を着せようとした。ジーニアスである〝ボランド〟がスタッカーの死体をひと晩家の中に平然と置いておいたのも当然で、〝ボランド〟が姿を消した後に死体が発見される筋書きだったのだ。表沙汰になるのは〝ボランド〟が消えた後であり、その頃にはジーニアスは安全で誰にも手の届かない、本来の名無しの立場に戻れるはずだった。

　実はこの点こそ、モンティにはどうも引っかかるのだ。なぜなら、初めからジーニアスを追っていたタイソンの前に、ボランドという名がなぜか――ほかでもない、ボランド自身の行動のせいで――浮かび上がり、さらにふたりに共通するスタッカーという要因が見つかった。ボランドのコテージに死体を置いたこと、死体を放置したままボランドが何ひとつ行動を起こさなかったこと、そしてあの不可能とも思える〝自殺〟騒動。これらがあったからこそ、タイソン警部はジーニアスはボランドだという可能性にたどり着くことができたのだ。

ボランドという男は、普通以上に賢い人間だった――それはモンティも会ってすぐに見抜いていた。であるならば、ボランドと同一人物と思われるジーニアスも、普通以上に賢いはずだ。であるならば、普通以上に賢い人間が、疑いの目をそらすために誰かに罪を着せようとしているときに、その身代わりになるはずの男の正体が、実は偽名を使って演じていた自分の分身だったのだと、わざわざ手の内を明かすような行動を取るだろうか？　どうして彼は――当然、スタッカーを殺したのがジーニアスだったとして――どうして彼はごく当たり前の賢明な行動、つまりあの死体を、必要なら車と一緒に、別の方法で処分してしまわなかったのだろうか？　モンティ自身もすでに単純かつ適切な処分法を挙げてみせたではないか？

　同様に、今はそのからくりは考えないものとして、どうしてボランドはあんな奇抜で衝撃的な消え方をすることにしたのだろう？　それによって得られるものは何もないどころか、むしろ逆効果だ。というのも、あの一見不可能な消失の瞬間から、彼は一気にマスコミの注目を浴び――息もつけない状態に自らを追い込んでしまったからだ。

　モンティは眉根をぎゅっと寄せて、この点を考えていた。

　表面的にはどう見ても――まだほかの見方が見つかっていない以上――あの男はその場の思いつきで走りだし、死を覚悟して飛び降りたことになる。ここでの謎は、死体が見つからないことだ。どこかに落ちていて、遅かれ早かれ発見されるのかもしれない――可能性は低いが、まったくあり得ないわけではない。では、その場の思いつきとやらの引き金になったのは何だったのか？　表面的には、そしてこれもまた当時はどう見ても、クレシックとかいうニュー・オーストラリアンの男が訪ねて来たと聞かされたからだと思われた。だが、今は見方が変わった。なぜなら、移住を認められたこの国において、クレシックが正直で真っ当な、法を順守する一市民だとわかったからだ。ボランドとはほとんど面識がなく、それも偶然ボランドの家主だったに過ぎない男だ。今なら、クレシックが来たと言う知らせが、引き金ではなく、合図だったという見方ができる。ボランドが午前中待ちわびていたゴーサインだ。実のところ、あれは姿を消すトリックの舞台への出番を知らせる、きっかけの合図だったのだ。ここでの謎は、どうしてあんなに奇抜で衝撃的な消え方を選んだのか、ということだ。もしも単に姿を消すだけなら、もしも計画的な行動だったとしたら――今はそう思われるわけだが――どうしてこれまでに多くの人間が採ったのと同じ方法を選ばなかったのか？　人々の前から立ち去り、静かに、ごく自然にあの家を歩いて出て――二度と戻らなければよかったのではないのか？

　どうして……？　どうやって……？　老モンティは思考の深淵にますます入り込み、様々な考えが頭の中で、まるで檻の中のリスが追いかけっこをするように、ただぐるぐると回り続けるのだった。

# 第二十二章

「〝尊敬すべきベーダ〟（七世紀ごろのイングランド人のキリスト教聖職者）、ここにて瞑想にふける」サムが言った。

「また何か考えてらっしゃるのね」アンジェラが非難するように言った。

「いいじゃないか。きっと計り知れぬ永遠の深さについて瞑想しているのさ」

「どうかしたかね？」周りの声にようやく気づいたモンティが言った。

「深いお考えとやらを聞かせていただけませんか？」

「ふむ！」モンティが視線を上げると、ふたりの若い友人が隣に立っており、タオルを持った手をしきりに動かしている。「聞いても仕方がないと思うが。ろくな考えは出なかった。海は楽しかったかね？」

アンジェラはいかにも女性の言いそうな表現で答えた。「それはそれは素敵だったわ。あなたもいらっしゃればよかったのに」

充分に体が乾いたと判断したサムは、砂の上に腰を下ろして煙草を探した。アンジェラはもうしばらくタオルを体に押し当てていたが、ふたりと並ぶように正座し、水泳帽を頭から引き剝がすと、押さえつけられていた髪を膨らませるように搔き上げた。サムが煙草を吸い、モンティが香り高い葉巻に火をつける間も、アンジェラは休みなく何やら身づくろいを続けていた。しばらくは三人で、満足したような沈黙のうちに座っていたが、やがてサムが煙草の吸殻を砂の中に埋めて元気よく言った。

「ビーチの端まで競走しよう、エンジェル！」

「ひとりで走ってらっしゃいな」アンジェラは平然と言った。「散歩ぐらいは行ってもいいけど、競走するのなら、おひとりでどうぞ」

「わかったよ、それなら」サムはおとなしく従った。「散歩に行こう……一緒にぶらぶらしませんか、ミスター・ベルモア？」

「ぶらぶらとは、どっちに向かうつもりかね？」

「そうだな……あの岩のほうかな。向こう側に何があるか、見てみたいんです」

「向こう側には、何があるんだね？」

「岩がもっとあるだけよ」アンジェラが無関心な口調で言った。「その先まで行くと、海が崖のすぐ下まで迫っていて、さらに先にはまた岩やら石やらが転がっていて、それから別のビーチがあって。パーム・ビーチまでは、ずっとそんな感じだわ」

海が崖のすぐ下まで迫っている……言い変えれば、とモンティは内心で思った。そこからなら深い海の中へ飛び込むことができるわけだ。はてさて、もしやボランドはそこから……？　ふむ！　いや、あり得ない。急に向きを変えて、そこまで走ることはできなかったはずだ。あのままの行動――つまり、追っ手からまっすぐ崖に向かって走ること――以外に何かしたのなら、当然彼の姿が見えたはずだ――モンティたちの、少なくともひとりからは。だが、崖の端まで走った後、いったいどんな魔法か黒魔術を使ったというのだろうか？　あのクレシックという男は、ボランドが飛び降りるのをたしかに見たと言っているし、飛んだにちがいないのだ――どこかへ。ほかには何もしようがなかったはずなのだから……

「行かれますか、ミスター・ベルモア?」

サムとアンジェラはすでに立ち上がって、彼を見下ろしていた。

「もちろん、行くとも」よろよろと立ち上がろうとして、アンジェラの手を借りた。「どうもありがとう。きみたちはご親切にも冗談めかしてあれこれ言ってくれるが、老いぼれモンティ・ベルモアは本当にもう若くも機敏でもないのだよ……スターリング君、悪いが砂を払ってもらえないだろうか、老いぼれの――その――背面の出っぱりから」

モンティのズボンについていた砂が払い落され、さらに丁寧にはたかれ、アンジェラが可愛らしい顔のほとんどを巨大なサングラスで隠したところで、三人はビーチを歩いて大きな石の転がっている辺りへ戻った。歩く道すがら、モンティの葉巻がいい香りの痕跡を残し、モンティ自身はビーチを訪れている人たちの好奇心を次々に引き寄せていった。だが本人はそんなことには無頓着だった。

一枚岩の上には、まだうろうろと行き来する人が大勢いた。子どもたちは叫び声を上げながら走り回ってわけのわからない遊びに興じているか、ただ単に叫び声を上げていた。ほとんどの子が裸に近い恰好をしていたが、あちこちに空想上のキャラクターが紛れていた。ここにはホパロング・キャシディがひとり、あそこにはスーパーマンがひとり、おまけに忍耐強く冷静な釣り人に混じって、オーストラリア生まれの愛すべきコミック・キャラクター、ジンジャー・メグズがふたりほどいる。沖に目をやると、うっすらと扇状の煙を立ちのぼらせながら、一見止まっているようにしか見えない〝六十マイル船〟というあだ名の沿岸蒸気船が、ゆっくりとシドニーからニューサウスウェールズ州のニューカッスルに向かっていた。

アンジェラ、サム、それにモンティは、一枚岩の向こう端まで歩いてみたが、その先にはまた大きな石や崖からの落石が転がっているだけで、三人は岩の端に立って、海岸線が霧の中に隠れて見えなくなる辺りまで目でたどった。しばらくすると、考え込むような沈黙を破るようにアンジェラが煙草をねだり、モンティは岩をステッキで軽く叩いた。

「海面がここを越えることはあるのかね？」

「いいえ」サムが言った。「少なくとも、ぼくは聞いたことがありません。大きな嵐が来れば越えるかもしれませんが、わかりません」

「ほお！　このところ大きな嵐は来ていないな」モンティは帽子の先を目深に下ろして、沖を見やった。サムは従妹に煙草を渡し、自分も一本取った。サムがちょうどアンジェラの煙草に火をつけようとして、モンティがぼんやりと〝六十マイル船〟を眺めていたそのとき、数フィート離れた大きな石の陰から人影が出て来て三人を仰天させた。その人物は一枚岩によじ登り、恐ろしげな拳銃を二丁モンティの肉付きのいい腹に向け、いかにも凶悪そうな甲高い声を張り上げた。「手を上げろ！」

驚いたモンティの葉巻の先から灰が落ちた。「これはまた、なんともはや！」眉根を寄せながら言う。「急襲だ！」

現れた人影の正体は、仮装した幼い少年で、合成皮革のズボン、星形のバッジをつけたカウボーイ・ベスト、拳銃のホルスターが二つぶら下がった合成皮革のベルト、銀色の仮面、そして少々不釣合いなことに、水に濡れて情けなく垂れた黒い口髭をつけている。凶暴さの象徴であるこの最後のアイテムは、ぐっしょり濡れてだらしない点を別にしても、実に不安定だった。というのも、少年が口を開いた直後に外れて落ちてしまったのだ。

サムが少年に苦笑いして見せた。「やあ、保安官！」

少年は片方の拳銃をホルスターに戻し、もう片方を威嚇するようにモンティに向けたまま、落ちた口髭を拾い上げた。唇の上に叩きつけたものの、すぐにまた落ちた。もう一度拾い、裏側を犬のようにひと舐めして、元の位置に貼りつける。今回は落ちずにくっついたが、どうしようもなく傾いていた。

「保安官じゃないわよ」星形のバッジをじっくりと観察していたアンジェラが言った。「あの仮面を見ればわかるわ。あれは〝ローンスター・レンジャー（一九三〇年代のアメリカの西部劇シリーズ）〟よ」

小ばかにしたようにちらっと見ただけで、ローンスター・レンジャーはサムたちを無視した。水着を着たこのふたりは、ただの大人だ。でも、黒い帽子と葉巻と取っ手つきのステッキとおかしな服の、こっちのおじいちゃんはどうだ。こいつはローンスター・レンジャーが追いかけている悪名高きギャンブラー、〝ネバダ・ハット〟にちがいない。

「そこのおまえ、銃を抜け！」レンジャーが金切り声で言うなり、また口髭が落ちた。

モンティは何か考え込むように眉を寄せ、その口髭を足元に引き寄せようとステッキを伸ばしかけたが、レンジャーが警告するように――それもかなりの速さで――拳銃を突きつけたため、動きを止めた。

「なんで髭なんかつけるんだ？」サムが尋ねる。「ローンスター・レンジャーには髭なんかないぞ」

「見つけたんだよ」少年はぶっきらぼうに答えながら、懸命に低い鼻の下に髭をくっつけようとしている。しまいには無理だとあきらめ、サムの手にその付け髭を押しつけた。「ほら、やるよ」お荷物から解放されて、あらためて拳銃と顔をモンティに向け直した。

モンティはまだ眉をひそめていた。「ちょっとそれを見せてもらえないか?」

サムが手渡すと、モンティはしげしげと眺めた。

「これをどこで見つけたんだね、坊や?」

坊やは問いかけを無視し、敵意をむき出しにしてモンティを睨みつけていた。これは遊びなんかじゃないぞ。ただの大人のつまらない質問とは全然ちがう。きっとネバダ・ハットがうまいことを言って、ローンスター・レンジャーをはぐらかそうとしているんだ。少年は悪のギャンブラーに拳銃を振って見せた。

「手を動かすな、ネバダ!」

「ネバダとな?」モンティが情けない声で言った。「これ、スターリング君、頼むから、この少年に髭をどこで見つけたのか訊いてくれ」

サムはモンティの願いどおり、レンジャーと対等に話し合おうと膝を抱えてしゃがみ込んだ。「よお、相棒」いかめしい顔で言う。「この人はな、パッチリお目覚め《ワイド・アウェイク》郡の保安官なんだ。そしておれたちふたりは」——アンジェラと自分を指す——「FBIだ。どうだ、その物騒な武器はしまって、おれたちの捜査を手伝ってくれないか。あの口髭をどこで見つけたのか、教えてくれ」

ローンスター・レンジャーは疑い深そうな顔をした。「こいつはネバダ・ハットだ」しつこく言い張った。

「戦略を誤ってるわ、サム」頭上からアンジェラの声がした。「アイスクリームを買ってあげるって言えばいいのよ」

「わかった……アイスクリームはどうだい、相棒?」

「やっほー！」幼い少年が声を上げ、仮面の下で目を輝かせた。ローンスター・レンジャーならきっとこう言うだろう。〝この男もようやく話がわかってきたようだぜ〟「それって、ダブル？」

「そう。ダブルのアイスだ。あの髭をどこで見つけたかさえ話してくれたらな」

「誰かにもらったんだ」

「さっきは見つけたって言ってたじゃないか」

少年は真面目な顔で首を横に振った。「誰かにもらったんだ」

「誰に？」モンティがひそひそ声で役者に台詞を伝える。

「誰に？」サムが尋ねた。

「あの中の誰かさ」少年は左手の拳銃で、一枚岩の端に並んで立っている釣り人たちを指した。大きな笑みを浮かべる。「魚がかかったかと思ったんだって！　おかしいだろ、魚かなと思ったら、ただの髭だったなんてさ！」

モンティにはだいたい摑めてきた。ポケットの中を探って一シリング硬貨を引っぱり出した。「ありがとう、坊や……これをその子にあげてくれ」最後はサムに向かって言った。

サムが渡してやると、少年はもう一度「やっほー！」と言った。

だが、ネバダ・ハットについてはまだ疑いを持っているようで、このままこの悪党を自由気ままにさせていいものかと悩んでいるようだった。そこで意を決したように両方の拳銃の引き金を引いて言った。「バン！　バン！」だがモンティには、少年のために倒れ込んで死んでやろうという気はなく、レンジャーはしばらく悲しげな目でモンティを見ていたが、すぐにもらった一シリングをアイスクリームと交換しに、さらには新たな犠牲者を待ち伏せしに、どこかへ走り去った。

サムは立ち上がって、モンティを興味深そうに見た。「そんな顔に生えたカビのような代物に、ずいぶんとご執心ですね、ミスター・ベルモア？」

「ほお！」モンティが付け髭をいじりながら言った。「そう……老いぼれ役者は長年様々な舞台を踏んできた経験から、こういったものには詳しくなったのだ。これは決して——そう——顔のカビなどではないのだよ。あんないたずら小僧がそこらのおもちゃ屋で数ペンスで気軽に買えるような奇怪な物体では、断じてない。これは実に精巧に造られた逸品だ。三フィートの近さからでも、本物と見まちがうことだろう」

「またまた、ミスター・ベルモア！　まさか、そんなものが！」

「いいや！　海水に浸かってこんな状態になってしまう前の話だ。もう一度言おう、これは実に精巧に造られた逸品だ。モンティ・ベルモアがじっくり考えた末に出した結論では、これは映画撮影用に作られたものだ。そして、映画の撮影カメラを——ちなみに、スターリング君、細心の注意を払って作ったり装着したりした人工毛にとって、あのカメラがどれほどの脅威であることか——そのカメラを騙せるほどの物なら、当然ながら人間の目も簡単に騙せるはずだ」

「騙せますか？」

「わたしはそう思う」モンティが重々しく言った。

「わかりました。あなたがそう言うのなら、ぼくも信じます。でも、それで？　それが何か関係あるんですか？　その気持ちの悪いカビのような代物に格別の興味を示すのは、いったいどういうわけですか？」

「ふむ！」モンティが言った。

# 第二十三章

〈フォー・ウィンド〉にタイソン宛ての電話が入り、警部はCIB本部の刑事、ウェッソン巡査部長と話をしているところだった。実のところ、話と言ってもタイソンはほとんど聞き役になっていた。

「本部に」とウェッソン巡査部長が伝えていた。「ミセス・ベネットという女性から通報がありました。ミセス・ベネットというのは、クエリータ・トーレスと同じアパートの建物に住んでおり、部屋は二つ上の階にあります。先週の木曜日の夜、ミセス・ベネットは歯痛のせいでひと晩じゅう眠れなかったのだそうです。午前二時にあまりに痛みがひどくなり、ベッドから起きて部屋の中をうろついていました。そうやって歩きながら」そう話すウェッソンの声には、同情はおろかどんな感情も籠っていなかった。「何度か寝室の窓から外を眺めているうちに、二つ下の階のリビングルームの灯りがついたままだと気づきました」

「クエリータの部屋だな」タイソンが言った。「それはわかっている。続けてくれ、ウィリアム」

「午前二時過ぎに男がふたり、建物から一緒に出て来るのを見たそうです、腕を組んで──」

「ふたりだって？」

「そうです、警部。もちろん、クエリータの部屋から出て来たかどうかは断定できませんが──」

「できるとも」タイソンが穏やかに反論した。「ほかにどこから出て来ると言うんだ？」

ビル・ウェッソンは返事代わりに唸るしかなかった。「まあ、とにかくです、彼女はふたりの男が建物から出て来るのを見たのです。どんな外見だったかについてはよくわからなかったそうで、片方の男がもうひとりよりも若く、黒っぽいスーツを着ていたことぐらい――」

「エディだな。われらの若き友、エディだ……帽子は見なかったのか？」

「いいえ。ふたりとも何もかぶっていませんでした」

「髪の色は？」

「彼女の位置からはよくわからなかったようです。街灯の光が当たると、なんとなく濃い色に見えたと。ただ、その街灯の下を通るとき、もう片方の男が上を向いて、クエリータの部屋を見上げていたようだとミセス・ベネットは言っています」

「それで――？」タイソンが先を急かした。

「それだけです。特徴は聞き出せませんでした、少なくとも役に立ちそうなものは。ただ、彼女の言葉を借りれば、強面の男で、もう一度見ればきっとわかる、とのことです」

「うーむ……その手の目撃者ならこれまでに何人も会ってきたな、ウィリアム。残念ながら、期待できそうにない」

「そうですね。ですが、彼女はまちがいなく男をふたり見たのです。たしかクエリータは――」

「そうだ、彼女はたしかに言っていた。あの夜はエディがひとりで部屋に来たと。部屋に上がったのもエディひとりなら、帰って行くときもひとりだけだったと、美しきクエリータは先祖の墓に誓ったのだ」

「まあ、それは本当かもしれませんよ。もうひとりの男は、どこかに隠れて待っていたのかもしれません、エディが出て来るのを」

「そうかもしれないが、ちがうだろうな。クエリータとエディが〈マーメイド・タバーン〉から何時ごろアパートに帰って来るのか、あらかじめ知っていたのでなければ、ずいぶんと長く待ち伏せていたことになる。クエリータの部屋を見上げたという話だが――どうしてそんなことをしたのだろう？」

「わかりません。クエリータが見ているのか、確かめたかったのでは？」

「そんなことをすれば彼女に顔を見られて、正体がばれるなり、特徴を覚えられるなりする危険性があるじゃないか。彼女がその男のことを前から知っているか、待ち伏せていることだけを知っていたか、何かしら知っていたかのいずれかでない限り。うーむ……美しきクエリータの誓いは疑わしいな。それに、男同士で腕を組んでいたというくだり――友情の証しじゃなく、摑まれていたのだろう。ウィリアム！」

「はい、警部？」

「彼女をしょっぴけ」

「わかりました」

「容疑は何でもいいから拘留しろ。しょっぴいて来たら、わたしが戻るまで冷たい牢に閉じ込めておくんだ。美しきクエリータとは、喜んでもう一度話をさせてもらうよ、喜んでな……」

タイソンが電話を切って外に出ると、アンジェラ、サム、それに老モンティ・ベルモアが〈ザ・バンガロー〉に戻って来るのが見えた。モンティが反射的に警部に「ほお！」と言った。サムは手を振り、アンジェラは午後の紅茶に誘った。昼に食べたサンドイッチが遠くかすかな記憶になってしまったタイソンは、一も二もなく快諾した。

コテージの中では、熟睡によって昼食をすっかり消化したウィロビー・デルが、いつもどおりの溌剌とした自信家に戻っていた。猛烈な勢いで葉巻を吸いながら、書類をアタッシェケースに詰め込んでいるところだった。

「いいところへ戻って来たな」彼は四人を出迎えた。「じきにストナが紅茶を運んで来るはずだ。ふたりは服を着替えて来るといい……そこに座って、警部、この葉巻でも吸いながら待っててくれ」

タイソンは命令どおりに腰を下ろしたものの、葉巻を断って煙草に火をつけた。モンティはいったん退室して帽子とステッキをしまい、手を洗いに行った。戻ってみると、タイソンはミスター・デルの質問に答えているらしく、隣の捜索が思うように進んでいない、いや、まったく進んでいないのだと話していた。

「実に不思議です」彼は言った。「人間というのはある期間同じところで生活すれば、仕事上や社交上の痕跡を何かしら残しそうなものですが、それがまったくないのです。キャリー・ボランドの名前で何かを買った請求書や領収書だけはあるのですが、では、そのキャリー・ボランドとはいったい誰だったのか？」

「やつは」ミスター・デルが答えた。「闇市場で酒を密売していた男だ」

「そうですね、ですが、どうしてそれが明るみに出たのでしょう？　外部からの情報や、名を伏せたシドニーの密告者、つまり彼自身から漏れたわけではありません。重ねて言いますが、何ひとつ残っていないのです、メモ一枚、手紙一通、帳簿の類も小切手帳さえも。キャリー・ボランドという名には、まるきり実体がないのです」

「ふん！　なかなか苦戦しているようだな？」

「その――もう一つの糸口はどうだね？」モンティが尋ねた。「スタッカーの件は？」

「ううむ……」タイソン警部は煙草の先の火をじっと見つめた。「こういうことです、ミスター・ベルモア。クエリータ・トーレスという名前は覚えていますね？」

「おお、覚えているとも。スタッカーの女友だちだったね。生前の彼を最後に見たという」

「そうです。木曜の夜、スタッカーは彼女を部屋まで送って行きました。そのまま午前二時までそこで、ふたりきりで過ごしました。それから彼がひとりで帰って行った。そういう話でしたが……」警部はウェッソン巡査部長から聞いたばかりの話を伝えた。

「そうか！」モンティが言った。「そのもうひとりの男というのは誰だろう？――例の謎の男、ジーニアスだろうか？」

「そうかも知れません。あるいは――いや、まずはジーニアスの正体がわからなければ、何とも言えません」

ウィロビー・デルはアタッシェケースのジッパーを閉めながら、辛辣な言葉を吐いた。「つまり、何ひとつわかっていないんだな？」

「どうでしょうか」タイソンが考えながら言う。「キャリー・ボランドがあの崖から飛び降りていないことはわかりましたよ」

「えっ！　そうなのか？　それで、飛び降りたんじゃないとすれば、いったい何をしたんだ？　彼はどうなったんだ？」

「消えたのです」タイソンが大真面目に言った。

「けっ！」ミスター・デルは怒ったように、アタッシェケースを書きもの机の上に放り出した。

「タイソン」モンティが言った。椅子の肘かけに両肘を載せ、指を額に当ててふさふさとした眉を撫でつけている。「なあ、タイソン君、トーレスとかいう女の部屋から――いや、アパートの建物だな――そこから出て行くのを、そのご婦人が見たというふたりの人影だがね、年上の男は口髭を生やしていなかったか？」

「わかりません。そうだとしても、彼女は何も言っていませんでしたね……はて、どうしてそんなことをお訊きに？」

モンティは答えなかった。椅子に座って眉を撫で続けながら〝名探偵〟は事件の謎について熟考中だった。

「考えたのだがね」彼は重要な情報を伝えるような口ぶりになった。「きみの言っていた、キャリー・ボランドと正体不明のジーニアスという男が同一人物ではないかという説について、老いぼれなりに考えてみたのだ。その説が正しいなら、その男は若きスタッカーを殺害し、ある程度練られた計画に従って、一連の行動を取ったはずだ」

「ええ、そんなふうに言えると思います」

「そんなふうに言っているのだよ、モンティ・ベルモアは。さて、考えてくれたまえ。その一連の行動こそが、ボランドとジーニアスがひ
、と
、り
、の人間だという考えにきみを至らしめた。彼の様々な行動を合わせてみると、答えを指し示す道しるべになった。そこで、モンティ・ベルモアからの質問だ。ボランドほど頭のいい人間なら、そんなことはお見通しだったのではないのか？　スタッカーの死体の始末にあたって、ボランドほど頭のいい人間が、これほど頭の良くない、実に不必要なパントマイ

ムを演じるだろうか？」

　タイソンがほほ笑みかける。「あの男のことはボランドではなく、ジーニアスとして考えてみてください。ただし、ジーニアスを天才的頭脳を持った犯罪者だなどとは思わないでくださいよ。そんな人間ではないのですから。ただのごろつきです、少しばかり人を騙すのがうまいだけの――」

「だが、わたしはあの男をボランドとして考えているのだ。そう考える必要があるのだ。どちらも同じだというのは、きみ自身の説じゃないか、警部」

「そうですか、わかりました。それで、ボランドは頭のいい男だったのですか？」

「顔を合わせたのはほんのわずかな機会だったが、頭が悪いとは思えなかった。だが、わたしよりもミスター・デルのほうが彼については詳しいだろう――」

「いいえ、それはちがいます！」タイソンはきっぱりと言い返した。「まさにそこです、ミスター・デルはほとんどボランドについて何もご存じなかったのです。ご自分でもそうおっしゃいました。ボランドが特別に頭が切れると思われるようなことが、これまでにありましたか、ミスター・デル？」

「そうだな――まあ――ふん！　くそ、思い出せないな」

「われわれは彼をこんなイメージでとらえています。キャリー・ボランドは、これまでに何ひとつ成し遂げてこなかった。このヤルーガにおいては、口を開くのさえ稀で、話しかけられれば返事をする程度、ほかの人間と交流することもなく、ひとりきりで生活をして、孤独を好んだ……ミスター・ベルモア、あの男は単なる影か、抜け殻のようなものです。頭の良し悪しは別として、そもそも人格を持たないのです」

　ウィロビー・デルは急に怒りだした。殺人や謎に満ちた空気に苛立ち、推論ばかりで何の行動も取らないことに辟易していた。

「あいつがどんな男だったか、何者なのか、そんなことはどうでもいい！　わたしが知りたいのは――ぐだぐだとしたたわ言はすっ飛ばして――あいつがいったい全体どうやってあの不可解な崖から姿を消したかだ！」

この的を射た質問に、タイソンは「ううむ！」と唸り、モンティ・ベルモアは「ふむ！」と言っただけで、それ以上の〝ぐだぐだとしたたわ言〟は、カートを押して入って来たストーナーに遮られた。ストーナーの少し後から、サムとアンジェラも部屋に入って来た。

「おいしそうね」アンジェラがストーナーにほほ笑みかける。「ありがとう、ストーナー」彼女は紅茶を注ぎ、そのカップをサムが次々と手渡していく。

「ビーチは楽しかったか？」ミスター・デルが尋ねた。

「ええ、ありがとう、お父様」

「三人とも楽しんできましたよ」サムが付け足す。「ぼくたちは楽しく泳いで、ミスター・ベルモアはお腹を撃たれたんですから」

「ベルモアが何だって？」

「撃たれたんです。二度も。二丁拳銃で」

「本当なのだよ、デル」瞳をきらめかせながら、被害者が言った。「J・モンタギュー・ベルモアは、西部のならず者に拳銃を突きつけられて――その――殺《や》られちまったのだよ」

「ならず者じゃなかったわ」アンジェラが言う。「〝ローンスター・レンジャー〟よ」

「誰かをならず者呼ばわりするのなら」サムが言う「むしろミスター・ベルモアのほうですよ。ローンスター・レンジャーにその正体を、悪名高きキャラクター〝ネバダ・ハット〟だと見抜かれたんですから」

タイソン警部がクックックッと笑った。堂々たる威厳に満ちたモンティ・ベルモアが、仮装をした生意気な子どもに襲われている姿を想像するのは、実に面白かった。ウィロビー・デルは鼻を鳴らしてから苦笑いした。

「あんたには似つかわしくない役のようだがな、モント」

「いえいえ！」サムが言った。「ああいう口先のうまい自暴自棄な悪役なら、そうとも言えませんよ。ネバダ・ハットというのはどこにでもいるような、拳銃をぶら下げたタフ野郎じゃないんです。未亡人や孤児を食いものにして土地や遺産を巻き上げる、悪徳弁護士なんですから」

老モンティ自身も思わず笑っていた。だが、その笑い声もサムの次の言葉で消えた。

「実は、今も巻き上げた戦利品を隠し持っているんですよ。非常に謎めいた物体です」

「何だ？」

「〝小さな黄色い神の緑の目〟です」サムがもったいぶって言った。「披露してくださいよ、ミスター・ベルモア」

モンティは、しぶしぶながら付け髭を取り出した。「これのことを言っているのかね――」

「そりゃいったい何だ？」ミスター・デルが尋ねた。

「あら、お父様」アンジェラが論理的に尋ねた。「何に見えるかしら？」

「ずぶ濡れのうす汚い作り物の髭に見えるぞ」

「そのとおりですよ」サムが言った。「こんな状態になったのは、一枚岩で釣りをしていた人が海の中から引き上げて、それをローンスター・レンジャーに渡して、それをぼくがもらい受けて、どうしてもと頼み込まれてミスター・ベルモアに渡したからです。手から手へと受け継がれてきたというわけですよ」サムが空想に浸りながら続けた。「血と暴力の結晶です。ネバダ・ハットに実にふさわしい」

「だが、なんだってそんなものを持ち歩いてるんだ、モント?」

「ほほう!」タイソン警部が背筋を伸ばしながら言った。「ひょっとすると、木曜の夜にエディ・スタッカーと一緒にいるのを目撃された男について、今しがたわたしに尋ねたことと関係があるのでは?」

「もしもし?」驚いたサムが尋ねた。「今度はいったい何の話です?」

「それを見せてもらえませんか?」タイソンはモンティから髭を受け取り、ひとしきり触ってからひとり言を漏らした。「海の中か。岩の辺り。あの崖の真下だな。ううむ……」髭を持ち上げ、モンティに向けてひと言尋ねた。「なぜ——?」

そのとき、モンティは再び〝名探偵〟になっていた。

「そこにあるのは」〝名探偵〟がもったいぶって言う。「キャリー・ボランドの口髭——あるいは、その偽物だ。キャリー・ボランドのレインコートは崖の上に」暗号めいた言葉を付け加える。「キャリー・ボランドの帽子は崖下の岩に。そしてキャリー・ボランドの髭は崖下の海の中に」

「なるほど。シドニーにいるジーニアスには、髭がなかった。ここにいるボランドには、口髭があった。そういうことですね」

「ああ、ばかばかしい!」ミスター・デルが激怒した。「悪いがな、モント、こんなことは無意味だ。

ボランドの口髭は本物だった。本当に生えていた。それはわたしが知っている、もう三年以上も前からな」

「その付け髭は」サムが厳かな口調で言う。「三フィートの近さでも本物と見まちがう逸品だ。ミスター・ボランドはそう言っていました」

「このわたしの目は騙されないぞ！　キャリー・ボランドがそんなものをつけていたはずがない。そのわけを話してやろう。一つ、キャリー・ボランドが髭を生やし始めたときからわたしはここにいた。二つ、その付け髭がどれだけ素晴らしい代物だとしても、伸びることはできない。ボランドの口髭が伸びてぼさぼさになっているのを見たことがある。それをカットして、また伸びて、またカットして――いいや、モント、今回ばかりはお門違いだ」

「これでこの件はおしまいですね」サムが話をまとめた。「かまいませんよ、ミスター・ベルモア、どうぞお持ちになってってください。いずれ口髭が必要な役が回ってきたときに、お持ちになってると便利かもしれませんよ」

「その真っ白い髪とは不釣り合いでしょう」タイソンがにっこり笑いながら髭を返した。「あるいは、付け髭も染めることができるのかもしれませんね」

「そこなのだ。すでに染められていたのだよ」〝名探偵〟は軽い冷やかしにもまったく動じることなく言った。「黒い髭の中に白いものが混じっているのが見えるだろう？　第一、きみたちは老いぼれの言葉を誤解している。わたしはボランドがこれをつけていたとは言っていない。ただ、これはボランドの口髭――あるいはその偽物だと言っただけだ」

突然、部屋が当惑するような沈黙に包まれた。その静けさの中にストーナーが入って来て、刑事のひとりがタイソン警部に会いに来ていると主人に伝えた。タイソンが立ち上がる。

「ちょうど面白くなりかけていたところだったのですが」彼はため息をついた。「失礼します」

外に出ると、エサリッジ刑事が待っていた。エサリッジは紅茶の香りに鼻をひくひくさせた。タイソンの親父め、相変わらずうまくやるものだ。

「どうした、リチャード?」タイソンが尋ねた。

「電話です、警部。またウェッソン巡査部長からです」

「ウェッソンが?　いったい何の用だ?」

「聞いていません。ただ警部と話したいと」

タイソンはゆっくりと〈フォー・ウィンド〉のリビングルームへ戻り、受話器を耳に当てた。

「ああ、ウィリアム、今度は何だ?」

「クエリータ・トーレスです、警部」

「美しきクエリータか。もう〝冷たい牢〟には案内したのか?」

「いいえ。ですが、じきに〝冷たい部屋〟に向かうはずです」

「何をぐずぐずしてるんだ。さっさと――」突然口をつぐむ。「今のはどういう意味だ、ウィリアム?　何が起きた?」

「クエリータが、死にました」ビル・ウェッソンが無感情な声で言った。「ドクターによれば、絞殺されたようです――紐で締められて。おそらく昨夜のことだそうです」

# 第二十四章

ウィロビー・デルは、もう我慢の限界だった。

口に出してそう言った。かつて妻が自分を非難したときと同じ表現を無意識に使い、もう息が詰まる、ヤルーガじゅうが謎やら殺人やら暴力やらの重苦しい空気に包まれて今にも窒息しそうだ、と言った。それから、自分はビジネスマンであり、急ぎの仕事が待っているのだと。その中には新しいラジオドラマシリーズの企画も含まれており、J・モンタギュー・ベルモアにも検討を頼んだはずだと厳しい言葉で指摘した。

そこで紅茶が済むと、タイソンが異議を唱えなかったのを幸いに、ミスター・デルは車の後部座席にストーナーを押し込み、助手席にモンティを座らせて、〈リンドフィールド・ホール〉まで運転して帰った。サムとアンジェラも同時に車で出発したが、モンティとはその日はそこでお別れとなった。サムが従妹を彼女の母親の家に送り届け、そのまましばらくそこにいたからだ。

ミスター・デルは道中新しいラジオドラマについて話し続け、シドニーに着く頃にはモンティは〝名探偵〟をすっかり投げ捨てて、自然とネッド・オールデンおじさんが顔を出していた。ストーナーが車を車庫に入れているうちに、ミスター・デルはドラマの相談の総仕上げと別れの一杯をやろうとモンティを部屋へ案内した。やがて〈メアリー・モートンのジレンマ〉の脚本を手に老役者は帰宅の途につき、落胆するにちがいない十一人の脚本家に返却する十一本の脚本だけがウィロビー・デルの手元に残った。

　エレベーターが上がって来るのをモンティが待っているうちに、アルトヴァイラー・クレシックが自分の階から階段を歩いてのぼって来た。アルトヴァイラーは足を止め、色つき眼鏡越しに彼を見つめた。

「ミスター・ベルモアですね、イエス?」

　モンティの頭の中では、答えはノーだった。完全な状態のベルモアではない。むしろ、ネッド・オールデンと言ったほうがいいぐらいだ。そこで、ネッドおじさんの声色で答えた。「お晩でごぜえやす、ムスター・クレシック」

　アルトヴァイラーはいつもの不安げな顔をしていた。「あなたが来るの、聞こえました。ミスター・ビロビー・デル――中にいますか、イエス?」

「ムスター・デルなら、ご在宅さね」

「これから、邪魔ですか?」

「何て?……ああ、今から彼を訪ねちゃ迷惑かってことかい?　そりゃわたしにもわからねえがね、ムスター・クレシック、まあ平気だろうね」

「そうですか!」アルトヴァイラーはそう言うと、どうしようかと決めあぐねているかのように、後頭部に集中して生えているまばらな灰色の髪を手で乱暴に掻き上げた。

　そのとき、エレベーターボックスが到着した――と思う間もなく、また降りていった。下の階の誰かが、モンティを出し抜いたらしい。アルトヴァイラーはエレベーターが急に現れ、再び消えてしまったのを見て目をぱちくりさせたが、モンティがエレベーターを待っていたことにやっと気づいた。

「ごめなさい、ミスター・ベルモア。馬鹿しました。ごめなさい……あの、ミスター・ベルモア、わたしの部屋、来ませんか？　一杯飲みましょう、イエス？」

　ミスター・ベルモアは、このような招待は必ず受けることにしていた。そこで、ネッドおじさんの声音のまま答えた。「やあ、ありがたいさね、ムスター・クレシック。うん、ありがたい」

「ウォーキングで降ります」アルトヴァイラーが言った。「すぐ下ですから」

　アルトヴァイラーのアパートの中はウィロビー・デルのとそっくりだったが、〈リンドフィールド・ホール〉のすべての部屋は、分譲であれ賃貸であれ、家具付き物件だったため、驚くことではなかった。テーブルランプや、壁にかかっている絵が一、二枚ちがうぐらいだ。アルトヴァイラーの部屋には、写真が何枚も飾ってあった。大勢で写っているもの、ひとりだけのもの。モンティの目は、黒髪と黒い瞳の女性が写っている大きめの写真に惹かれた。

「それ、わたしのバイフ、奥さんです」モンティの視線の先に気づいて、アルトヴァイラーが言った。

「何年も前です」

「それで？」モンティはそう訊いて、何気なく彼を見つめた。

「奥さん、死にました」アルトヴァイラーが悲しそうに説明する。「わたしたちがチェコスロバキアを出る前です。ほかの写真、友だち、親類。チェコスロバキアの写真と、イギリスの写真と……座ってください、どうぞ、ミスター・ベルモア。この椅子に――安楽の椅子です」

　モンティは腰を下ろした。アルトヴァイラーの言葉どおり、安らかな気持ちになれる椅子だった――ほんの一瞬、モンティは二度と椅子から立ち上がりたくない気分になった。

「スコッチ・ビスキー?」アルトヴァイラーがさりげなく尋ねた。

ネッドおじさんはウィスキーを飲まない。ポートワインと、ときにはブランデーを少し。そこで、ウィスキーを目の前にして、ネッドおじさんは至極当然の行動を取った。瞬時にモンティ・ベルモアの意識の奥底へと潜り、モンティ本人の自由に任せたのだ。

「なんと、実に気が利くじゃないか。まさに願っていたものだ」

アルトヴァイラーはウィスキーを注いで、またいつもの不安そうな顔をしてそばに立った。頬骨の下が落ち窪んでいる。いい歯医者に診てもらえていたら、ずいぶんとちがっていただろうに。アルトヴァイラーは単刀直入に不安の種を口にした。

「ミスター・ベルモア、わたしの家、〈フォー・ビンド〉——警察が、まだあそこにいますか?」

「どうだろう、われわれが帰るときにはまだいたがね。だが、そろそろ引き上げた頃じゃないかな。聞いたところでは、役に立ちそうなものはほとんど見つからなかったらしい」

「それで、ミスター・ボランド——生きているか、死んでいるか、彼を見つけましたか?」

「ボランドはまだ行方不明のままだよ。ボランドという人間は、ますます謎深き男になっていくようだ」

「そうですか!」アルトヴァイラーは背を向け、自分用にウィスキーを注いだ。「いつ、わたしの家、行けますか? 修理が必要です。質問も、疑問も、いっぱいです」両手をばたつかせた結果、大惨事が引き起こされた。「きーっ! 大失敗、馬鹿しました」彼は座り込んで、ウィスキーのこぼれた絨毯の上にハンカチを押し当てた。モンティを見上げる。「ミスター・ボランド——いるか、もういないか。新しい人に家を貸すこと、できますか?」

モンティは、好奇心を抑えられずに彼をじっと見ていたが、数秒後にようやく我に返って答えた。

「何？……ああ！　どうだろうね、老いぼれにはわかりかねるよ。わたしがきみなら、タイソン警部に訊きに行くがね。コテージを貸し出す件については、議論の余地がありそうだ。ふむ、そうだ、きっと議論の余地があるとも。あの家には借主がいるのだから――あるいは、もういないのか？　モンティ・ベルモアは、弁護士に相談することをお勧めする」

「ダンキュー」アルトヴァイラーはそう言ったものの、すっきりしないようだった。「ダンキュー、ミスター・ベルモア」彼は立ち上がり、ハンカチを無造作にポケットに押し込んだ。「あなたのグラス――空《から》です。ビスキーをもう一杯、飲みますね、イエス？」

「そうだな――その――きみが勧めるのであれば。〝鳥は片翼じゃ飛べない（転じて「酒は一杯に留めず、二杯飲むもの」の意）〟と言うしな」モンティはふざけて言ったが、その日すでにどれだけの翼を手に入れていたかは完全に無視した。

　飛べるようになったモンティは、しばらくして帰っていった……。

　それから何日かが過ぎたが、タイソンと部下たちはキャリー・ボランド消失の謎解きについても、エディ・スタッカーとクエリータ・トーレスの殺人犯、あるいはそれぞれの犯人たちの逮捕についても、まったく進歩がなかった。新聞各社は、警察の怠慢と無能ぶりを名指しして書きたて始めていた。

　タイソン自身はと言えば、エディが現世から排除された理由と、それが誰の手によるものかの想像はついたが、クエリータの絞殺については困惑するばかりだった。ある朝、警部のオフィスへ来客を知らせに来たエサリッジに、その疑問をぶつけてみた。実のところ、もう何百回もしてきたようにただ自分自身に問いかけているだけだったのだが、忠実なエサリッジはこんなときに、ちょうど腹話術の人形のような便利な存在だったのだ。

「誰なんだ？」タイソンが問いただす。「クエリータの首に紐を巻きつけたのは？」

「ジーニアスです」エサリッジが即答する。

「そう思うか？　なぜ？」

「なぜって、彼女はエディの恋人で、エディはわれわれに密告したわけですし――」

「いや」警部が不機嫌そうに言う。「密告というほどではなかった。内緒話程度だな」

「何にしても、われわれに何らかの情報を知らせたのは確かで、ジーニアスにはやつがどこまでしゃべったかはわかりようがなく、エディが生きていたらもっと漏らすかもしれないと思って予防策を取ったのでしょう」

「それがエディ・スタッカーの墓碑銘だな――だが、クエリータは？」

「やつの恋人だったんです。エディからどんな話を聞いてるかわかったもんじゃない。ジーニアスならそう考えませんか？　そこで、危なっかしいやつの口を封じた後、さらにもう一つ口封じしたのです」

「ふむ……疑問が残るな、リチャード。いくつもの疑問が。そう、たとえば、こんなふうに考えてみようじゃないか」

　エサリッジは内心でため息をつき、言葉の洪水を覚悟した。

「この問題を、二つの観点から考えてみるのだ。可能性は二つ。一つめは、美しきクエリータがわれわれに嘘をつき、あの夜は自分とエディのふたりきりだったという話が虚偽だった可能性。もう一つは、彼女の言ったのは本当で、誰かが外で隠れてボーイフレンドを待ち伏せしていようとは、まったく知らなかった可能性。

一つめの案から検証してみよう。彼女はその男が来ることを重々承知していた。彼女の部屋の中でふたりを待ち受けていたか、あるいはどこか外の暗がりに紛れて、エディが帰って行くのを待ち伏せしていたか。どちらにせよ、彼女はその男の正体を知っていたとみてまちがいない。彼女はその男を知っていたのだ。そして、もしも彼女の部屋の中で待っていたのなら、その男とは親しかったにちがいない。ドアの合鍵を渡すほどの親しさだ。さらに一歩進めて、男が実にうまいタイミングで来ていた点にも彼女が何かしら関わっていたかもしれないし、何をしに来たのかも知っていたのだろう。さて、エディは公認のボーイフレンドでありながら、合鍵ももらえず、午前二時に招かれたこともない。それにしてもクエリータは、仮にそのときにはまだその男が来ていた理由を知らなかったとしても、翌日にわれわれが訪ねたときにはよくよく事情がわかっていたはずだ。それなのに、彼女はわれわれに嘘をついた。恋人を殺されて、心が張り裂けんばかりに悲しみ、われわれの前でさめざめと泣いて——なのに、われわれに嘘をついた。なんとも妙じゃないか、リチャード、悲劇的に恋人を失った娘のとる態度としては、なんとも妙だ」

「それなら」エサリッジが提案する。「彼女は嘘をついていなかったのでは?」

「二つめの案だな。わたしが信じたいほうの案だ。それでも、やはり疑問の余地はある。考えてもみたまえ、リチャード。彼女のまったくあずかり知らぬうちに、自分の家から帰ろうとしていた恋人が謎の殺し屋に待ち伏せされ、殺された。殴り殺されたのだ。ジーニアスのお気に入りの殺し方だときみは言い、その根拠を並べるが、今はそれに反論するのはやめておこう。その二十四時間後、クエリータが殺された。今度もジーニアスだときみは言い、今度もまたその根拠を並べる。だが、今回は反論させてもらおう。なぜなら、これはジーニアスの手口ではないからだ。彼女は殴り殺されたのではない、窒息させられた。しかも特殊な、この国では非常に珍しいやり方で——結び紐で首を絞められたのだ。ジーニアスの商標とはかけ離れている——」

「血」エサリッジが、速記記録のようなしゃべり方をした。「大声」

「わかった、それは認めよう、認めたくはないがな。ジーニアスは流血や、まわりに人の多い密室で大声を上げられるのを避けるために、この殺害方法を選んでクエリータを亡き者にした。だがな、リチャード、もしもジーニアスが口封じ目的でふたりを殺したのだとすれば、なぜ木曜の夜に一気に済ませ、口を二つとも封じてしまわなかったのだろう？　なぜもう一つの危なっかしい口——エディを殺された恨みもあるから、危険性は二倍になっていたはずだ——そのもう一方の口に——その——すべてを明かされる可能性を残したまま、二十四時間の猶予を与えたのか？　エディの謎めいた早すぎる死に接して、われわれが真っ先に会いに行くのは彼の恋人だということは、きっとジーニアスも予測しただろうに」

「勘弁してくれよ！」エサリッジはそう言った。ただし、心の中だけで。もうその落とし穴には引っかからないぞ。

「クエリータとエディか」タイソンが禿げた頭を、不安そうな仕草で撫でた。「死によって、ふたりは一つになった。が、果たして生きているうちはどうだったのだろう？　クエリータの首に紐を巻きつけたのは誰だ、リチャード？」

「さっぱりわかりません、警部」エサリッジが白々しく言った。「この会話はそこから出発したのですよ。それで思い出しました——クレシックが警部に会いたいと、外で待っています」

「クレシックだと？　何の用だ？」

「詳しい話は何も。ただ警部にお目にかかりたいと。ミスター・ベルモアに言われて訪ねて来たと言っています」

「ほう！　これは驚きだな、リチャード。すぐにお通ししてくれ」

エサリッジはすぐにお通しした。だが、警部のオフィスに現れたアルトヴァイラーには、新しい展開の前触れを思わせるものは何もなかった。彼はただモンティの進言に従って警部を訪れ、警察が捜索という名のもとにヤルーガの自分のコテージをひっくり返すのはもう済んだのか、また、新たな借家人にコテージを貸してもかまわないのかが訊きたいのだと言う。一つめの質問に、タイソンはイエスと答え、アルトヴァイラーの協力に深く感謝すると言った。アルトヴァイラーには、協力する以外の選択肢は一度も与えられなかったのだが。二つめの質問には、警部はミスター・ベルモアと同じ答えしかできなかった。難しい問題であり、法の専門家の意見を仰がねばならない。弁護士か、タウンホールの判事の誰かに相談することを勧めた。

アルトヴァイラーは曖昧な感謝を述べ、悠然と帰って行った。

特に収穫のない日々が、また何日か過ぎていった。

そしてある日、ウィロビー・デルはパーティーを開いた。

# 第二十五章

それは祝賀会兼送別会のパーティーで、双方に利のあるビジネス契約をミスター・ボロップの会社と取り交わしたお祝いと、翌日夫人とともにイギリスへ帰国するミスター・ボロップのお別れの会を兼ねていた。そういうわけで、ミスター・ボロップと、活力にあふれ、ずいぶんと若すぎる格好をしたミセス・ボロップが、再び主賓として招待されていた。ミスター・デルの仕事上及び社交上のあまたの友人知人の中でも、特に陽気でパーティー好きな連中が集まっていた。それに娘のアンジェラと甥のサムも、ホステス役とホスト補佐役として、必要に応じて接待をしていた。当然ながらストーナーも任務に就き、簡易キッチンとラウンジの間を、無言で、冷静に、控えめに往復し続け、足音を立てずに客の間を縫うように歩き回りながら、酒や辛みのあるおつまみや塩味の効いた小さなビスケットなどを配っていった。そして何と言っても最も重要な客人、J・モンタギュー・ベルモアも来ていた。生身ながら、なんとも作り物のように見えた。

ウィロビー・デルは、仕事上の気遣いや心配事から一時的に開放され、髪をほどいて——あくまでも比喩表現だが——くつろぐことにし、客にもゆっくり楽しんでもらおうと気を配っていた。そういう意味で、彼は大いに助けられ、支えられていた。まず、今夜は本人役を演じているモンティ・ベルモアに。さらには、自分のことをかまってくれない少々退屈な夫から逃げ出したくてたまらず、そのために老役者にべったりくっついているミセス・ボロップに。そして、つまらなかった前回のパーティーの失敗を、仕切り直しの今夜こそ取り返そうと決心していたアンジェラとサムに。

パーティーは、初めからかなりの盛り上がりを見せた。十一時ともなると大騒ぎになり、真夜中には、リンドフィールドの最上階の床が揺れ、騒音と喧騒は最高潮を迎えていた。いつものように、下層階の住人たちは迷惑をこうむり、その最大の被害者がすぐ下の階のアルトヴァイラー・クレシックだった。パジャマ姿で檻の中のトラのように部屋の中をうろうろしながら、今にも天井が抜けるのではないかと心配し続けていたアルトヴァイラーは、午前一時になったところで、これ以上は我慢できないと決心した。そこで真新しいシルクのガウンを羽織り、ひと房しかない髪を撫でつけると、階段をずんずん上がっていった……。

ウィロビー・デルの部屋の中では、頬を紅潮させて笑い転げているアンジェラの指導と、すっかり声を枯らしたサムのかけ声のもとに、自分を律するべきはずの立派なビジネスマンや妻たちが、揃ってスクエアダンスに挑戦していた。ミスター・デルは新しいスコッチのコルクを抜きながら、お得意の〝三枚のトランプ〟の賭けゲームで取り巻きの何人かから金を巻き上げていた。J・モンタギュー・ベルモアはと言えば、自分のウィスキー摂取の適正量を越え――実のところ、彼はまたしてもJ・モンタギュー・ベルモアから変身し、現在はインディアンの酋長になっていた。酋長の立派な頭飾り――ミスター・デルがカナダ訪問の際に購入した品――を崇高な白髪頭と顔の中ほどまですっぽりとかぶり、飾りの先を背中から踵近くまで垂らしている。彼は群衆より数フィート高い位置に立っていた。玄関ドア前の小さなロビーがフロアよりも階段を三段上がったところにあり、モンティはその鉄の手すりの後ろに立って本物のインディアンの弓を握り、ふたりしかいない観客に向かって低く厳かな声で「インディアン戦士、カリブーの仕留め方、白人に教える」と宣言していた。観客というのはミセス・ボロップと、年齢不詳の別のご婦人で、ふたりとも酋長に合わせるように羽根を何枚か頭に挿し、彼の腕にぶら下がるようにしがみつき、高笑いし、奇声を上げ、酋長の実演を手伝っているというよりもむしろ妨害していた。実演がさらに滞っているのは——おそらくは幸運なことに——もしも弓に合わせてミスター・デルが矢も購入していたのだとすれば、モンティにはそれが見つけられないことだった。

アルトヴァイラー・クレシックは、一番大きな音が漏れているドアを続けざまに強めにノックした。返事はない。さらに大きく叩く。まだ返事がない。ドアは冷たい顔をしたまま、何の変化も見せない。こうなったら叩き壊してもかまうものかとばかりに再度ドアに挑みかかり、拳が痛むまで殴って手を止めた。

ドアの内側では、モンティの腕にぶら下がっていた名無しのご婦人が金切り声を上げた。「誰かノックしてるみたいだわ」だが、精いっぱい声を張り上げてみたものの、その内容は単なる感想に過ぎず、何か異変を察知したがどうせ大したことではなく、気にしなくてもよいというメッセージとなった。

インディアンの酋長は明らかにちがう意見だった。「戦いのドラムだ！」彼は叫んだ。「チェロキー族、襲って来た！　どこにいる、酋長の勇敢な戦士たち？」

ミセス・ボロップは勇敢な戦士たちを呼び出すために、手を口の前に当てて「アワワワ！」とインディアンの雄たけびを上げた。その奇声に驚愕したアルトヴァイラーは、再び激高してドアに襲いかかった。モンティは婦人に弓を預けると、ドアを力いっぱい引いて開け、その場で仁王立ちになった。

胸の前で堂々と腕を組んだ立ち姿は、威厳に満ちていた。

アルトヴァイラーはその光景に息を呑み、しばらく言葉を失った。モンティが儀式にのっとった挨拶のしるしに右手を掲げる。

「ハウ！　白人、貝殻玉《ワムパム》（インディアンの装飾用ビーズで、通貨の代わりにも使われた）、欲しいか？　インディアンの黄金、見つけたいか？」

「ミスター・ベルモア！」アルトヴァイラーが怒った声で言った。

「ほお！」モンティは、色つき眼鏡を外したその顔が誰なのか、ようやく気づいた。「白人、インディアン酋長の友だち。インディアン酋長、この男、知ってる」モンティはしばし役を離れた。手を伸ばしてアルトヴァイラーの手を握り、親しみ——何杯ものスコッチによって生じた馴れ馴れしさ——を込めて言った。「クレシック、きみか、元気かね？　さあ入った、入った」自分がパーティーのホストではないことなど、まるきり無視した言葉だ。

アルトヴァイラーは激しく抗い、モンティの手を振りほどこうと引っぱった。

「ミスター・ベルモア！　許せないです」

歓迎したい気持ちを抑えられないモンティは、アルトヴァイラーの抗議もあからさまな怒りも無視し、摑んだ手に力を込めて部屋の中へ引っぱり込んだ。その立ち回りが大いにお気に召したらしいミセス・ボロップが、すかさず音をたててドアを閉める。

「インディアンの集落《ウィグワム》へ、ようこそ！」いくぶん気分の高揚したモンティが声を轟かせた。「おれ、酋長、〝水道水《ランニング・ウォーター》〟。このふたり、インディアンの女。〝湯《ホット》〟と〝水《コールド》〟。ハウ！」

アルトヴァイラーの怒りは、痛いほどの羞恥心へと一変し、ドアから逃げ出そうと試みた。が、腕はモンティに摑まれたままだ。

「白人、酋長と〝炎の水〟、飲むか？　酋長、白人と、前に〝炎の水〟、飲んだ」モンティは先日の件を持ち出した。

「ミスター・ベルモア！　馬鹿な真似はよせ――！」

「やあ、こんばんは！　ミスター・クレシック！」

新しく加わったのはサムの声だ。スクエアダンスのダンサーたちが手に負えなくなり、無駄な挑戦だとあきらめた。モンティが誰かとドアの前にいるのが目に留まり、初めはその相手がお洒落なドレスを着ているように見えて、様子を見に来たのだ。酋長の歓待の挨拶に加えて、サムも歓迎を述べた――今のサムにとっては、世界じゅうの誰もがお友だちだった。

「ミスター・クレシック！　お会いできて実に嬉しいですよ。どうぞこちらで一杯飲んでください」

「炎の水」賛同するように、モンティが厳かに言った。「インディアンのウィグワム、炎の水、たんと飲む」それは彼を見ても一目瞭然だった。

アルトヴァイラーは、自分がパジャマとガウンしか着ていないのを痛烈に認識し、もう一度ドアに向かって脱走を試みた。

「まあまあ、遠慮せずに」サムが歯を見せて笑った。「服装なんてどうでもいいじゃないですか、全然気になりませんよ。ぼくに言わせりゃ、パーティーにはなかなかおあつらえ向きのドレスです。さあさあ飲みましょう」

ミセス・ボロップが自らの手でこの一件に片をつけた。相棒の〝インディアンの女〟に目配せすると、ふたりは揃ってモンティの腕に抱きついていた手をほどき、アルトヴァイラーの腕をがっちりと摑んだのだ。両側からふたりで挟むようにして、人でごった返す階段の下のラウンジへとアルトヴァイラーを駆け足で運び込んだ。

「酒！」ミセス・ボロップが叫ぶ。「ハイアワサ（米国詩人ロングフェローによる叙事詩「ハイアワサの歌」の主人公であるインディアン酋長）に、酒を！」フォーメーションの崩れたスクエアダンサーたちの真ん中を突っ切るようにして、ウィロビー・デルが貼りついたままの部屋の隅のバーへと進む。モンティとサムがその後に従う。モンティはインディアンらしく、威張ったようなゆったりした歩き方で進みながら、時おり肩越しにしゃがれた声の「ハウ！」を、客の誰かれなく投げかけていく。

「ミスター・デル！」ミセス・ボロップがバーの前で足を止めて言った。後になってから、このときの振る舞いについて彼女は物静かながら激怒した夫から厳しく叱責されることになるのだが、今は彼女を止める者は誰もいなかった。「ミスター〝ディン・ドン・デル、可愛い猫ちゃんは井戸の中〟――（マザーグースの「ディン・ドン・ベル（鐘が鳴る）」の出だしのもじり）」

　ウィロビー・デルは、モンティ・ベルモアと同じように、そして甥のサムと同じように、ご機嫌な気分だった。モンティとサムがほとんどいつもそんな状態になるのに対して、ミスター・デルは必ずしもそうとは言えなかった。だが、今夜は至極ご機嫌で、そのためにいつもなら怒るようなことも笑って受け流していた。彼はバーの奥で楽しそうに笑った。

「ああ。わたしに言わせりゃ、その猫は溺れ死んでるだろうね」

「ハイアワサに酒を！」ミセス・ボロップが要求した。

「何だって？」

「ウィロビー伯父さん」サムが言った。「うちの一家にとって大事な方ですよ。良き友、ミスター・

クレシックです」

「やあ、あんたか！」ミスター・デルが歓迎するように言った。「来てくれて嬉しいよ。一杯飲んでくれ」

数時間前であれば、ウィロビー・デルにはアルトヴァイラー・クレシックを自分のパーティーに招待することなど思いもよらなかっただろうが、今は客なら誰でも大歓迎だ。

デルはウィスキーをグラスに注ぎ、アルトヴァイラーの前に突き出した。緊張したアルトヴァイラーには、象さえも眠らせることができそうな量に思えた。

「ダンキュー」躊躇しながら答える。「ダンキュー、ミスター・ビロビー・デル」こんなことをしに来たんじゃないと思いつつ、こうなったらもうどうしようもなかった。「わたしの――わたしの服――失礼……」

「何を言う！　馬鹿なことを言うもんじゃないよ、まったく問題ない――葉巻はどうだ？」

「平和の煙管」モンティが言った。「酋長、白人と、平和の煙管、吸う――ありがとう、デル、遠慮なくいただくよ」

「わたしも！」ミセス・ボロップが叫ぶ。

ウィロビー・デルが苦笑した。「何を言う、あんたは葉巻など吸わないだろう。ちがうかい、可愛いお嬢ちゃん？」

「酒！」可愛いお嬢ちゃんが自分の空のグラスを突き出しながら、きっぱりと言った。

デルはたっぷりと注いでやり、懸命に葉巻に火をつけようとしているモンティに目をやった。

「羽根飾りにまで火をつけるなよ、モント」

モンティはくわえていた葉巻を手に持ち、怒ったように自分の胸を手のひらで叩いた。

「おれ、酋長。おれ、子どもじゃない。酋長、たくさん、平和の煙管、吸った」

「ふん！」ミスター・デルは半円状のバー・カウンターの上にトランプを三枚並べると、急に顔を輝かせ、きびきびとした勝負人に変わった。目の前のトランプをかき混ぜる。「寄ってらっしゃい、見てらっしゃい、さあさあ、貴婦人を見つけてみな！　袖の中にも、テーブルの裏にも、種もしかけもありゃしない。真正直で真っ当な勝負だよ！　金を賭けて、お好きなカードを選んどくれ！　貴婦人を見つけるんだ、お客さん、貴婦人を見つけてみな！」

「貴婦人？」アルトヴァイラーが、わけがわからないというように尋ねた。

「この中の」ミスター・デルはトランプを叩いた。「どれか一枚がハートのクイーンなんだ。どれか、当ててみな。可愛いダーリンを探すんだ……さあ、紳士のみなさん、貴婦人を見つけるゲームだよ！」

「なんと！」モンティが声を上げた。「昔ながらの〝三枚のトランプ〟のトリックか」

ウィロビー・デルはまだトランプをかき混ぜていた。「お好きなカードを一枚選んで、金を賭けとくれ……やってみるかい、モント？　やらないわけがないよな、あんたは貴婦人にモテモテなんだから。外れっこないさ」

「酋長、見つける」モンティは軽率にも宣言した。「酋長、ワムパム、もらう」

「ワムパム？」何のことか皆目わからず、アルトヴァイラーが尋ねる。「何です？」

「お金のことですよ」サムはそう教え、アルトヴァイラーに体を寄せて、小声でささやいた。「関わらない方がいいですよ、ミスター・クレシック」

「ああ！　お金、持っていないです」

「ちょうどよかった。伯父に巻き上げられるだけですからね。このゲームで勝った人はひとりもいないんです――見ててくださいよ、ランニング・ウォーター酋長があっという間にワムパムを失いますから」

その背後のフロアの中央でもつれ合っている人間の一団の中から、アンジェラが足を引きずりながら出て来た。手近にいた人の肩を摑んで寄りかかり――偶然にもそれは、忍耐強いアルトヴァイラーの肩だった――ステップならぬキックを受けてしまった足首をさすりながら、従兄を睨みつけた。

「見つけたわよ！」軽蔑したように言う。

「やあ！」サムは、嬉しそうな声を上げた。「ミネハハ（前述「ハイアワサの歌」中のハイアワサの恋人であるインディアン女性）」

「何が〝ハハ〟よ、おかしくなんかないわ！　よくもあの混沌の中にわたしを残して、ひとりだけこっそり抜け出したわね！」

サムはにやりと笑って見せた。「なかなかうまいじゃないか、あのスクエアダンサーたち。スクエアじゃなくて、ひし形に踊るけどね！　なんにしても、ぼくはこっそり抜け出したんじゃない、押し出されたんだよ。それに、ここにおられるハイアワサに挨拶しに来なきゃならなかったしさ」

「ハイアワサって誰のこと？　ねえ、サム、今度誰かがスクエアダンスをやりたいって言いだしたら、わたしの頭を何かで殴ってちょうだい。そのほうが手っ取り早いわ」

「一杯飲んだほうがよさそうだね、エンジェル」

「いいえ、もう要らないわ。充分すぎるほど飲んだもの。あなただって、こっそり飲んでたけど同じでしょう」

足元を支えるのに誰かの肩を摑んだままのアンジェラは、突然その男にまったく見覚えがないことに気づいた。彼女はのけぞって体を少し引いた。

「ミスター・クレシックとは初対面じゃないのか?」サムが言った。「下の階に住んでらっしゃるんだ……ミスター・クレシック、ぼくの従妹のミス・デルです」

「ミス・デル」アルトヴァイラーはそう言って、いつものように礼儀正しく頭を小さく下げた。「従妹? そうですか! ミス・ビロビー・デルですね、イエス?」

「ちょっとちがうけど」アンジェラは、さっきまでの不満を消して――そもそも本当に不満だったとすればだが――ほほ笑んだ。「ウィロビーは父の名です。わたしはアンジェラ」

「アンジェラ!」ミセス・ボロップが振り向きながら叫んだ。「まあ、可愛いアンジェラ、いったい誰に、どんなひどい目にあわされたの?」

「たいへん! わたし、そんなにひどい恰好かしら?」

「一杯飲んだほうがいいわ」ミセス・ボロップはサムの言葉をそっくり繰り返したが、サムよりも強制的だった。「あなたのグラスは……? まあ、いいわ――ここに一つあるから」彼女はバー・カウンターの上から、四分の一ほど酒の入ったグラスを無造作に取って、気の進まないアンジェラの手に押しつけた。「あんまり入ってなくて悪いけど、次までのつなぎにはなるわ」

「最後の一杯になるわ」アンジェラは小さくつぶやいた。

ミセス・ボロップの肘の辺りから唸るような声がしたのは、どうやら彼女が取り上げたのが酋長の酒だったからしい。彼女はなだめるような甲高い声を出しながら彼のほうへ向き直った。

アンジェラはこっそりアルトヴァイラー・クレシックの服装を盗み見た。「きっと音がうるさいって文句を言いにいらしたのね。ごめんなさい、ミスター・クレシック、でもお客様がここに集まると、どうしたって静かになんてさせられないの」

「大丈夫です」アルトヴァイラーは寛大な返事をした。彼女の手の中のグラスを指さす。「要りますか?」鋭く見抜いたように尋ねる。

「いいえ、要らないの。どうすればいいかしら?」

「飲めばいいんだよ、もちろん」サムが言った。

「絶対にいやよ。自分の限界は、自分でわかるわ」

「わかったよ。じゃ、ぼくが代わりに飲んであげよう」

「いいえ、だめよ」グラスを持つ手を、サムの届かないところへ伸ばす。「あなたの限界も、わたしにはわかるの」

「わたし、もらいます」アルトヴァイラーが申し出る。

アンジェラは疑わしそうに、すでに彼の手に酒がたっぷりと入ったグラスがあるのをちらっと見た。「要らないのなら、無理に飲んでくださらなくていいんですよ、ミスター・クレシック。どこかで捨てて来るから」

「ノー、ノー、わたし、それをもらって、ミスター・ベルモアに返して来ます」

彼はアンジェラの手からグラスを取ると、カウンターのモンティの目の前に戻した。ミセス・ボロップがまた嬉しそうな奇声を上げ、一団に復帰したアルトヴァイラーを歓迎した。

「ねえ、ハイアワサさん、あなたが貴婦人を見つけてちょうだいな……え、何?……ワムパムなんて要らないわよ、ワムパムならわたしが貸してあげるから……」

アンジェラとサムは数フィート離れたところにある、開け放した窓辺に行った。実を言うと、ミスター・デルのアパートじゅうの窓が全開になっていた——寝室も、バスルームも、簡易キッチンも、どこもかしこも——そうしなければ、どんちゃん騒ぎをしている客たちはとてもこの熱気の中で生きていられそうになかった。

「新鮮な空気！　ああ、なんて素晴らしい香り！」

「酒！」サムが言い返す。「ああ、なんて素晴らしい飲み物！」

「サムったら、お酒のことばっかり！」

彼女は窓に背を向けて、部屋の中を見渡した。床はもう揺れていなかった。疲れ果てたスクエアダンサーたちが、辺りかまわず腰を下ろしていた。妻たちは——どの妻もみな——心地よさそうに夫たちにもたれかかっていた——誰の夫かは別として。女性客の何人かが歌を歌い始めていた。男性も何人か一緒に歌いだしたが、なんとなく彼らの歌い方がいい加減なのは歌詞があやふやなせいだ。

「だいぶ収まってきたわね、サム。男の人たちが仕事の話を始めてるわ」

彼女が何を言いたいのか、サムにはわかった。男たちがふたり組やグループを作って仕事の話を始めたということは、そろそろパーティーもお開きということだ。だが、彼自身はまだまだ気分が良く、終わりが近いとは思いたくなかった。

「呼吸を整えているだけさ。きっと今にもテノールやバリトンで〈ワルツィング・マティルダ〉を熱唱するぞ」

「うーん……そろそろコーヒーをお出ししましょう」

「コーヒー？」サムは、さっき酋長がやっていたとおりに自分の胸を手のひらで叩いた。「インディアンの勇敢な戦士、コーヒー、飲まない。インディアンの勇敢な戦士、炎の水、飲む」

「あらそうなの？　でも、このインディアンの戦士はもうこれ以上炎の水を飲まないほうがいいと思うわ、後でわたしを車で家まで送ってもらうんだもの」

「わかったよ、エンジェル、心配しないで。何事もなく安全に家に送り届けてあげるから、いつものように。それに、心配しなくてもストーナーがちゃんとコーヒーの用意をして運んで来てくれるさ、いつものように……そう言えば、ストーナーはどこだ？　あの空気の精のような姿を、しばらく見かけないようだけど」

「簡易キッチンにいるわ。数分前に入って行くのを見たもの」

「ほらね、やっぱりだ。ぼくの言ったとおりだろう。今頃ちゃんと準備を進めているんだよ、簡易キッチンでコーヒーを……あれ、今のは語呂がいいね。簡易キッチンでコーヒー。ボロ家でビールの瓶詰め。執事《バトラー》はどこかね？　バトラーは婆さんと馬鹿でかいボロ家でビールの瓶詰め中。庭師の叔母さんのペンを持ってるのは誰かね――？」

「ずいぶん楽しそうね」アンジェラが冷たく言い放つ。

いくぶん混乱状態に陥っていたサムは、意識をしっかり持ち直した。

「わかった、わかった。ストーナーに話をして来るよ。きみも伯父さんに確認して来たほうがいいんじゃないかな、エンジェル、賭けゲームに興じている連中の分もコーヒーを用意していいかって」

サムはキッチンへ向かい、アンジェラはバーへ戻って行った。

# 第二十六章

「お父様！」

「あっちへ行け」ウィロビーは心ここにあらずといった体《てい》で言った。

「ねえ、お父様！」

「邪魔するな……今度こそよく見ておくんだぞ、モンティ。ほらな？　貴婦人はここにいる。さてと。このカードから目を離さずに、わたしの手の動きをよく見るんだ」

「お父様ったら！」

　バーでどっと歓声が上がる。モンティ・ベルモアが貴婦人のカードを引き当てて、ワムパムをいくらか取り戻したのだ。ミスター・デルの華麗な手さばきがしくじったらしい。

「そんな馬鹿な！」腹立ち紛れに娘に言う。「おまえのせいで、こんなことになったじゃないか！」デルは気分直しに自分とモンティのグラスにウィスキーを注ぎ足そうと、ボトルに手を伸ばした。だが、瓶は空だった。新しいのがないかと、バーの裏をあちこち覗いたが見つからず、いつもの偉そうな叫び声を上げた。「ストナ！」

「どうしてストーナーを呼ぶの？」

「酒をもっと出させるために決まってるじゃないか」

「そろそろコーヒーにしようと思うの」

「勝手に飲めばいいだろう。ウィスキーをもう一本一緒に持って来るならな……ストナ！……もう一回やろう、モント。今のは」と無邪気な声を出す「ちょっと手が滑っただけなんだ」

老モンティにとっても、望むところだった。まずいことに、彼はようやくコツが摑めてきたのだと勘違いしていた。当然の結果ながら、次の回では恥ずかしがり屋の貴婦人は現れてはくれなかった。

「ははん！　今回はしてやったぞ、モント……ストナ、いい加減にしろ！　あいつ、いったい何をやってるんだ？」

アンジェラは確かめに走って行った。簡易キッチンにいたのは、すっかり困惑した顔のサムだけだった。

「ねえ、ストーナーはどこかしら？」

「知らないよ……それより、コーヒーは何人分淹れればいいんだ？」

「まだできてないの？　てっきりストーナーが……いいわ、貸してちょうだい、わたしがやるから。お父様が新しいウィスキーのボトルを持って来いって、大声で叫んでいるわ」

「その声ならここまで聞こえたよ。ウィスキーが欲しいって言ってたのか」

「そうなの。カップとソーサーを出してくれるかしら、サム？」

「いいよ。でもまずはお父上にウィスキーを持って行かないと、部屋をめちゃめちゃに荒らされそうだ。すぐに戻るよ」

サムは備蓄してあったウィスキーを一本取り出して運んで行った。「やっと来たか」ミスター・デルがにっこり笑った。すると、持って来たのがサムだと気づいた。「ストナはどうした？」

「今ちょっと見つからなくて。アンジェラとぼくとでコーヒーを淹れているところです――伯父さんも飲みますか？」

彼の伯父は答える機会を奪われた。ミセス・ボロップが、例の耳をつんざくような金切り声で、コーヒーとはなんと素敵なアイディアか、キッチンにいる可愛いアンジェラを自分も手伝いに行くべきではなかろうかと、世界の隅々にまで知らしめた。

「いいえ、大丈夫ですよ」サムが慌てて言った。「あのキッチンには三人も入れないんです。どうぞここで〝シッティング・ブル（実在したラコタ・スー族のアメリカン・インディアン）〟酋長が貴婦人を見つける手伝いをしていてください」

彼はアンジェラの元へ戻った。

「危ないところだったよ、エンジェル。〝ラ・ボロップ〟が手伝いに来たいって言いだしてさ」

アンジェラの目が光った。「あの女をここに入れないでよ」

「心配しなくていい、来ないように言っておいたから。我が家の家臣はまだ戻らないのか？」

「そうなの。いったいどこに行っちゃったのかしらね、サム？　何かあったんじゃない？」

「何かって？　まさか。きっと散歩でもしてるんだろう。言っておくが、執事だって散歩ぐらいするんだぜ」余計なことまで付け加えた。

だがコーヒーが出来上がっても、ストーナーの姿はどこにもなかった。

「ねえサム、もしかしたら急に具合が悪くなって、自分の部屋に籠っているのかしら？」

「そうかもしれないな。でも、それならぼくかきみに声をかけて行きそうなものだけどね。これを運んだら、ちょっと部屋を覗いて来るよ。さて、役割分担はどうする、エンジェル？　きみがカートを押してぼくがトレーを持って行くか、その逆がいいのか」

「わたしがトレーを持つわ」アンジェラがきっぱりと言った。「危なっかしくて、あなたにトレーは任せられないもの」

合唱団は今や〈ワルツィング・マティルダ〉を声の限りに熱唱していた――そしてその声は階下の住人たちの堪忍袋の緒を断ち切ったにちがいない。合唱団はサムとアンジェラを取り囲むように集まり、手をつないでふたりの周りで踊り始めた。ミセス・ボロップはブレーキの壊れた機関車のような音を立てて輪の中に突進し、アンジェラとコーヒーの載ったトレーを救出した。少なくとも救出するつもりだったのだが、結果としてさらに危機を積み重ねただけだった。サムは非情にも従妹を見捨てて、ストーナーを探しに行った。

ストーナーは自分の部屋に戻っていなかった。ほかの寝室にも姿がない。サムはトイレのドアをノックした。鍵がかかっていなかったのでそっと押し開けてみたが、誰も入っていなかった。どうもおかしいな、とサムは首をかしげながらキッチンに戻った。あちこちのクローゼットや、背の高い戸棚を覗いても、ストーナーはその中に隠れていなかった。エレベーターの真向いのドアを開けたが、廊下に人気《ひとけ》はなく、部屋の外はどこも静まり返っていた。

サムがラウンジへ引き返してみると、今度は全員が立ち上がり、カートの周りをぐるぐる回っているようだ。アンジェラと目を合わせ、かすかに首を横に振ってから、集団を掻き分けて伯父の元へ向かった。

「ウィロビー伯父さん！」

「今度は何だ?」

「ストーナーなんですが――」

「ストナがどうした？　そもそも、いったいどこへ行ったんだ？」

「それなんです、どこにもいないんですよ！　どうしても見つからないんです」

「どうしたんだね？」モンティが鋭く言った。

「ストーナーですよ、ミスター・ベルモア。いなくなったみたいなんです」

「いや、そんなはずがあるか！」ミスター・デルが怒鳴った。「どこかその辺にいるに決まってる」

「でも、いないんですよ。あちこち探し回ったんですけどね、アパートの中も、外の廊下も。それでもどこにもいないんです」

ウィロビー・デルはサムの顔をじっと見つめた。すぐにバーの裏から出て来て、サムとモンティを従え、改めてアパートの中のすべての部屋を見て回った。おかげでアルトヴァイラー・クレシックは、ご親切なミセス・ボロップの手の中にひとりで残されることになった。

二度めの捜索も一度め同様に空振りに終わり、キッチンに戻った三人は途方に暮れた。

「ちくしょう！」苛立ちを募らせたミスター・デルが呼吸を荒らげる。「まったく許せん、こんなふうにいきなり出て行くなど……」

「彼は――その――出て行ったのだろうか？」モンティがいかめしい顔で言った。頭の羽根飾りを脱いで、ウィロビー・デルに返す。それはつまり、この瞬間をもってランニング・ウォーター酋長は楽しい狩場へと解き放たれ、J・モンタギュー・ベルモアが戻って来たことを意味していた。

「彼はきみを置いて出て行ったのだろうか？　自明のことを説明するのに時間を割いている場合ではないが」そう言いつつ、自分がそれを始めていた。「ストーナーはきみの使用人なのだろう？　勤勉で、有能で、忠実な雇い人だ。こんなふうにきみを置き去りにして出て行くことなど、たとえ一時的でも、するはずがないのではないかね？」

「まったくもって考えにくいことだ」ウィロビー・デルが低い声で言った。

「考えにくいどころじゃないですよ」サムが説得するように言った。「あり得ないことです。ええ、ミスター・ベルモア、彼は絶対にそんなことはしませんよ、ひと言の断りもなしに」

「だが、彼は姿を消した。何か呼び出されるようなことがあったのか。もしそうなら、よほど差し迫った、駆り立てられる用件だったはずだ。ふむ！　いつ頃から姿が見えなくなったのだろう――最後に彼を見かけたのは誰かね？」

「それならわかります」サムが言った。「アンジェラです。さっきぼくたちがバーにいて、〝三枚のトランプ〟のゲームが盛り上がっていた頃です。ストーナーはどこだろうと彼女に尋ねたら、数分前にこのキッチンに入るところを見たと言っていました。ぼくも彼女も、きっとストーナーはコーヒーを淹れるためにここに来たんだろうと思ったのですが――」

「だが、そうではなかったと言いたいのだね？　どうやらそうらしい。その後に何かが起きたのだ」

「何かだと？」デルが訊いた。「いったい何が起きたんだ？」

「さあ、それはわたしにもわからない。何か邪魔が入ったのか。あるいは何か思いついたのかもしれない。とにかく、何かがあったのだ。行こう！」

「行こうって、どこへ？」

「外だ。彼を――あるいは、彼の痕跡を――早く見つけなければ……」

「馬鹿なことを言うな！」ウィロビー・デルがぴしゃりと言った。「一番困るタイミングで姿を消すような使用人を、探しに出かけるだと！　わたしを誰だと思ってる？　あいつめ、戻って来たら——言ってやりたいことがたっぷりあるぞ！」

「もしも戻って来たらだがね」

「え？」ミスター・デルがぽかんと訊き返す。

「重要なのは、そこだ、デル。〝一番困るタイミング〟なのだろう？　考えにくいのだろう？」モンティが強調するように言った。「まったくもって考えにくいこと。まさしくそのとおり。さっききみ自身が言った言葉だよ。はてさて。ストーナーほど勤勉な男が出て行く？　いや、まさか。こんなに唐突に、謎めいた形で姿を隠したのは、何が原因だったのだろうね、デル？　病気か？　急な発作か？　だが、それならまだアパートのどこかにいるはずだ。事故か？　ふむ！」

サムは老人の前に立ちふさがった。「何を考えているんですか、ミスター・ベルモア？」

そのとき彼らは廊下のエレベーターの前に来ていた。モンティは我に返って、片眉を上げて悲劇的な表情を作った。

「空想めいた考えだよ、サム。老いぼれモンティ・ベルモアは、まだそれを口に出すのは控えておきたい。見たまえ、この矢印はエレベーターボックスが今九階で止まっていることを示している。最後に乗ったのは、誰だろう？　ストーナーか？　残念ながら、その答えも〝考えにくいこと〟だ。おそらくは、遅く帰って来た九階の住人だろう」

「そうですが」サムが言った。「ストーナーがエレベーターに乗ってこの建物を出て行った後に、誰かがまた使ったのかもしれませんよ。あるいは、ストーナーは階段で降りたのかも」

モンティは壁のボタンを押して、エレベーターを呼んだ。「最初の推理のほうが、二番めよりも筋が通っているように思うね。だが、そのどちらかが正解であることを、切に願っているよ。わかるかね、サム、きみの伯父さんのアパートからは、ふた通りの降り方がある。エレベーターと階段と。だが、もう一つ方法があるのだよ——」

「何ですって?」

「あるのだ。まちがいなく」

エレベーターが到着して扉が開き、モンティが先導して乗り込んだ。ミスター・デルもしぶしぶ乗った。

「何をたわ言みたいなことを言ってるんだ、モント?」

モンティは一階のボタンを押した。「断言するがね、デル、J・モンタギュー・ベルモアはたわ言を言う男ではない。きみのアパートから出て行く方法が、たしかにもう一つあるのだ——老人の頭に浮かんだ空想的な方法が。だが、はたしてストーナーの突然の、タイミングの悪い消失に比べて空想的すぎるだろうか?　あるいは、最近われわれの周りで起きている特殊な——その——出来事と比べても空想的だと呼べるだろうか?」

「どんな方法ですか?」サムがどすの利いた低い声で尋ねた。

だがモンティはこれ以上口を開くつもりはなかった。エレベーターが一階に着くと、ふたりを連れて玄関を出た。表の道路に向かう中ほどで、振り返って建物を見上げた。最上階はまぶしいほどの明かりにあふれ、開け放たれた窓から中の物音や話し声や笑い声が聞こえてきた。パーティーはまだまだ盛況のようだ。その真下の窓にいくぶん弱い光が見えるのは、アルトヴァイラー・クレシックが階段をのぼって抗議しに行くときにつけっぱなしにしたランプの明かりだ。高い建物のほかの窓はどこも暗く静まり返っている。

ストーナーの姿はない。「いったいまた何だってこんなところへ出て来たんだか」ミスター・デルが不満そうに言う。「わたしにはさっぱりわからないね」

「建物の裏はどうなってるんだね?」モンティが尋ねた。

「裏庭が」サムが短く答えた。「中庭のようなものがあるんです。外から入れますよ」

「連れて行ってくれ、サム」

サムは建物脇のコンクリートの小道を進んで行った。裏は真っ暗だったため、サムはライターをつけ、モンティとウィロビー・デルはマッチを擦った。こんなところまで引きずり出すからには、懐中電灯の一つぐらい用意して来ればいいものを、とデルは愚痴をこぼした。

「あんたが何を探してるのかは知らないがな、モント、ここまでされるとぞっとするよ」

「ぼくなんて、エレベーターに乗ったときから体が震えっぱなしですよ」サムがつぶやく。「何をしに来たのか、ぼくだってわからないし」

何が見つかるかは、モンティ自身にもよくわかっていなかった。何かが見つかるのかさえわからなかった。ただ、頭の中にぼんやりとした大きな不安が広がっていた。何本もマッチを擦り、今どこにいるのかを見定めようとした。サムが中庭と呼んだのは、どうやらコンクリートの小道に囲まれた正方形の芝生のスペースに過ぎないようだ。芝生を入ったところに、建物の真下から直角に細長い花壇が伸びていた。ウィロビー・デルのアパートは最上階の一番奥にあったため、モンティは建物に沿って芝生を横切り、ほかのふたりは彼の両脇について歩いた。ライターが徐々に熱を帯びてきて、サムは蓋を閉じてライターをしまった。滑らかな芝生の上をゆっくりと横切って行くと、向かい側にも同じように細長い花壇が並んでいた。

そこで彼を見つけた。

煉瓦の壁から数フィート離れたところで、折れた草や花の中にその男は横たわっていた。真っ黒な空にそびえる暗い建物が見下ろすようにそびえている。モンティの頭の中では、まるで不動を破って起き出した巨大な怪物が、足元のちっぽけな虫けらを踏み潰したように思えた。男は驚愕の表情を浮かべたまま身動きしない。

「ストナ！」ウィロビー・デルが叫んだが、それは生まれて初めて自分自身のことは忘れきった声だった。「なんということだ！　ストナ！」

サムは膝をついて男の首の下に腕を差し入れて抱えた。「ストーナー！」彼の悲嘆ぶりはその声に表れていた。「ストーナー――大好きなストーナー」

「死んでいるのかね？」そう尋ねるモンティの声も、悲しみに沈んでいる。

「わからない。そうだと思うけど。でも、なんで――？」サムは顔を上げた。彼の視線が、背後にずらりと縦に並んだ窓を上へとたどっていく。それは各階の簡易キッチンの窓で、どれも真っ暗だった。最上階を除いて。はるか上にあるその窓だけは明るい照明に照らされ、窓の下部が全開になっていた。

「そうだ」モンティが重々しい口調で言う。「そのとおりだよ、サム――これが、きみのアパートから降りる三つめの方法だ」

「でも、どうしてそんなことがわかったんですか？」

「いや、わかっていたわけではない。確信はなかった。だが、悪魔は解き放たれ、邪悪な者がわれわれのそばにいる――わたしたちはずっと、その只中にいるのだよ――」

突然サムが顔をストーナーに向け直した。奇跡的に、ストーナーにはまだ息があったのだ――かろうじて。ただ、到底生きていると呼べるような状態ではなかった。体じゅうの骨という骨が折れているにちがいない。だが、サムはたしかにかすかな震えを感じ取ったのだ――それとも、震えていたのはサム自身だったのか?

「ストーナー! ねえ、ストーナー……」

青い唇がかすかに動き、小さくささやくように息が漏れた。それからはっきりとふた言、いや、ふた言と半分まで言いかけた。

「ミスター・ボランド……ボ――」

声と呼ぶにはかすかすぎるささやきだった。

それだけ言うと、彼は息を引き取った。

# 第二十七章

プロデューサーが両手を大きく振って〝ストップ〟の合図を出し、スタジオに入って来た。モンティは台詞を途中で止め、申し訳なさそうな顔をした。収録が始まってから中断されるのはすでに四度めで、すべて彼が原因だったからだ。台本の箇所をまちがえたり、ちがうタイミングで台詞をしゃべりだしたり、きっかけを逃して台詞を言いそびれたり。ワームワード及びゴール伯爵の冒険や災難を扱う今回の番組に出演しているほかの役者たちは、みなあきらめたような表情をしていた。

「どうした、どうした」プロデューサーが悲しそうな口ぶりで言った。「あんたらしくないじゃないか。何かあったのかい、伯爵？」

伯爵は詫びるように白髪頭を掻き上げた。「すまなかった。もう一回やらせてくれ」

「そうか、まあ、わかった」プロデューサーが疑わしそうに言う。「でも、頼むから集中してくれよ、モンティ。今のままじゃ、単なる時間の無駄だ」

プロデューサーが調整室へ戻ると、今度こそモンティの努力が実を結び、台詞の書かれた台本のページに何度も浮かんでくるイメージを払拭することに成功した。折れてしおれかけた花々の中にうずくまるように横たわり、死んでいるストーナーのイメージだ。無事に収録が全部終了したことに安堵し、帽子とステッキを掻き集めると、慌ただしい都会の往来という現実世界へと出て行った。

昨夜までのモンティは、時おり軽い気持ちで〝名探偵〟を演じてきた。ほかの仕事上の役と同様、一般の人間が天候に合わせて冬のコートを脱ぎ着するように、きっかけの合図とともに役になったり、素に戻ったりしてきた。だが昨夜の体験は、いつもの客観的な観察力を奪い、想像もできないほど生身の彼のすぐ近くまで入り込んで衝撃と共感を与えた。昨夜自分が羽目をはずして楽しんでいた場所からほんの数フィート離れたところで、大事な人間がひとり、十一階という高さから落ちたか、突き飛ばされたかして亡くなった……彼の頭の中では、そのどちらだったのかははっきりしていた。その悲劇的な内容、その無慈悲さ、冷酷な残虐性に揺り動かされた結果、彼はもはや冷静な学者風の好奇心に駆られた傍観者には戻れず、代わりに怒りに駆られ、復讐を求めるゲリラのような気分になっていた。今ももちろん、役に入り込み、誰かを演じていた。だが今日は、彼自身の心のままに従って動いているのだ。

野菜売りのスタンドが道をふさぐように立ちはだかるカッスルレー・ストリートの人混みを縫うように歩き、人にぶつかろうが、ぶつかられようが、気にも留めなかった。頭の中には万華鏡があり、様々な人間、彼らのとった行動や発した言葉がそれぞれ小さなイメージとなり、きらめきながら混ざり合っているのを、何かの形に見えやしないかとぐるぐる回している。あるいは、別のたとえ話に変えるなら、空想の中で煉瓦を作っているようなものだ。必要な煉瓦が揃えば、大きな建物も建てられる。だが、よい煉瓦を作るには藁が不可欠だと太古から言われている。モンティにはその藁がないか、足りない状態で、今は手に入る唯一の材料——自分の想像力——で煉瓦を作るしかない。そうやって作った煉瓦で、きちんと建物が完成するだろうか——実際に記憶している光景に空想上のイメージを加えてかき混ぜたところで、はたして正しい形が見えてくるだろうか——

「フットボール・シーズンに備えてトレーニング中ですか、ミスター・ベルモア？」

モンティははっとして、反対側から歩いて来た人と正面衝突したのだと気づいた。初めはぼんやりと、何やら動かない物体にぶつかったのかと思ったが、やがてそれがタイソン警部だとわかった。

「ほお！」彼はステッキの取っ手を警部の肩に載せた。「行こう！」

「行こうって、どこへですか？」タイソンは疲れた声で尋ねた。夜中の二時に叩き起こされて〈リンドフィールド・ホール〉へ向かい、警察にとって最悪の事件を任されたばかりだった——直接的な証拠はないものの殺人と思われる突然死、大勢いる容疑者のすべてが知人同士、さらには被害者が最後の息でつぶやいた謎めいた言葉。そこへ、そもそもこの厄介な事件に自分を引きずり込んだ張本人である少々風変わりな老人がいきなりまた現れて、自分に指図するとは。「それはお誘いですか、命令ですか？」

「老いぼれとコーヒーに付き合ってもらいたいのだ」

「コーヒーですか——うーむ……」

モンティは警部を引き連れて、歩道脇に停めてある野菜スタンドに群がる人々を掻き分けながら、近くのコーヒーラウンジに入った。向かい合って小さなテーブルに着く。モンティはステッキを壁に立てかけ、椅子の座面下の交差した横木の上に慎重に帽子を置いて、息を切らしながら座り直した。

「ああ——お嬢さん、コーヒーを二つ頼むよ」

四十歳に近く、焚き付け用の薪をその上で割りたくなるような顔の〝お嬢さん〟は、いったん退がり、しばらくしてなみなみと液体の入ったカップを二つ持って来ると、テーブルの上に音を立てて置いた。唇をほとんど開けることなく、興味のなさそうな口調で、コーヒーのほかに食事は要らないのかと尋ね、不要だとの返答を受けて小さな注文票に何やら象形文字らしきものを書きつけ、小ばかにするようにテーブルの上に放り投げると、こぼれたコーヒーの上に落ちたのもそのままに行ってしまった。

「文明社会というやつか」モンティが辛辣な調子で言う。「〝にっこり笑顔でサービス〟は、どこへ行ってしまったのだろうね」

「シドニーに人が流れ込んでいるうちは期待できないでしょうね。供給が需要を越えるまでは」

「そんな日が来るのだろうか——この社会主義の国に?」モンティはコーヒーをかき混ぜて、向かいに座るタイソンのほうを見た。「それで?」

「〝それで?〟はこっちの台詞ですよ」タイソンが暗い顔で言う。

モンティは苛立ちを身振りで表した。「捜査は順調なのかね? 何か進展は?」

「進展ですか——うーむ……あなたは確信しているんですよね、あれは殺人だと」

「むろん。そうでなければ、何だと言うんだ?」

「自殺とか」

「自殺? ストーナーが? あの時間に、あの状況で? ばかばかしい!」

「事故とか」タイソンが低い声で言う。

「タイソン君! むしろそのほうが信じがたい。あわれなストーナーが特別おっちょこちょいだったとは思えないし、あの窓は特に横幅が広くない上に、床から三フィートの高さで——」

「腰あたりですね、ちょうどいい高さだ」

「——おまけに窓の前にはベンチのような形状の障害物が——」

「その上に立って、バランスを崩したのかもしれません」

「何だって？　どうしてまたそんなものの上に立ってたと言うんだ？」

「どうしてベンチの上に立つ必要があったのか、立とうと思ったのか、そんなことはわたしにもわかりませんよ。あなたにも、ほかの誰にもわかりません。だが、その上に立った可能性はあるし、事故だった可能性もある。そうでしょう？」

「ふむ！　きみ自身が本当にそんなことを信じているのかどうか、老いぼれは大いに怪しいと思うがね」

「信じる、信じないの問題ではないのです。わたしには何かを信じることは許されていません、事実から判断するのみです。そして、今わかっている事実はただ一つ、開いた窓の下の地面に倒れている男が見つかったこと。それ以外はすべて推測に過ぎません。実のところ、その窓から落ちたということさえ、推測でしかないのです」

「ああ、ばかばかしい！」モンティが言った。「くだらないことを言うのはやめたまえ！」

「落ちるところを見ていた人間はいないのですよ」

「だが、きみ！　彼の状態から……」

「ああ、そうですね。たしかに彼の――その――状態から、その推測の信憑性は高まります。ですが、あくまでも推測でしかなく、わたしの考え方にあてはめるなら、事故死である可能性だって、ほかのどんな説と比べても――あなたの頭の中にあるものよりもずっと――論理的かつ適切です……ええ、わかっていますよ――被害者は死ぬ間際にある名前をつぶやいたように聞こえた。彼が言ったのは、あるいは、あなたの耳に聞こえたのは――」

「彼はたしかに言ったのだ」モンティはやわらかな声で言った。「そこに想像の余地はない。若きスターリングも老いぼれモンティ・ベルモアも、彼がはっきりとボランドの名を告げるのを聞いたのだ。誓ってもいい、タイソン。絶対にあれは――」

「ええ、わかっています。ボランドが崖から飛び降りるのをはっきり見たと言っているクレシックと同じわけですね」

「何だって?」モンティは少しあっけにとられて言った。「いや、それは別だ――わたしは直に見たわけでは――あのときとは状況がまったく異なる――それに、ボランドはいったい今どこで何をしているのだ?」支離滅裂になって、咳払いをする。「今回は疑いの余地がない。わたしは聞いたのだ。この両の耳で、ストーナーが――」

「ええ。ちょうどクレシックが、両の目でボランドを見たように」

モンティはタイソンを怒った目で睨んだ。「モンティ・ベルモアの言葉を疑うのかね?」

タイソンは彼の怒りの視線をほほ笑んで受けとめた。空になったコーヒーカップを脇へ押しのけ、テーブルに肘をついて身を乗り出した。

「いいえ、ミスター・ベルモア」優しい口調で言う。「そんなことは言っていません。一瞬たりともあなたを疑ったことなどありません。ですが、あなたが早急に下した結論には、疑いを禁じ得ません。ストーナーがボランドの名前を口にしたのは、犯人を名指ししたかったからだという、その結論です。あのときのストーナーの状況を考えてみてください。もはや虫の息で、あらゆる意味ですでに死んでいるも同然だった。体じゅうの機能が損なわれ、ほとんど失われていた。彼はこう考えたのかもしれない――まだ考えることができたのなら――今自分を見下ろしているこの人はボランドだと。あるいは、ヤルーガにいたときの思い出がよみがえって来て、一瞬ボランドの顔が浮かんだのかもしれない。あるいは――いえ、いろいろな可能性が考えられるということです」

「ふむ！　説得力に欠けるね、タイソン。それにしては、あまりに強い意志を感じた。あの哀れな男がその名前ひとつ声に出すのに、どれほどの力を振り絞ったことか」

タイソンがため息をついた。「わかりました。しばしの間、あなたの考え方で検証してみましょう――それでどんな結果にたどり着くかを！　キャリー・ボランドは、何らかの奇跡的な方法を使って、ヤルーガの崖の上で、あるいは崖の上から姿を消した――」

「そして、分身であるジーニアスに戻った。きみの仮説だよ、タイソン、きみのね」

「それは今、関係ありません……その十日後に、どんな変装をしていたのか、彼は理解しがたい時間帯に、世にも奇妙な場面で、ストーナーのいるキッチンにやって来て、彼を窓から突き落としていった。さて、何のために？　いったい全体、何のためだと言うのですか？」

モンティは、彼の眉毛の演出効果を最大級に発揮した。「老いぼれは、今徐々にその答えにたどり着きつつあるのだ。わたしの話も少し聞いてくれ。きみの表現を借りるなら、キャリー・ボランドという名にはまるきり実体がない。モンティ・ベルモアにとって、キャリー・ボランドなる人物は、帽子とレインコート、さらには口髭、それだけの存在だった……いや、最後まで言わせてくれ、警部、友人のデルがボランドの口髭について話したことはよく覚えているとも……さて、わたしもきみと同じように、キャリー・ボランドというのは、今はどこでどんな格好をしているにせよ、われわれのまったく知らない人物の仮の名前に過ぎないと考えている。だが、ストーナーにとっても、まったく知らない人物だったのだろうか？」

「なんと、なんと、なんと！」タイソンが驚いて言った。「実に様々なアイディアを思いつかれるものですね、ミスター・ベルモア。では、ストーナーはボランドの両方の顔をよく知っていたと？」

「いやいや、そんな意味で言ったのではない。気の毒なストーナーが、何か瞬間的にひらめいて、あの男の変装を――それを変装と呼べるなら――その――見抜いたのかもしれない……」

「ほう！」タイソンがもったいぶって言う。「それは、いつです？」

「ふむ！　それはわたしにもわからないな、警部。何とも――言えない……」

「いや、わかってらっしゃるのでしょう、ミスター・ベルモア。きっとその頭の中では、見当がついているのだろうと思いますよ。ただ、それが本当ならどういう結論に繋がるか、それがお気に召さないだけで。わたしが代わって説明しましょう。きっと昨夜だったはず、キッチンでのあの瞬間、そう、窓から放り出される十秒前のことです。なぜなら、もしもストーナーがそれ以前に謎の男の――その――仮面を見破ったとすれば、初めから殺しが目的だった犯人に、もっと早く殺害されていたはずだからです。想像できますか？　ボランドであれ、ジーニアスであれ、いや誰であっても、あんな理解に苦しむ時間帯まで待った挙句、盛大なパーティーの真っ最中に人でごった返すアパートの中、誰もあのキッチンに自由に出入りでき、ストーナー自身もキッチンよりもラウンジにいる時間のほうが長いというのに――その特定の瞬間を狙って十一階までのぼり、キッチンに入り、危険極まりない上に不必要なリスクを背負ってまで……？」

「いや」モンティが言った。「正直に言って、わたしには想像できない」

「では、どんな可能性が残るのか？　お答えしましょう。犯人はすでにパーティーに参加していた。あなたがたの中にいたのです。そしてどういう方法でか、ストーナーが――その――落下するほぼ直前のタイミングで、その人物の行動か言葉が突然ストーナーの目を開かせた……」

「そうだな」モンティが言う。「そのとおりだ」

「では、余計な説明や推論や反論を全部割愛しますと、残るのはこの命題です。もしもストーナーが殺されたのだとしたら、犯人はパーティー客の誰かである。老若男女かまわず、あなたがた全員が容疑者なのですよ！」

「七人を除いて」モンティが静かな声で言った。

「七人？」

「そうだ。名前を挙げてやろう。あのときバーを囲んで立っていたメンバーだ。ミスター・ウィロビー・デル、ミスター・アルトヴァイラー・クレシック、ミスター・サミュエル・スターリングと従妹のミス・アンジェラ・デル、それにJ・モンタギュー・ベルモアだ。ほかにミセス・ボロップと、もうひとりご婦人がいたが、名前は思い出せない。そもそも名前を聞いていなかったかな」

「クーパーです」タイソンが教えた。

「ありがとう……その七人は、次の理由から容疑を外れるものとわたしは考えている。バーを囲んでいるとき、スターリングが何気なく従妹に――このことはミス・デル本人からも聞いてある――ストーナーはどこだと尋ね、彼女はその数分前にストーナーがキッチンに入るのを見たと答えた。その瞬間から、ストーナーの行方がわからなくなったと発覚するまで、われわれの誰ひとりとしてバーを離れなかったのだ」

「ふたりを除いて」タイソンが、できる限り優しい声を出した。「七人ではなく、五人に修正されたほうがいいですね」

「どういうことだ？」

タイソンは考え込むように、禿げた頭部を手で撫でた。「数分というのは、実際にはどのぐらいの時間でしょう？　特にミス・デルのおっしゃる数分というのは。うむ……ミスター・ベルモア、ほかの客が大急ぎでキッチンへ行ってストーナーを窓から投げ落としたという可能性は考えないものとして――どうせその可能性は低そうです、その頃にはパーティーの大騒ぎは多少なりとも収まって客たちは座り込んでいたので、誰かひとりがそこからふらふらと離れれば、誰かしらの目に留まったはずですから――とにかく、その可能性は考えないものとして、あなたのおっしゃる七人組のうちのふたりはたしかに移動しています。まずはスターリングが、それからしばらくしてミス・デルが。その後でストーナーがいないことが公けになったのです」

モンティは驚愕の表情を浮かべてタイソンをじっと見つめた。「驚いたな、警部、大したお手柄じゃないか！　つまりきみが言いたいのは――」

「わたしですか？　わたしは何も言いたいわけじゃありません。これは全部あなたのアイディアで、行く着く先はそういう結論になるのです……どうです？　ご自分のアイディアはお気に召しましたか？」

「召さないね」モンティは肩を震わせた。

「これでも殺人だと思いますか？」

モンティは長い間黙り込んでいた。再び口を開いたのは、警部の質問に答えるのではなく、新たに質問をぶつけるためだった。

「タイソン、キャリー・ボランドは、どうやってあの崖からあれほど謎めいた失踪を遂げることができたのだろうか？」

　タイソンは肩をすくめただけだった。

「スタッカーという若者を殺して、死体をヤルーガまで運んで来たのは誰だ？」

「ジーニアスだったのかもしれません。いえ、おそらくはそうでしょう」

「それからあの若い娘、クエリータ・トーレス――彼女を殺したのは？　それもジーニアスか？」

　警部の答えを聞いて、モンティはひどく驚いた。

「いいえ、そうは思いません。ウィルソンという名の男だった可能性があります」

「ウィルソン？」

「ミスター・O・J・ウィルソンというのは、クエリータのアパートの家賃を払っていた人物です」

「家賃を払っていた？」モンティはおうむ返しにした。「だが、たしか若きスタッカーが彼女の――その――公式のボーイフレンドだったのでは……」

「そうですよ。興味を惹かれる話でしょう？」

「なんと、タイソン、道筋が見えてきたじゃないか！」

「そうでしょうか？」タイソンが暗い口調で言う。「O・J・ウィルソンとは、誰なのでしょうね？」

「何だって？　わからないのか？」

「O・J・ウィルソンも、ただの名前に過ぎません。例の、まるきり実体のない名前の一つです。誰も彼の名など聞いたことがない、取引銀行以外にはね。見たこともない、取引銀行を含めて。ウィルソンというのは、銀行口座の名義であり、何枚かの小切手に残された署名であり、銀行との文書のやりとりに出てくる名前、それだけの存在です」

「ふむ……タイソン！」

「何か？」タイソンが暗い口調のままで訊き返した。

「きみの部下に――その――筆跡鑑定のできる者はいるかね？」

落胆していたタイソンの顔が急に明るくなり、大きな笑みを浮かべた。「われわれだってそこまで遅れをとっちゃいませんよ」彼はつぶやいた。「ええ、ミスター・ベルモア、その道の天才がおります。ほかにも、たびたびご協力をあおぐ外部の専門家が二、三人。そしてすでにそのご協力をあおいであるのですよ。何か引っかからないかと、O・J・ウィルソンの署名とともに、比較用にいくつかの筆跡サンプルを渡したのです。全員一致で鑑定結果が出ました。O・J・ウィルソンは男性です。が、われわれの知っている者の中にはいなかった」

「どんなサンプルを渡したのだね？」

「かなり幅広く集めましたから、見れば驚きますよ」

「モンティ・ベルモアが興味を持っているのはただ一つ、キャリー・ボランドの署名だ」

「わかっています、そうおっしゃると思いましたよ。ええ、ボランドのも渡しました。ですがまったく一致しませんでした。可能性はゼロです。O・J・ウィルソンが何者であれ、ボランドではないと、全員が口を揃えて断言したのです」

「ふむ！　タイソン、この老人に教えてもらえまいか――具体的には、ほかに誰の筆跡を渡したのだね？」

「まずは、あなたです」警部がにやりと笑った。「それに、エサリッジのも入れておきました。ほかにはクエリータや、部下の婦人警官のひとり。匿名性を高め、公平を期すために、そういうものも混ぜておいたのです。ミスター・デル、若きスターリング、クレシック、ストーナー、ついでにエディ・スタッカーのまで入れました」

「ほお！　関係者全員というわけだな——ひとりを除いて」

「ひとり？——ああ、ジーニアスのことですね。ですが、ジーニアスとは誰です？　どうやって——？」

「ジーニアスのことを言ったわけではない」モンティは答えながらぼんやりしだし、また長い間黙り込んでしまった。

「それで？」タイソンはしばらく待ってから、せっつくように尋ねた。「われわれが見落としたひとりというのは、誰なんですか？」

「タイソン」モンティは空になった自分のコーヒーカップを見下ろして言った。「その筆跡のサンプルには、指紋も残っているのだろうね？」

「ええ、ミスター・ベルモア。その点も見過ごしてはいませんよ」

「両手の指紋かね？」

「そういうサンプルもありましたが……なぜそんなことを？」

「よくわからないのだが。ただの老人の思いつきだよ」

「そうですか。いくつかのサンプルからは、両手の指紋が出ました。ウィルソンの小切手には様々な指紋が残されていたのです。銀行の窓口係、記録係、ほかにどれだけの人間のものか、わかったものじゃありません——そのうちのどれがウィルソンの指紋なのか、まだ断定されたわけではありません。が、どのみち同じことです。そのすべてが、渡した筆跡サンプルのどれとも一致しなかったのですから。あなたでもエサリッジでも、クエリータでもうちの婦人警官でも、ウィロビー・デルでも、スターリングでも、クレシックでも、ストーナーでも、エディ・スタッカーでもない。それに、ボランドでもない。さて、誰が抜けていると言うのでしょう?」

「文法的には〝誰のが抜けているか〟のまちがいだ」モンティは上の空で指摘した。「ほお！　さて誰だろう――」

モンティはテーブルの上に両肘を載せ、眉毛をいじりながら〝名探偵〟の口ぶりで語り始めた。

「きみは、忘れ去られた男を見落としているのだ」

「何ですって?」

「J・モンタギュー・ベルモアは頭の中で」〝名探偵〟がいささか気取って宣言する。「入手することのできた、知的なジグソーパズルの小さなピース同士をあれこれ試していた。ここにはまるか、あっちはどうかと、あらゆる組み合わせで入れてみたのだよ。そして今、いろいろと試した結果、ようやくその完成図の輪郭がぼんやりと見えてきた。だが、おそらく」モンティは思慮深く続けた。「輪郭という言葉は正しくないのかもしれない。正確には、ピースがいくつかはまったことにより、完成図が断片的に見えてきたと言うべきだな」

タイソンが感情を抑えるように言った。「いったい何をおっしゃってるのですか?」

モンティはその質問を無視した。「パズルを完成させるのに必要なすべてのピースを揃えることは、おそらく不可能だろう――今あるピースだけで、全体図まで想像できるほどの絵が見えてくるかも疑問だ。それでも、モンティ・ベルモアの老いた頭の中には、ピースのかたまりが三つか四つ組み上がっている――ただし、まだばらばらのたくさんのピースが、その周りを取り囲んでいるのも確かだ。

ある一個のピースが、そのばらばらのピースとは離れたところに、どこにもはまらずに置かれている。名前のついたピースだ。その名前は」老人が真剣な顔で言う。「これまでの議論にまだ登場していない。さて、この一個のピースだが――はたしてこのパズルのものなのか、無関係なのか？　ひょっとすると、まったく別のパズルの一ピースなのだろうか――わたしの頭の中で徐々に見えつつある悪魔の描いた絵に比べれば、罪のない絵の。あるいは、ただ向きがちがっていて、徐々に見えてきた絵にはまるはずのピースが裏返しになっているだけなのか？」

「ミスター・ベルモア、どうかお願いいたします」タイソンがわざとらしくへりくだって言う。「何をおっしゃっているのか、ご説明いただけませんでしょうか」

「きみたちに忘れ去られた男の話をしているのだ、きみが見落としていた男の。姿を消してしまった目撃者のことだよ、あの日ヤルーガでわたしたちと一緒にいた男。ひと言で言うなら、ミスター・バート・グラブだ。ミスター・バート・グラブはどこへ行ってしまったのか？　ミスター・バート・グラブとは、何者なのか？　この紳士の捜索について、何か手は打ったのかね？」

「ああ！」タイソンは椅子にもたれて鼻を撫でた。「彼ですか。そうですね、彼については、手配中です」

「だが、それほど積極的な手配ではなさそうだね」

「そうでもありません。巡回に出ている警察官全員に、彼の特徴書きを配布してあります。たしかにあまり具体的な情報ではありませんが、あなたがたから聞き出せたのはせいぜいそれだけでしたから。ああいう男が立ち回りそうな場所は残らず聞き込みに行かせています……どうしてまたその男に興味を惹かれるのですか？　もし彼を発見できれば、事件捜査の役に立つとお思いですか？　たとえば――ミス・バッグや彼女の甥――何という名でしたか――ゴールディングだったかな――そのふたりと比べて、特に役に立つとでも？　われわれにとって重要な証言者は、あなたとデルとクレシックです。そのグラブとやらいう――わたしに言わせれば、本名ではなさそうですが――その男は、この事件といったいどういう関わりがあるとおっしゃるのですか？」

「警部、その質問は、このモンティ・ベルモアが訊いているのだよ。その答えを出すことは可能だろうか？　わたしにはわからない。だが、彼を探す努力は最大限尽くすことを強く進言する」

それを聞いたタイソンは、単なる一市民からの進言に少しばかり気を悪くして、現在手配中ですともう一度繰り返した。

# 第二十八章

それからさらに四日が過ぎたが、特に変わったことはなく、警察にも何の進展もなさそうだった。バート・グラブは相変わらず姿を消したままだ。キャリー・ボランドは、タイソンが言ったとおり〝まるきり実体のない名前〟だったことが日増しに明らかになってきた。O・J・ウィルソンも相変わらず空虚な名前という以上に何もわからないまま、ただ紙に書かれた署名以上の何者でもなかった——これでふたりめだ、とモンティ・ベルモアは苦々しく考えていた。ジーニアスの名は酒類に関する調査委員会でも取り上げられるようになっていたが、肝心の本人は姿を見せることなく、彼が誰で、いつどこにいるのか、誰にもわからなかった。「そして今度は」モンティは言った。「三人になった……」

ストーナーの死についての検視審問はいったん開かれたものの、無期限に延期された。記者たちは新聞には載せなかったが、どこからか自殺説を探り出したり、最終的な評決は〝不運な事故〟になりそうだと互いに噂したりしながらも、最善を祈る——つまりは最悪の結末を祈る——ことにした。マスコミはスポットライトを当てる対象を変え、定期的にやっていた警察批判をまたぶち上げた。新聞各社は、大きめのピリオドのような記号をずらりと並べ、今の政府になってから未解決になっている殺人事件を一覧表にして、ひどく皮肉の利いた記事を載せていた……。

モンティ自身は忙しく働いていた。週三度の番組の中で、ワームウッド及びゴール伯爵、ウェアリング卿、スネークベンドの隠修士、オフリン牧師、それにいくつもの興味深い役——たとえば新しく加わったばかりのエドワード・オールデン——を演じる老役者は、次々に役を入れ替わるのに忙しく、〝名探偵〟が現れる暇は少しもなかった。とは言え、〝名探偵〟にも出番はあった。モンティは相変わらず頭の中で知的ジグソーパズルをあれこれ試していたが、進展があるとはとても言い難かった。最近加わった二つのピースが、想像の中では常に一番手前に飛び出して来て、何かしら深い意味があるような気にさせるのだ。その二つとは、どちらもタイソン警部が漏らした言葉だ。一つは質問、もう一つは単なる感想としか思えない発言で、どちらもストーナーの死に関連していた。一つめのピースには、こう書いてある。〝数分というのは、実際にはどのぐらいの時間でしょう？ 特にミス・デルのおっしゃる数分というのは〟 二つめはこうだ。〝その窓から落ちたということさえ、推測でしかないのです〟 どちらもこのパズルに全然はまらないのだが、モンティは——何の根拠もなかったものの——必ずはまるはずだと確信していた。それらがはまった瞬間、ほかの多くのピースも次々とはまっていくだろうと。

このことがずっと頭から離れず——彼は何でも中途半端にできない性格だった——歩きながら考えるのが常だったため、空いた時間には街の中をうろうろと歩き回るようになった。どういうわけか、特にキングス・クロスの辺りに興味を惹かれ、ベイズウォーター・ロードやダーリンハースト・ロード、ヴィクトリア・ストリートやスプリングフィールド・アヴェニュー、それにクロスの北や南をくねくねと折れ曲がり、互いに交差し合う複雑な細い通りや裏道などで、かの有名なステッキと黒いつば広帽子姿で堂々と歩き回るのが毎晩のように目撃されていた。ただ、何を探しているのかは、彼自身にもわからなかった。

ある日——一般的なオフィスが業務時間中のシドニーの街中で——モンティはウィロビー・デルとばったり会った。ストーナーの死を悼む言葉をかけたが、ミスター・デルはいくぶん素っ気なかった。さらに、ほかの話題には明らかに無礼と呼ぶべき態度で返してきた。ミスター・デルは自分で明言したとおり、何もかもにうんざりしていた。ストナの一件は痛ましい出来事で、その悲しみはひしひしと感じており、まるで家族の一員を失ったかのようだ。だがそのことと、キャリー・ボランドやほかの事件といった自分にはおよそ興味のない出来事と、どんな関係があるというのか？　いったいいつまで自分を苦しめれば気が済むのだ、と彼は迫った。しつこく話しかけたり、質問攻めにしたり、推理を披露したりしたところで何になる？　いい加減にしろ、警察は何のためにあるんだ、と。

「何のためなのだろうな」モンティが冷ややかに言った。「今朝の朝刊を見ればわかる」

ウィロビー・デルには、明らかに何か不満があるようだった。ストーナーの後任を務められるような人材がなかなか見つからないのだと言う。モンティは同情し、家政婦を雇ったらどうかと勧めた。だが女性の家政婦が気に食わないミスター・デルは、ただ大きく鼻を鳴らした。

「またな、モント」怒ったような低い声でそれだけ言うと、仕事先に向かって足音も荒く去って行った。

またあるときは、タイソンにも再会した。ただし、モンティに見つかる前に気づいた警部が、商店街の人混みに紛れて姿を消してしまった。

やがて四日めの夜に、事件に大きな転機が訪れた。

奇妙なことに、その転機はアルトヴァイラー・クレシックによってもたらされた。モンティはその日も物言う幽霊のごとくキングス・クロスをさまよい、派手で奇抜な服装をした住人たちが用もないのにひと晩じゅうネオン街を行ったり来たりする中で、ひとりだけ芝居じみた暗い恰好で歩いていた。ちょうどベイズウォーター・ロードを、ほかのいくつかの道との合流点に向かっていたときだ。ステッキを少し引きずり、注意力を欠いた目の上に眉を引き下げて、頭の中のジグソーパズルに神経を向けていた。道を曲がろうとしたところで、突然アルトヴァイラー・クレシックと正面衝突した。正確に言えば、衝突された。というのも、アルトヴァイラーが大急ぎでその角を走って来たからだ。

「失礼でした！」アルトヴァイラーが慌てて言いながら、思いがけない抱擁を解いて体を引き剝がした。すぐにその相手が誰かに気づき、目が輝きだす——どうやら太陽光よりも人工的な明かりのほうが彼の目には優しいようで、あの見かけの悪い色つき眼鏡を外したクレシックと夜間に会うのは二度めだった。

「ミスター・ベルモア！」彼はそう叫ぶと、再びモンティの腕に抱きついた。「ミスター・ベルモア！」

「なんと！」モンティは我に返って声を上げた。「クレシックかね！」

「ミスター・ベルモア——わたし、あの男を見ました！」

「何だって？」

「あの男です！」アルトヴァイラーがまた興奮したように叫ぶ。「見ました！　今！　ちょうど！入って行ったです——」

「いったい、どの男のことだね？」

「あの男です、ヤルーガのわたしの家にいた！　名前は——なんだか」——アルトヴァイラーは思い出そうと何度か指を鳴らした――「野球の道具のような……」

「ああ！」モンティが突然大声を出した。「グラブか！」

「イエス！　その名前！　あの男。ミスター・グラブ……ホテルから来ました」アルトヴァイラーは背後にそびえ立つ〈メイフェア・ホテル〉に向かって手を振った。「道の奥のホテルから、ヴィクトリア・ストリートを来たです。タクシーがありました。男はタクシーに乗って、走って行きました――」

「走って行ったって、どこへ？」

「それです！」アルトヴァイラーは、得意満面で叫んだ。「わたし、聞こえました。タクシー運転手に、あの男の言ったの、聞きました。〝クロクストン〟と――」

「クロクストン？」

「イエス。そしてタクシー運転手が〝クロクストン？〟、そしてミスター・グラブが〝イエス――橋のそばのフォート・ストリートの先〟、そう言いました。クロクストンです」アルトヴァイラーはいつもの不安そうな表情を浮かべて言った。「レストランですか、もしかして？　それとも、ホテル？」

「ふむ！　たぶんどちらでもないだろう。あの辺りなら、アパートの名前の可能性が高そうだ」

「そうですか！」アルトヴァイラーはまた意味ありげに肩をすくめた。「わたし、ポリス探しました。ポリスいません。追いかけるタクシー探しました。タクシーいません。タクシーを探して走りました。友だちのミスター・ベルモアに会いました……」

「ほお！」モンティが言った。「クロクストンと言ったかね？」急に彼まで興奮してきた。「おまわりさん！」舗道をステッキで叩き、再び警察官を呼んだ。近くをぶらぶらしている人や通行人たちが振り向いて嫌な顔をするか、無視した。シドニーの住人は警察が嫌いで——不合理で非論理的ながら、根の深い嫌悪感だ——明らかな目的もなく警察を呼ぶような人間は、いくぶん反社会的な変わり者と見なされるのだ。

「いったい警察官はどこにいるのだ?」モンティがいらいらしながら強い口調で言う。「必要なときに限って近くにいた試しがないのは、どういうわけだ?」

それは取りも直さず、人生の解けない謎の一つだ。実のところ、クロスを巡回している警察官はいたのだが、ちょうどその瞬間にはモンティと友人から見える位置、声の届く範囲に、たまたまひとりもいなかったのだった。

「タクシー!」モンティはステッキを振りながら、タクシーを呼び止めた。

目の前を通り過ぎた流しのタクシーが、少し先の角を曲がったところで道の端に止まり、モンティはアルトヴァイラーをせき立てるようにタクシーへ向かった。

「時間を無駄にしている場合ではない。警察官が見つからない以上、われわれが警察官となって行動しなければ……タクシー!」

「呼んだかい?」タクシーの運転手は興味なさそうに、言葉を引き延ばすような返事をした。

「フォート・ストリートまで。橋のそばだ。クロクストンとかいう名の建物へ行きたいのだがね」

「見つけてやるぜ」運転手は自信たっぷりに言った。「早く飛び乗んな、旦那がた」

言うまでもないが、〝旦那〟は何があっても変わることのない威厳をもってタクシーに乗車し、飛び乗ったのはアルトヴァイラーだけだった。汚れた大型犬のように座席に転がり込む。

「お願いします」彼は運転手に言った。「急いでほしいです」そのような注文は、シドニーのタクシー運転手にとって不要であり、余計だった。

「まちがいないのだね、クレシック」タクシーが発車すると、モンティが尋ねた。「きみの見たのが――その――われわれが探している男だというのは?」

アルトヴァイラーが首を思いきり縦に振る。「服は――ちがったですが、顔は、わたし忘れません」

「何だって? 服がちがうと言うのは、どういう意味だ?」

「良い服」アルトヴァイラーが両手を振る。「良いスーツでした、ビジネススーツ、黒です。襟とネクタイもありました」

「話すのを聞いたと言ったね?」

「イエス。声、同じです……わたし、まちがえません、ミスター・ベルモア。あれは、同じ男です。絶対にミスター――」

「しー!」モンティが芝居じみた止め方をした。「名前は出すな!」

アルトヴァイラーはおとなしく口を閉じ、モンティはいつもの慈愛に満ちた目で彼を興味深く見つめた。今日はアルトヴァイラー本人も、それまでに見たことのないようなまともな格好をしていた。グレイのビジネススーツは、彼が週末や自由時間に好んで着るだぶだぶのフランネルの衣類よりも、体にぴったりと合っていた。計算したかのように正確に蝶ネクタイを結び、モンティの見慣れたベレー帽の代わりに、シドニーのビジネスマンには標準的なフェルト帽を、つばの縁が額に水平にかかるように頭にきっちりとかぶっていた。ただし、靴だけはいつもの厚いゴム底だった。

「それは新しいスーツかね?」モンティが愛想よく尋ねた。

「イエス――好きですか?」

した。


「とてもいい。帽子も新しいね！」

「イエス。帽子、スーツと同じに買いました」

「ああ、揃えて買ったと言いたいのだね。ふむ！……ところで——気を悪くしないで聞いてもらいたいのだが——きみはどうしてこんな夜遅くにキングス・クロスをうろついていたんだね？」

〝夜遅く〟と言っても、まだ午後八時にもなっておらず、アルトヴァイラーはその質問に驚いた顔をした。

「うろつくではないです、ミスター・ベルモア。わたし、オフィスから帰ります——仕事を遅くまで働きました。わたしのオフィス——ヴィクトリア・ストリートの先、リバプール・ストリートです。わたし、ヴィクトリア・ストリートからクロスに出ました。トラムもバスも、そこは便利ですね」彼は懸命に説明した。「ときどきトラムに乗ります。ときどきバスに乗ります。ときどきタクシーに乗ります。でもときどき——ずっとリンドフィールド・オールまでの道、ボーキングします」

モンティはなるほどとうなずいた。アルトヴァイラー・クレシックという男は、よほど〝ボーキング〟が好きなのだな。アルトヴァイラーは礼儀正しく質問を返した。

「あなたはクロスに住んでいますか、ミスター・ベルモア？」

「いや。ちがうのだよ、老いぼれはベルヴュー・ヒルのアパートメントに住まいがある。老モンティはただ当てもなく散策していただけだ、考え事をしながらな……あの哀れなストーナーという男について考えていたのだよ」

「ああ！」アルトヴァイラーが同情するようにつぶやいた。「イエス」

「きみにはあの夜以来、お目にかかっていなかったね？　きっとさんざんつつかれたことだろう、われわれ同様」

「何です？」

「警察だよ、質問攻めにされたのだろう？」

「質問！」アルトヴァイラーは猛然と両手をばたつかせた。「警察、いつも質問ばかりです。訊かれました、ストーナーを見ましたか？　何回ドアを叩きましたか？　どのぐらいドアの外にいましたか？　なんのために訊きます？　なんでばかばかしい質問を？」

「わたしが思うに、彼らは別の質問の答えを見つけようとしているのだろう──数分とは実際にはどのぐらいの時間なのか、という質問の答えを」

「何です？　意味、わかりません」

モンティは貴族のような鼻をこすりながら言う。「モンティ・ベルモアにも、それがどういう意味なのかがよくわからない。それで、実際にはどのぐらいの時間、あのドアの外にいたのかね？」

「そうですね……一分、二分──長くないです」

「それで、ストーナーはまったく見なかったのだね？」

「きーっ！　あなたも同じですか、ミスター・ベルモア？……ノー。ストーナーはいません。わたし、キッチンのドアを叩きません、わかりますか、うるさい音のドアを叩きました。三回、四回ノックしました。たぶん二分待ちました。どこにもストーナーを見ません、わたしが見たのは、ドアが開いたとき」──横目でモンティを見ながら、ためらいがちに苦笑する──「バイルドなインディアンをひとり見ました」

「オッホン！」モンティが慌てて咳払いをする。「うむ、なるほど、そのとおりだ」そのときの様子が頭に浮かぶ。パジャマと、目を引くような——そしてまだ新しそうな——シルクのガウンというでたちのまま、驚愕して憤慨するクレシック。全身羽根だらけで両腕をしっかり交差させ、堂々たる仁王立ちの老人。クレシックを部屋の中に引っぱり込んだ直後にドアの前に立ちふさがり、厚すぎるもてなしの歓迎の叫びを上げていた、あのとんでもないミセス・ボロップ……きっとクレシックはあれが気に入らなかったにちがいなく、モンティは今さらながら、自分が彼の立場だったとしても嫌がったにちがいないと認めた。あのとき、クレシックの顔には一瞬怒った表情がよぎった。馬鹿な真似はやめろと言っていた……モンティには、何か思い出せないことがあった。頭の中で再現してみる。クレシックは〝馬鹿な真似はよせ、ミスター・ベルモア〟と言った、いや、怒鳴った。モンティは考え深く「ほお！」と声を上げ、眉根を寄せて熟考に入った。天才的な頭脳が明らかにフル回転しているのを察知して、アルトヴァイラーも黙り込んだ。

タクシーはウィリアム・ストリートを飛ばし、市内を突っ切ってウォルシュ・ベイへ向かった。

「フォート・ストリートならここだぜ」タクシーの運転手がスピードを落としながら言った。

「何？」モンティが飛び起きるように、瞑想の中から戻って来た。車はハーバーブリッジへ向かう上り坂とは反対側の、静かな細い通りに来ていた。目の前に広がっているのは、そびえ立つ鉄塔の奥で金色の二本の鎖に飾られた、司令官の巨大な三角帽子のようなハーバーブリッジそのものだ。

「ほお！」モンティが言った。「では、クロクストンを探すとしよう」

「どんな建物か、何にもわからないのかい？」運転手が尋ねる。

「残念ながら。ホテルのようなものかもしれないが、おそらくアパートの建物じゃないかと思うのだ」

「この辺りはどこもアパートだぜ。前は〝セミディタッチド（一つの建物の中に個別の二軒が隣接し、一方の壁を共有している住宅）〟ばっかりだったがね。おれの知る限り、クロクストンって名のパブはなかったな」

彼はゆっくりと通りの端まで車を走らせた。大した距離ではなかったが、クロクストンという文字は見つからなかった。

「きっと通りの反対側だな」運転手はぶつぶつ言いながら、車をUターンさせた。

「おおっ！」モンティが言った。

運転手は電話ボックスの前に車を寄せた。「見つかったのかい、旦那？」

「いや」冷静にその呼び方を許容しながらモンティが返事をした。「だが、ここでかまわない、降りるとしよう」

彼はタクシーのドアを開けて歩道に降り立った。アルトヴァイラーが後から転がり出て来る。運転手がメーターを確認した。

「四ポンドと――まあ、いいや、四ポンドちょうどで」

彼は期待するような目でモンティを見上げた。だが抜け目のない老紳士は、表情の変化《チェンジ》も、小銭《チェンジ》も出す様子はなく、運転手を完全に無視して興味を惹かれたように電話ボックスを見つめるばかりだった。そこで運転手は今度はアルトヴァイラーに期待を込めた目を向けて、同じように四ポンドを請求した。後者は明らかに当惑した顔をしながらも、すぐにおとなしく運賃を支払い、タクシーは走り去った。

「どうして……？」

「あれを見ろ！」モンティがステッキで電話ボックスを指しながら命じた。

アルトヴァイラーはわけがわからないまま、指された方向を見ながら言った。「何……？」

「後で電話を使う必要があるかもしれないな……ここが非常に静かで細い通りだということにも注目してくれ。この辺りの家やアパートやほかの建物の正面でタクシーが止まれば、きっと中の人間に気づかれるにちがいない。例の男を警戒させたくはないからね」

「ああ！」アルトヴァイラーが納得して言った。「なるほど！　男に忍び寄るですね、イエス？」

「そうだ、男に忍び寄るのだ」モンティが大真面目に肯定する。「もしもその男がいるのなら……いや、あの男というべきか」

アルトヴァイラーはその難問に答えられたとしても、何も言わなかった。近くの家から男がひとり道に出て来て、ふたりの立っているほうへ背中を丸めて歩いて来た。モンティが急いで声をかける。

「失礼、ちょっと教えてもらえないだろうか。われわれは〈クロクストン〉という建物を探しているのだがね」

そのいかつい男は不愛想な顔つきをしており、数あるオーストラリア人のタイプの中でも、いつどこであろうと喧嘩を吹っかけて来そうな部類に見えたのだが、礼儀正しい一面もあった。

「行きすぎだぜ、メイト。ちょっと戻りな、あの街灯の手前まで。何部屋もあるでっけえアパートが、道からちょっと奥まったとこにあるんだ。見りゃすぐにわかる」

「どうもありがとう」モンティはそう言って、一か八か質問をぶつけてみた。「グラブという名の男を探していてね。ミスター・バート・グラブだ。聞いたことはないかな？」

だが、狙いは外れたらしい。男は明らかに嘘をついていないとわかる態度で、聞いたことねえなとつぶやき、唐突にその会話に興味を失ったように背を向け、背中を丸めて道を歩いて行った。

モンティとアルトヴァイラーは街灯に向かって、静かに歩きだした。

# 第二十九章

何部屋もあるでっけえアパート、道からちょっと奥まっている、見りゃすぐにわかる。その指示はおおむね正しかった。彼らのいる歩道に建ち並ぶ二階建てのディタッチドの中で、同じ地面に建つ〈クロクストン〉は、せいぜい五階建てとは言え、ひと際気高くそびえていた。歩道をふさぐように低い煉瓦の壁が建っている。その奥には伸びたままの芝生が広がり、芝生の暗い半面に——街灯からはまだ数ヤード離れていた——少し荒れた板塀に沿ってコンクリートの小道が共有玄関まで伸びている。モンティは、隣でしゃがんでいるアルトヴァイラーと一緒に、できる限り壁に身を隠すようにして建物の様子をじっと観察した。あの中のどこかに、あのアパートのいずれかの部屋に、摑みどころのないミスター・グラブがきっと隠れている。だが、どの部屋だ?

その答えは暗闇の中から彼の目に飛び込んで来た。

一階はどの部屋も真っ暗だった。その上で、シェードを下ろしていない二階の窓の一つが、まぶしい四角い光を放っていた。三階も暗闇に包まれていたが、四階と五階にはいくつか明かりがついていた。上層階の光はシェードを下ろしているために弱まっている。モンティの視線はすぐに二階のまぶしい光へと戻って来た。バート・グラブ——あるいは彼の双子の兄弟——が、そこに座っていた。

彼は窓のすぐそばで正面を向いて座っていたが、窓の外を眺めているわけではない。顔を上に向け、椅子の背もたれに頭を載せているように見える。隣の窓にランプシェードの一部が見えており、上向きの男の顔がそのフロアランプの光を直接浴びている。座ったまま身動きせず、どうやら眠っているようだ。

「あの男ですか?」アルトヴァイラーが興奮したようなささやき声で言った。「同じ男ですね、イエス?」

モンティはまだ観察を続けていた。窓は低く、たしかにあの日ヤルーガで見たときよりも、バート・グラブがまともな格好をしているのが見えた。黒いスーツの肩と下襟が見え、その上の白いシャツの襟と黒いネクタイがわかる。一見すると、どこにでもいる保守的なビジネスマンが一日のオフィスワークから疲れて帰宅し、夕食後にうとうとしている場面のようだ。ただ、彼はビジネスマンではないし、少なくともどこにでもいるわけではない。あれはバート・グラブなのだ。スーツに騙されることはあっても、あの荒くれた鮫肌の顔は見まちがえようがない。スーツにしてもだ、とモンティは心の中でつぶやいた。あの日この男は釣り人の格好をしていたが、どんな女性に聞いても同じ答えが返って来るとおり、男が釣りに着て行く服と言えばごみ箱から引っぱり出して来たようなものと決まっているのだ。

モンティは顔をしかめた。眉が徐々に下がり、ついには眉根がくっついた。「ふむ!」

「失礼?」

「奇妙だ。なんともはや、奇妙極まりない! なあクレシック、今シドニーじゅうの警察官がこぞって探している男がここにいる。たしかに、手配は気の抜けたものにはちがいないが、それでもまちがいなく彼の捜索は続けていると、われらの友タイソンが言っていた。あの男にしても、それは承知していただろう――ほかから情報が入って来なくとも、新聞に出ていたからな。さて、そのような状況に置かれた人間は、どれほど知能が低いにせよ、はたしてどんな行動を取るだろう？　なるべく身を隠すのではないか？　人目につかないようにするだろう。にもかかわらず、ここに見えるのは何だ？　これ以上乗り出すと落っこちてしまいそうなほど窓のそばへ寄り、窓のシェードを全開にし、明るい光を正面から浴びている！　ここには何か、老いぼれモンティ・ベルモアには理解しかねるものがある……」

「わたしたち、どうします？」アルトヴァイラーが簡潔に尋ねる。

モンティは窓から視線を外し、静かな、ほとんど空っぽの通りの両側を見やった。ほかには数人ほどしか人影はなく、クロクストンの外をうろつくふたりにこれっぽっちの興味も示していない。残業帰りの男がひとり、こちらへ歩いて来る。女がふたりと男がひとり、モンティたちから遠ざかるようにトラムの停留所のほうへ向かっており、これから市内へ、おそらくは映画でも見に行くのだろう。この時間なら当然ベッドに入っているべき少年が、まだ家に帰りたくないのか、片足で側溝を、もう片足で縁石を踏みながら、とぼとぼと帰って行く。

「そしてやはり警察官の姿はないわけか、当然ながら」モンティが皮肉を込めて言う。「警察は影も形もない……クレシック、老人の頭には奇妙で不快な考えが浮かんできている。さっきの電話ボックスまで走って、ＣＩＢに連絡をしてくれないか。われわれが発見したことを話せばいい」

「ＣＩＢ」アルトヴァイラーは同意するように言った。「誰につなぐと頼みますか？」

「ふむ！　一番伝えたいのはタイソン警部だが、きっともういないだろう。だが、一応彼につないでもらってくれ。もしいなければ、エサリッジ刑事に。彼もいないときには、誰でもいい、今回の――

その――キャリー・ボランド事件に関わっている人に伝えるんだ」

「わたし、行って来ます。あなたは……？」

「わたしはここにとどまる」老モンティは険しい顔をした。「この建造物を常に視界に置くために。さあ急げ、クレシック、急ぐのだ」

アルトヴァイラーは急いだ。角の電話ボックスまで引き返していったが、その間もバート・グラブは身じろぎひとつしなかった。はたして、本当にグラブだろうか。モンティは落ち着かなかった。建物に出入りする者は誰もいなかった。

戻って来たアルトヴァイラーは、じきに警察が来ると言った。与えられた任務について、速記記録のような報告をした。「ミスター・タイソン、ノー、いない。ミスター・エタ――エタリジ――」

「エサリッジだ」モンティが助け舟を出す。

「エフ――エフト――きーっ！……ミスター・エデリジ、ノー、いない。巡査部長に、話しました。どんな名前か、知りません。ここにいなさい、警察が来るまで、そう言いました」

「わたしたちに、それ以外の何ができると言うのだ！」

「ノー、ノー、家の中に行くな、そういう意味です。ここにいなさいと」

指示どおりに、ふたりはそこで待っていた。その間も窓辺の男はまったく動かなかった。しばらくすると――いらいらしていたモンティにとっては、ひどく長時間に思われた――路面にタイヤのこすれるかすかな音が聞こえ、彼らの背後に一台の車が止まった。中から降りて来たのは、タイソン警部とエサリッジ刑事、それにブレイクとドッズ刑事だ。

「これは、これは」タイソンが明るい声で言う。「ミスター・ベルモア、尾行中ですか。こんばんは、ミスター・クレシック。ご連絡いただき、感謝します」

「来たか」モンティが短く言う。「特別機動隊のお出ましだな。実動と知性を兼ね備えた警官隊だ」

不機嫌な口調だった。

「どうかしましたか?」タイソンが穏やかな声で尋ねる。

「どうして警察はちゃんと自分たちで仕事をしない? それに、どうして必要なときに限って警察官がそばにいない?」

「警察はとても忙しいのです。それに、警察の公務執行を手助けするのは、すべての市民の義務なのですよ」

「ほお!」

「それはこちらが言いたいですよ」タイソンは動じずにつぶやいた。窓を見上げる。「まあ、われわれは彼に会ったことがありませんからね。あなたは会ったのでしょう。あの男ですか?」

「あれが」モンティはもったいぶって慎重に答えた。「かの男だよ。あるいは、そっくりな誰かか」

「うむ。まあ、はっきりさせる方法は一つしかありませんね……ブレイク、建物の裏に回って様子を見て来い。すべての出口をふさぐのだ。ドッズ、われわれが二階へ上がっている間、正面の入口で見張りをしておけ。残りの全員で、あの部屋に上がって話をしましょう、ミスター――ああ――グラブと」

コンクリートの小道を静かに進みながら、タイソンがモンティに話しかけた。「実に面白い話じゃありませんか、ミスター・ベルモア。ご自分が今、どこにいらっしゃるか、ご存じですか?」

モンティはやっと気分が落ち着き、平静さを取り戻しかけていた。「老いぼれの想像では、〈クロクストン〉という名のアパートに突入するところかと思うが」

「そうです。ですが、どの部屋かご存じですか？」

「二階の部屋だ。これもわたしの想像に過ぎないがね。それで、このなぞなぞの意味は何だね？」

「面白い話だと申し上げたでしょう？　誰の部屋だと思います？」

「何だって？」

モンティが急に立ち止まったので、困惑顔のアルトヴァイラー・クレシックは一歩下がって鼻をすり、警部を睨みつけた。

「さあ、続きを話したまえ、警部。老いぼれとなぞなぞ遊びをするのはよしたまえ。誰の部屋なんだね？」

「この部屋に住んでいるのは――いや、住んでいたのは――クエリータです。殺されたクエリータ・トーレスですよ」

モンティは返事をしなかったが、がっくりと頭を垂れ、眉を寄せてひとりで考え始めた。一行はまた動きだした。タイソンが正面玄関のドアを開け、途中で折り返すように二階へ続く階段を先に立ってのぼって行った。お目当てのドアは、階段をのぼりきったすぐ右側だ。エサリッジを右側に従え、タイソンはドアの前に立ってノックをした。

返事はない。部屋の中からは、何の音もしない。

彼は再び、今度は断固としてノックをした。だがやはり返事はない。モンティを横目で見ながら眉を片方上げる。だがモンティの視線はエサリッジの右手にいつの間にか握られた拳銃に釘づけになっていた。

「ふむ！　それを使う必要はないと思うがね、きみ。たぶん必要なのは医者であって、銃ではない」

「医者？」タイソンがすかさず訊き返し、またドアを強く叩いた。

モンティが進み出てふたりの刑事の間に手を差し入れ、ドアのハンドルを握った。ハンドルは簡単に回り、ドアがかすかに開いた。

「何をするんです！」タイソンが言った。

「大丈夫だ、警部、問題ない。強制的に押し入るわけではないのだ。あの男は、実のところわたしの知人のようなもので、入ってくれとばかりに鍵をかけずにおいてくれたドアを、わたしが開けているに過ぎない」

タイソンはこの屁理屈に何か言い返そうとしたが、すでにモンティが大きく開け放したドアの奥から見えてきた光景に、言葉を奪われた。

男はまだ座ったままだった。頭をやや後ろに倒し、上を向いた顔にフロアランプの光を正面から浴びながら、すやすやと眠っているように見える。だが、彼は眠っていなかった。

一同は急いで男の近くへ駆け寄った。そのうちのふたりが、表の道路からは見えなかったものを見つけた。男の顔は鬱《うっ》血してどす黒く変色しており、死を前にした恐ろしげな、苦痛に満ちた絶望感に口を大きく開けている。まだほかにもある。首のまわりに緩く巻かれているのは、細い結び紐だった。今でこそ緩くかかっているだけだが、時間をさかのぼれば、この紐は男の首に深く食い込んでいたはずだ。

タイソンは力なく垂れた男の片手を取り、脈を確かめた。冷静沈着なエサリッジが窓のシェードを引き下ろし、無表情のままタイソンを見守った。タイソンは元通りに手を放し、男の頬に自分の手の甲を当てた。

「まだ温かい」彼はつぶやいた。「まだほんの数分しか経っていないはずだ」モンティに視線を向ける。「どうだね？」

「ああ」モンティが暗い声で言った。「バート・グラブと名乗っていた男にまちがいない」

タイソンは問いかけるような視線を、アルトヴァイラーに移した。アルトヴァイラーはごくりと唾を飲み込んで、両手をばたつかせた。

「イエス」簡潔に、悲しそうに答えた。

# 第三十章

「どうだね?」タイソンがまた尋ねた。

と言っても、あれからしばらく時間が経過した後だ。エサリッジがパトカーでドクター・ロスマンを連れて来て、CIBからさらに多くの刑事が到着しており、その中には写真記録班と指紋採取班の警察官も含まれていた。アパートの部屋――独創性のない〝家具付き部屋〟――は、首に結び紐を巻かれたクエリータ・トーレスの死体の発見直後をそっくり繰り返すように再び捜査を受け、前回同様に何の手がかりも見つからなかった。殺人犯についても――まだ窓辺でぐったりと座ったままの男についても。男のポケットの中身はすべて調べられたが、ハンカチ、煙草が一パック、ライター、現金がいくらか、それに別々の鍵が二本、ズボンのポケットから出て来ただけだ。財布はない。男の身元を証明できるものは――もちろん、モンティとアルトヴァイラーが〝バート・グラブ〟だと確認したのを除いて――何もない。もしも男が財布を持ち歩いていたのだとすれば、犯人が持ち去ったにちがいない。

モンティとアルトヴァイラーはそれぞれ証言を終え、窓から一番離れた壁際のソファに座っていた。そのソファは、ちょうどクエリータの死体が発見された場所だったのだが、タイソン警部はそれをふたりに知らせる必要があるとも、任務上適切だとも思わなかった。モンティは眉をひっきりなしに上下させ、好奇心に目を輝かせながら、捜査作業のすべてをじっと観察している。一方のアルトヴァイラーは、これまでで一番不安そうな、困惑しきった顔をしていた。ちっとも楽しんでいないことは一目瞭然だ。ふと芽生えた公共心から取った行動のせいで、死体と、忙しく立ち働く六人の不愛想な警察官のいる部屋に迷い込むことになろうとは。彼は自分の公共心を悔い、モンティの言葉を借りるなら、警察がちゃんと自分の仕事をするに任せておけばよかったと後悔していた。

「どうだね？」タイソンが尋ねた。

「そうだな、この男は死んでいる」ドクター・ロスマンが事務的に言った。

「それはわかっている。殺害方法もわかっている。知りたいのは時間だ」

「そう経っちゃいない。この一時間以内ってとこか——それ以上は狭められないぞ……あの娘の事件と同じじゃないか、え？　ただし、今回は結び紐を残して行ったようだが。どうして置いて行ったんだろう？」

「わからない。邪魔が入ったのかもしれないな。それで慌ててここを飛び出したとか」

「そうだとしても」と、モンティがソファから声を張り上げる。「彼の財布は持ち去っているぞ」

「財布は元からなかったのかもしれませんよ」

「いやはや、警部！　財布を持ち歩かない男がいるものか！」

紐をいじっていたドクター・ロスマンが、警部の手のひらの上に紐を落とした。「あの死体はもう引き取っていいかい？」

タイソンは首を横に振った。男の持ち物を並べた小さなテーブルの上から二本の鍵を手に取り、部屋に入って来るときに通ったドアに挿してみた。二本めがぴたりと合致し、そのドアの鍵なのは明らかだった。モンティに目を向ける。老役者はかすかにほほ笑んだが、それは同時に険しい表情でもあった。

「もう一本は何の鍵だろうな、タイソン？　シドニーにはいったいいくつドアがあるのかね？」

「リチャード」タイソンがエサリッジを呼んだ。「この鍵を持って、この部屋のどこかに合わないか試してみてくれ……いや、まだだ、ドクター、死体の捜査はまだ済んでいない。指紋を採りたいのだ」

「ほお！」モンティが賛同するように言った。

「何ですか？」

「モンティ・ベルモアから祝福を申し上げるよ、警部。どうやらわれわれは同じことを考えていたようだ」

「われわれが？」

「むろん、われわれがだ。でなければ、きみはなぜ指紋を採ろうと思うのだね？」

アルトゥヴァイラーが生気を取り戻したように飛び上がった。「指紋？」

モンティが眉毛を高く引き上げて、アルトゥヴァイラーのほうを向いた。「きみも指紋鑑定について知っているのかね、クレシック？　きっと世界じゅうの誰もが知っているのだろうな」

「イエス。でも、あの男の指紋。どうして――？」

「そうだな、こういうことなのだ。警部と老いぼれの頭には、ある同じ――その――アイディアが浮かんでいる。あれは」――彼はステッキで指した――「わたしたちが探していたミスター・グラブだ。だが同時に、警部が探していたミスター・O・J・ウィルソンでもある――もしちがっていたら、この帽子を食べてみせよう!」

「後で後悔するかもしれませんよ」タイソンが警告した。「あなたの帽子は、見たところ消化に悪そうですから」

「指紋を調べればはっきりする」老モンティが自信たっぷりに言った。

「どうして?」アルトヴァイラーが知りたがった。

「警部はある紙切れを持っているのだ。すなわち、O・J・ウィルソンという署名入りの、この部屋の家賃を支払った小切手だ。ミスター・ウィルソンはその一枚のほかにも、同じ目的で何枚か小切手を書いている。ミスター・ウィルソンはその小切手を相手に手渡ししている。ゆえに、その小切手にはミスター・ウィルソンの指紋が付着している。さて、われらのミスター・グラブだが、少し前にタクシーに乗ってここへやって来た。どうやら彼は何の障害もなくこの部屋に入ることができたようだ、まるでここが自分のアパートであるかのように。ポケットにはここの鍵も入っていた――」

「そして彼は」とタイソンが遮った。「結び紐を首に巻かれていた」

「ふむ! そうだ、まさしくそのとおり。どうやら彼が到着したときには、すでに誰かが部屋の中にいたようだね。ここで待っていたのか、あるいはどこか近くに潜んでいたのか。だが、すでに話したとおり、わたしはこの建物から出て行く人間は見なかった――入って行く人間も……」

「きっとあなたたちが来る前だったのでしょう。でなければ、犯人はまだ建物の中にいるか」

「その可能性はあるな。いや、前者のほうだ。後者は考えられないように思うがね……何にしろだ、クレシック、われらのミスター・グラブは現在指紋を採取されており――見るからに気分の悪くなる作業だな――そして、J・モンタギュー・ベルモアは、胃腸は言うに及ばず帽子を賭けて宣言するのだが、ミスター・グラブの指紋はきっとミスター・ウィルソンのものと一致するはずだ」

「そうですか！　それで、そのミスター・ビルソン――誰ですか、ミスター・ビルソン？」

「それこそが、一番肝心な質問だ。Ｏ・Ｊ・ウィルソンとは何者なのか？　バート・グラブは何者なのか？　だが、その質問に本当に意味はあるだろうか？　ウィルソンにしろ、グラブにしろ、どちらも単に誰かに――その――始末された、名もない男に貼りつけてあった名前か、名札か、ラベルに過ぎない」

　アルトヴァイラーはすっかり困惑してその場に座り込んだ。指紋採取係の男が〝バート・グラブ〟の指紋を採り終えると、タイソンは彼に向かって何やら話してから、今採った指紋を記録と照合するために送り出した――作業には朝までかかるとのことだ。エサリッジはまだ例の鍵に合う錠を探している。

「とにかく」タイソンが言った。「この男だって、どこかの誰かにちがいないのです。もしかするとこの建物の住人の誰かが彼を知っているか、以前に見かけた可能性はありますね。ですから――」

「ほお！」モンティが、前回よりも勢いよく言った。

「またもやご賛同いただけて嬉しいですよ、ミスター・ベルモア」

「いや、ちがう――もちろん、それは明らかにやるべきことであって、きみは明らかにやろうとしているのだろう。だが、老いぼれには別の考えがあるのだ」

「またですか？」

「タイソン、たしか、ミセス――さて、何という名だったかな？――ベネットだ――そうだ……たしか、ミセス・ベネットというご婦人が、この二つ上の階に住んでいるのではなかったかね？」

「おやおや！　また一か八か賭けに出てみるおつもりですか？」

「やってみて損はないだろう」

「ええ、そうですね、わたしもそう思います。実のところ」タイソンは冷たく付け加えた。「わたしとて見落としていたわけではありません……リチャード！」

「はい？」

「何かわかったか？」

「この部屋の中の鍵ではありません。ただ――その――どこかのドアの鍵です」

「それは大ニュースだな、リチャード」

「いえ、つまり、戸棚や引き出しの鍵ではないと……」

「何でも一度は試してみなければな……リチャード――前に話を聞いたミセス・ベネットだが……」

「はい」

「上の階へ行って、彼女がいるかどうか見て来てくれ。もしいたら、ここへお連れしろ。余計なことは言うな、ただ身元を確認してもらいたい件があるとだけ伝えればいい」

「わかりました」

ミセス・ベネットは建物内にいた、ただし想像よりずっと近い場所に。実は階段の途中で――〈クロクストン〉にはエレベーターが備わっていなかった――好奇心丸出しで興奮しているほかの住人たちと、ひそひそ話に夢中になっていた。警察突入の一件はすぐに広まった。すでにフォート・ストリートじゅうの知るところとなり、外の舗道には人が集まりだしていた。制服姿の警察官がひとり、建物に近づかないように彼らを制止している。

現れたミセス・ベネットに、モンティ・ベルモアは少なからず驚いた。あれほど悩まされた歯を抜いた彼女は、若くはないが、魅力的な女性だった。悪くない顔だとモンティは思った。しかも、頭も悪くなさそうだ。タイソンがドアで彼女を礼儀正しく出迎えた。

「こんばんは、ミセス・ベネット。再度のご協力、感謝いたします。もう少しだけお力を貸していただけないかと思いまして」

「あなたの——その——この方が、何ですか、誰かの身元を確認してほしいとかおっしゃって……」

彼女の視線が部屋の奥へと移動し、窓辺の椅子にじっと座っている人影の上で止まった。「あの人——死んでるのかしら?」

「ええ。死んでいます。先日この部屋でご覧いただいた、憐れなお嬢さんと同様に——」

「また!」ミセス・ベネットが悲しそうな声を出した。「また誰か殺されたの? これからも続くの?」

「落ち着いてください、ミセス・ベネット……ただあの男をちらっと見て、知っている人かどうか、前に見かけたことがあるか、それだけ教えてくだされば結構です。亡くなったふたりは」優しい声で話しながら、彼女を窓のそばへ連れて行く。「とても困った立場にあって、助けてあげなくてはならないのです。ですから、われわれに力を貸してください……」

「あのかわいそうな娘さんと同じだわ——んまあ!」

「どうしました?」

「彼よ——彼だわ!」

「なんと! それで、彼というのは誰のことですか?」

「わからないわ。いえ、つまり、彼の名前は知らないの。でも、ここから出て行った男よ、ほらあの夜、もうひとりの男の人と一緒に——わたしが電話で通報したときの……」

「ほおおお！」モンティがささやいた。モンティとアルトヴァイラーは、ミセス・ベネットが入って来たときに起立したきり、ソファのそばに立ったままだった。だが誰も彼の声には気づかなかった。

「なんと！　そうですか！」タイソンが穏やかな口調で言う。「重大な証言ですね。ですが、まちがいありませんか？　確実にそうだと言いきれますか？　あの夜あなたが見たときは暗かったし、その男はあなたよりずっと下のほうにいたし……」

ミセス・ベネットはほんの一瞬ためらってから言った。「この人でなければ、そっくりの別人ということになるわ。あの夜ここから出て行くとき、彼は街灯の下を通ったの。そのとき振り向いて顔を上に向けたのよ。わたし、てっきり寝室の窓から見ていたわたしのことを見上げてるんじゃないかと思って——ベッドの横のランプがついていたから——それで、彼の顔をはっきり見たの。わたし、目はとてもいいのよ、ミスター・タイソン、それに顔を覚えるのは得意なの。前にも、もう一度顔を見ればわかるはずだと言ったわよね。あれは本当よ。もしもこの人じゃないなら」彼女は繰り返した。「双子の兄弟にちがいないわ」

「うむ……では、この人を除いて——いや、この人を含めてでもいいのですが——ここを、この部屋を訪れる人がいたかどうかは知りませんか？　クエリータ・トーレスが——その——いなくなった後に？」

「いいえ、わたしの知る限りは誰もいなかったわ。でも、断言はできないわよ、他人に気づかれずにちょっと入ることぐらいは、誰にでもできるから——たとえば、夜中とかに。本当のことを言うと、いつになったらこの部屋はまた貸し出されるのだろうって、住人のみんなと話していたところだったの」

「クエリータ・トーレスとは親しかったですか？」

「そうね——近所付き合い程度かしら。顔を合わせれば、たとえば階段なんかで、ひと言ふた言交わすことはあったけど、そのぐらいね。親しくなりたいタイプの方じゃなかったから」ミセス・ベネットが上品ぶって言う。「あのお嬢さん、ほかのみなさんと交流したがらなかったもので、誰も彼女のことをよく知らないの。ボーイフレンドがいたことぐらい」

「そうです。その男のことはご存じなのでしょう？」

「そうね、今ならわかるけど、彼女の口から名前なんかは聞いたことがなかったわ。いえ、彼に関することは何も」

「もう一つ教えてください、ミセス・ベネット。この部屋に関連して、O・J・ウィルソンという名前を聞いたことはありませんか？　あるいは、クエリータに関連して。ミスター・O・J・ウィルソンというのですが」

「いいえ！」彼女は鋭い目でタイソンを見つめた。「そんな名前、ここでは聞いたこともないわね。ボーイフレンドの名前ともちがうわ——彼女が別の男の人とおつき合いしていたのでなければ。そのぐらい彼女には簡単にできたとは思うけど。ボーイフレンドの名前は、エディ・スタッカーだったわ。でも、もちろんそのことはもうご存じよね」

「ええ」タイソンがいかめしい顔で言う。「それはもう知っています」

「それならどうして——つまり、そのミスター・ウィルソンはどういう関わりがあるの？」

タイソンは、彼女に答えない理由が思いつかなかった。「彼は、クエリータのアパートの家賃を払っていた男です。今も払っている——クエリータがいなくても。いや、今は自分のアパートというべきでしょうね、法的に彼自身が賃借人のはずですから。実のところ、これまでもずっと彼が賃借人だったわけで、それが新たにここを借りる人がいないとあなたがたが不思議に思われた理由なのです」

「んまあ！」ミセス・ベネットの目が大きくなった。こんなにおいしいゴシップは、みんなに教えてあげなくちゃ。次の瞬間、モンティが賛美した聡明さが彼女の顔に現れた。「この方が——そうなの？ これが、そのミスター・ウィルソンだということ？」

「それを今調べているわけです」タイソンは彼女の肘の下に手を添えて一緒に窓辺を離れ、ドアまで連れて行った。「それでは、本当にありがとうございました、ミセス・ベネット、たいへん助かりました」

「ほかにわたしでお力になれることがあったら……」

「ええ、ご協力に感謝いたします」彼女のためにエサリッジがドアを開けたが、タイソンが即座に腕を伸ばして、すぐ外の廊下に集まっていた住人たちの目の前でまたドアを閉めた。

「もう一つお訊きしたいことがありました。一階の正面玄関のドアですが——鍵はかけないのですか？」

「そうね、住人はみんな鍵を持っているんだけど、ほら、いろんな方がいるでしょう。何人かね。たいていは鍵を開けたままになっているわ。個人的には閉めてほしいと思っているのよ、せめて夜だけでも。でも、どうしてもいい加減な人っているでしょう。ジョーなんか、特にそう。ジョーにはもう何度も何度も、玄関を入ったら鍵をかけなさいって言うんだけど、まるで壁に向かって話しているみたいで」

ジョーというのは、すでにタイソンが聞き出したとおり、ミスター・ベネットのことだ。ゴム工場で時間外勤務を担当する寡黙な男で、悪臭を放ち、真っ黒い染みをあちこちにつけたまま、無反応で少々批判がましい妻の元に帰宅するのはたいてい午後十一時前後だった。ジョーの知っていることなら何でもミセス・ベネットも知っているはずであり、タイソンはジョーに直接会うという無駄な時間を省くことにしたのだった。

「ひょっとして、今その鍵をお持ちでしょうか?」

ミセス・ベネットは首を振った。「上に置いてきたバッグに入ってるの。でも、すぐに取って来られるわよ」

「いえ、どうぞおかまいなく。さほど重要なことではありませんから」彼はもう一度礼を言って、彼女を追い出した。

「これで充分だな、タイソン」彼女の背後でドアが閉まるのを見て、モンティが元気な声で言った。

「何のことですか?」

「わたしも彼女に賛成だよ。きっと同じ男だ。そうにちがいない——でなければ、あまりにも偶然すぎる」

「うむ……リチャード!」

「はい、警部。住人たちが先ですか? それとも正面玄関のドア?」

「まずは玄関だ」

エサリッジが部屋を去り、すぐに戻って来た。

「ぴたりと合いました！　これはあそこの鍵です、警部」

「そうじゃないかと思ったのだ。つまり、鍵は二本ともここのものだ。一本はこの部屋、もう一本は共有玄関。そして、彼が携帯していたのはその二本以外になかった」

「殺人犯が」とすかさずモンティが口を挟む。「財布とともに、ほかの鍵を持ち去ったのだ」

「この男が、ほかの鍵を持っていたのだとすればですよ」

「もちろん、ほかにも持っていたはずだ、自分の家の鍵を。財布も自宅の鍵も持ち歩かない奇妙な男ということになってしまう。賭けてもいいがね、タイソン、今この部屋の中に、そのどちらも持っていない人間はいないはずだ。しかも、みなその両方を持っている可能性が高い。老いぼれモンティ・ベルモアの弱い頭脳ですら、殺人犯が自分の正体を明かしそうなものすべてを被害者の遺体から取り除いたのはお見通しだよ。ある物を除いてね」

「ほう？　そのある物とは何ですか？」

「指先だ」モンティが得意げに言う。「それだけは持ち去ることができなかったのだ」

「また無茶な推論を元に、突っ走る気ですか？」

「失礼な！　過度な慎重さは過ちを生むものだ、警部」

「わたしは警察官です」タイソンが言った。「証拠が欲しいのです。千里眼は持ち合わせていないもので……よし、リチャード、住人たちを呼べ。ひとりずつな。いや、同じ階同士まとめてでもいいぞ、任せる」

「なあ」ドクター・ロスマンがいらいらしながら言った。「もうおれの出番はないんだろう？」

「ああ、そうだな、ドクター。たぶんもう結構だ。だが、もうちょっとここにいてくれ。まだ今はあんたを送って行く人手が割けない」

ドクター・ロスマンはまた腰を下ろし、仏頂面で遺体を睨んだ。

〈クロクストン〉の住人のうち、その時点で在宅中だった者たちが、ひとりずつ、あるいは二、三人一緒に部屋に入って来ては、一様に顔の表情を、無知、動揺、当惑、曖昧の順に変化させて、最後に部屋を出て行った。二分以上部屋に引き止められたのはひとりだけで、その男も大して役に立つ情報があるわけではなかった。

「いいや」無感情なタイプのその男が言った。「そんなやつは見たことがない。今初めて見たが、気分の悪くなる男だな」

「死んでますからね」タイソンが素っ気なく言った。「あなたの番が来たら、彼ほどハンサムでいられるかどうかわかりませんよ」

「なかなか的を射たことを言うね、メイト」男が度量の大きいところを見せて言った。続けて次の質問に答えた。「そうだな、言われてみれば、何日か前の夜にここへ来たやつがいたな……いや、一週間前だったたか、正確にはわからない。そう、ここに来てたぜ……なんでおれがそこまでしなきゃならないんだ？　おれには関係ないし、実を言うと、あんたらみたいな警官かと思ったんでね……いや、特徴はわからない。顔は見てないんだ、後姿だけで――ちらっと見かけた程度だ……へ？　身長？　体格？　そうだなあ――いや、よく見てなかったんだってば――おれには関係ないからさ……」

住人たちから聞き出せた情報は、それですべてだった。

電話が鳴ったのは、そのときだ。部屋に電話があることすら気づいていなかったモンティは呼び出し音に仰天し、アルトヴァイラーは飛び上がった。たまたま電話機の載った小さなテーブルのそばにいた警察の写真記録係が、何気なく受話器に手を伸ばした。

だが、タイソンが止めた。「待て！」鋭く言う。部屋の中をぐるりと見回し、モンティに目を留めた。「お願いします、ミスター・ベルモア」

「わたしが出るのかね？」モンティは驚きながらも、正確な英語で尋ねた。

警部が死んだ男の方へ首を振って見せる。「あの男になるんです——念のために。あなたなら彼がしゃべるのを聞いたことがあるし、俳優なのでしょう？」

窮地に追いやられた老役者は、慎重に受話器を上げ、生前のミスター・グラブの鼻にかかった間伸びした話し方を精いっぱい真似てみた。

「よお？……誰だ？……」

明らかにそのふた言には大した難易度の物真似は要求されず、さらに幸いなことに、それ以上やる必要がなくなった。安堵したように眉毛をひくつかせたモンティは、そこから先は自分自身に戻ることができたからだ。

「ほお！　ああ、ここにいるとも。ちょっと待ってくれ……タイソン、指紋係からだ」

「わたしの見当ちがいだったな」タイソンは怒ったように受話器を受け取った。ぶっきらぼうに名乗り、電話に聞き入った……「そうか、それならしかたない……ああ、そうだろうな。何かわからないか、記録を当たってみてくれ」

受話器を戻して禿げた頭を撫で、考え込むように宙をぼんやり見つめる。

「それで？」しばらくしてモンティが急かした。

タイソンは目の焦点を合わせ、その考え深い視線を、窓辺で動かないままの男の上に落とした。

「どうやらミスター・ウィルソンのようですね……とにかく、パーカーによると、この男の指紋は、ウィルソンの小切手から検出された特定の指紋と一致したそうです」

「特に驚くような結果ではないだろう？」

「うむ……それなら、O・J・ウィルソンとは何者なのでしょうか？」

「さあ。何者なのだね？」

「わたしにはわかりませんよ！　どうにも登場人物が多すぎます」

「それを言うなら、死体が、だろう？」ドクター・ロスマンが皮肉を込めて言った。我慢できないというように立ち上がる。「もう調べは終わったか？　あんたらに送ってもらわなくても、おれなら死体運搬車に乗って帰ってもいいんだ。ああ、なんで自分の車に乗って来なかったんだろうな」

「座ってくれ、ドクター。魂を鎮めたまえ――きみに魂があればだが――もう少し辛抱してくれ。調べだが」タイソンがゆっくりと言う。「まだ終わったとは言えない。ミスター・ベルモアの占いの水晶玉を信じてみようと思うのだ」

「おいおい、いったい何を言ってるんだ？」

タイソンは答えなかった。代わりに簡潔に言った。「リチャード！　〝ギリシャ人のニック〟を連れて来い」

エサリッジは、いつものようにすぐには動かなかった。しばらく警部をじっと見つめていた。それから「了解！」と返事を残して、部屋を出て行った。

「まるでサックス・ローマー（イギリス人作家、一八八三～一九五九、怪人フーマンチューシリーズの生みの親）だな！」老モンティが大声を上げた。「それで、警部、新しく登場するその異国の人物とは何者なんだね？」

タイソンは気が乗らなさそうに説明をした。「キングス・クロスにある〈ニックのミルクバー（ミルクや甘いものなどの飲食ができる雑貨屋）〉の店主です。通称は〝ギリシャ人のニック〟――きっとシドニーに何百人といる〝ニコラス〟という名のギリシャ人と区別するためでしょうね」

「その全員がミルクバーか喫茶店か八百屋の店主をしていると思われるのだから、きっとそうだろうな。だが、その特定のギリシャの紳士に何の用があって――？」

初めてちらりとタイソンの苛立ちが垣間見えた。「ミスター・ベルモア、あなたはドクターとそこに座っていてください、これ以上何も訊かずに。そう言えば」彼は考えるように言った。「あなたをこれ以上ここにお引き留めする理由はありませんでしたね。もしもあなたとミスター・クレシックがお帰りになりたいのでしたら、反対する理由は何もありませんよ」

モンティの眉毛がさらに複雑な動きを披露した。憤慨し、傷つき、怯えた表情だ。「警部！」最も悲劇的な声音で抗議する。「まさかそのような非礼な仕打ちはされまい――あるいは、無礼と言うべきか！　ウサギの巣穴を探し出して連れて来てさしあげたというのに、肝心のウサギをひとり占めされるとは！」

タイソンはその芝居がかった台詞にかすかに頬を緩めた。「わかりました、わかりましたよ。ただし、これ以上の質問は勘弁してください。反論もです。ドクターを見習って、魂を鎮めてそこに座っていてください」

そこでモンティは腰を下ろし、ありったけの忍耐力を振り絞っておとなしくしていた。

長く退屈に思われる時間が経過して、明らかに不満顔の〝ギリシャ人のニック〟を引き連れたエサリッジが戻って来た。まだ完全にドアから中に入らないうちから、男は警部に向かって抗議を始めた。

「なあ、ミスター・タイソン、こりゃ何のつもりだ？　おれは別に何も——」

「黙れ！」エサリッジが無感情に声を上げ、たじろぐニックを黙らせた。

「落ち着いてくれ、ニコラス」タイソンが優しく声をかけた——モンティのよく知るタイソンに戻っていた。「きみを——その——逮捕するわけじゃない。どうしてわたしがきみを逮捕するんだ？　こんなに温かく見守ってやっているというのに。もっと温かくしてやりたいところだが、きみが悪いんだよ、交流する相手をちゃんと選ばないから。ニコラス、とくと見るがいい！」

タイソンが手を大きく振ると、エサリッジはミルクバーの店主を部屋の奥まで引っぱって行き、死んだ男の真正面に立たせた。期待どおりの反応だった——タイソンにとって。驚愕し、その場に凍りつき、男をじっと見つめる。ニックのこげ茶の瞳は火がついたように燃え上がり、その様子をじっと観察していたモンティの目には、彼の薄い黒髪が逆立って見えた。ひと声叫び、何か意味のわからないことを言ったのは、おそらくは母国語なのだろう。

「おやおや」タイソンが謎めいた言葉を漏らす。「水晶玉で、ツーストライク取ったわけか」

「死んでる！」ニックが悲鳴を上げる。

「そうとも。死んでいる。そのことをきみに強調しておこう、ギリシャ人の友よ。彼はすでにわれわれと共にいない、次なる世界へ旅立ったのだ。さあ、どうだ？」

ニックは唾を飲み込み、落ち着かないようにきょろきょろしていたが、何も言わなかった。

「どうなんだ？」

「死んでる」ニックがつぶやく。

タイソンがため息をついた。「なあ、わたしはきみにチャンスを与えているのだよ。この男が誰かは、わたしたちにはとうにわかっている。ただきみの口から確認が取りたいだけだ。賢明なるきみが見抜いたとおり、彼はすでに死んでいる。完全なる死だ。だから、これまでにこの男の手に恐怖を感じることがあったのなら——どのみちそれは勘違いだったのだがね、ニック——これでもう、怯えることは何もなくなったのだ。恐れるとすれば——この点は勘違いではないぞ——われわれの機嫌を損ねることだけだ。さあ、どうだ?」

「死んでる。だが、いったい誰が——?」

「それは今、まったく意味のないことだ。大事なのは、この男の正体が……?」

ニックが唾を飲み込む。動揺のあまり喉仏が上下する。

「そうさ。その男だ。そいつが、ジーニアスだよ」

# 第三十一章

「タイソン」モンティが声を響かせて言った。「きみには脱帽だ。われわれはウサギを見つけた。きみを巣穴まで案内した。そこできみはキツネを仕留めてみせたのだ」

だがそれも、しばらく時間が経ってからのことだ。ドクター・ロスマンがようやく我が家《ホーム》まで送り届けられ、ジーニアスが最後から二つめとなる居場所《ホーム》、遺体安置所へ運び出された後だ。〝ギリシャ人のニック〟も自分のミルクバーへ帰ることを許されたが、彼にはこれから気の重い役目が待っている。というのも、ニックが実際にジーニアスの犯罪行為に関わっていたとは思わないものの、ジーニアスが手下と会うために店のひと部屋を自由に使わせてやっていたのではないかと、タイソンは睨んでいたからだ。

〈クロクストン〉に数人の警察官を残し、彼らは今ピット・ストリートにある喫茶店の狭く窮屈なボックス席に詰め合って座っていた。コーヒーを飲んで、ついでに葉巻も吸おうと言いだしたのはモンティだった。どこかで新鮮な空気を吸いたいと思っていたタイソンは、その提案に乗ってしまった。アルトヴァイラー・クレシックも一緒に来ていた。実のところ、警察に代わってジーニアスを発見したのは彼だった。あの日ヤルーガで出会った男が、実は謎多き人物だったというタイソンの話にすっかり興味を掻き立てられ、続きが聞きたいからとモンティにくっついて来たのだ。さらに、彼は密かにある考えを温めていて、それを披露する機会も狙っていた。四人組の最後のひとりはエサリッジ刑事で、警部から今夜は一睡もできないものと覚悟しておけと言われた彼にも、他人のおごりで軽度の刺激物を摂取し、活力を上げておく機会に同伴するお許しが出た。

「そうとも」モンティが葉巻をくわえたまま繰り返した。「きみはキツネを仕留めたのだ」

タイソンが何やら水晶玉についてつぶやくのが聞こえたが、その比喩はアルトヴァイラーにはさっぱりわからなかった。

「だがね、警部」モンティは葉巻を口から外して言った。「きみは同時に、自分の仮説を見事につぶしてしまったのだ、そうだろう？　ジーニアスという男がキャリー・ボランドと同一人物だという、あの仮説だよ。ジーニアスが何者であれ――いや、かつて何者だったとしても――ボランドではないことがこれではっきりした。指紋だけでも明らかだ。ジーニアスの指紋は〝バート・グラブ〟とも〝O・J・ウィルソン〟とも一致した。だが、明らかにボランドのものとは別だった――そうだろう？」

「そうです、ミスター・ベルモア」タイソンが真面目な顔で言った。「反論の余地もありません」

「どういうこと？」アルトヴァイラーが尋ねる。「ミスター・ボランドの指紋、持っていますか？」

「少し」タイソンが短く答える。

「そうですか！　では、生きている？」

「ううむ……」

納得のいく答えとは呼べず、アルトヴァイラーは大きな額に何本もしわを寄せて警部をじっと見つめた。だが、今の警部がとても熱弁をふるう気分になれないのと反対に、モンティはすっかりその気になっていた。アルトヴァイラーにもわかるように、懇切丁寧に辛抱強く解説してやった。

「今の簡潔なつぶやきをもって警部が暗に伝えたいのは、まず第一に、ボランドが行方不明になった後で彼のコテージから――実際にはきみのコテージだが――押収したメモか何かを警部は持っており、そこには目に見える証拠としてボランドの筆跡が、目に見えない証拠として――警部の部下の指紋解析の天才の手にかかれば見えるようになるが――ボランドのすべての指か、少なくとも何本かの指紋が残されているということだ。その筆跡も指紋も、O・J・ウィルソン名の小切手に残っていたものと照合されたが、一致するものは出て来なかった。だが〝ウィルソン〟の指紋は、ジーニアスである〝バート・グラブ〟のものと一致した。ゆえに、ジーニアスはボランドと同一人物ではないことがはっきりしたわけだ……そして第二に――この二点めが肝心なのだよ――われわれの一致した考えによれば、ボランドは生きている」

胸につかえていた言葉を吐き出すと、モンティは葉巻をくわえ直し、ゆったりと吸い込んだ。

アルトヴァイラーはその話を全部理解できたようではあったが、額にはしわが寄ったままだった。両手を広げ、肩をすくめ、ずっと気になっていた話題に戻した。

「わたしの家、〈フォー・ビンド〉――貸せます――貸せません――どっちですか?」

あまりにも唐突かつ乱暴にエサリッジが声を上げたため、タイソンとモンティはそれぞれの驚きようで彼に顔を向けた。

「おい、賃貸契約の内容は?」

「ミスター・ボランド――いつも次の月の家賃、払います」

「なら、まだやつに権利がある、今月末まではな。簡単な話だろうが」

タイソンは片眉だけをひょいと上げたままで、部下の様子をしげしげと眺めていた。自分に言い聞かせるようにつぶやく。「きっとコーヒーのせいだな」

モンティは、会議の進行を立て直すかのように葉巻を大きく振り回した。「さて、諸君、現在の状況はどうだろう？　タイソン警部の追いかけていた裏社会の謎の男は、われわれの手で引導を渡してやった——いろんな意味でだ、ははん！……そしてそれこそが腑に落ちないところだ、タイソン——実に奇妙なことじゃないか！　初めは実体のない名前だけがわかっていたが、今は名前のわからない死体がある。たしかにその死体一つに、結果として名前が二つも判明したとは言え、実は何者なのか、本名がまだわからないままだ……」

タイソンは、本当はしゃべりたくないのに話さざるを得ないと言いたげに、自信たっぷりと、だがさりげなく言った。「あの死体の名前を見つけるのは、そう難しいことではありませんよ。死んだ男は——その——公開しますから。必要なら、判明するまでずっと。写真も撮りましたし、詳細かつ正確な特徴をこれから一般公開します。いいですか、あの男のことをジーニアスではなく、ミスター誰々として知っている人がいるはずなのです。そのミスター誰々はどこからか出かけたきり、二度とそこに戻ることはありません。彼の部屋かアパートメントか一軒家は、突然、予告も説明もなしに空き家になってしまったのですよ。おわかりでしょう、ミスター・ベルモア、きっとじきに見つかります。時間の問題ですよ」

「ああ、そうだな。まさしく、そのとおり……そう言えば、クレシック、たしかあの男が〈メイフェア・ホテル〉から出て来るのを見たと言っていたね？」

「小道から出るの、見ました」アルトヴァイラーは慎重に説明した。「でも、ホテルから出たか、それともちがうかは……」肩をすくめた。

「ふむ、そうか。もちろんそうだ……まあ、何はともあれ、われわれはジーニアスを見つけたのだ。キツネは見つけた。だが、そのキツネはすでに死んでいた。それならこれから――そう、これからオオカミを探さねば」

「オオカミ？」アルトヴァイラーが尋ねる。

タイソンはコーヒーカップの縁越しに、にやりと笑った。だが、ぽかんとしているアルトヴァイラーを見て笑ったのか、〝名探偵〟の説明に笑ったのかは定かではなかった。エサリッジは、そのどちらも少しずつではないかと思ったが、それは正解からそう外れてはいなかった。

「キツネを殺したオオカミだよ」モンティが説明した。「オオカミというのはだね、非常に危険な動物だ――しかも、このオオカミはまだそこらをうろついている」

「ああ！　なるほど、つまり――」

「つまり、ジーニアスの喉に結び紐を巻きつけ、息が止まるまで締め続けた男だ。ジーニアスを出し抜いた男のことだ。〈クロクストン〉で彼を待ち伏せた後でね。きっとジーニアスがあの時間にあそこにいたのも、その男が関係しているにちがいない」

今こそ、アルトヴァイラーが待っていた瞬間だった。背筋をぴんと伸ばし、老モンティを指さした。

「あの男！」

「何だね？」

「通りにいた男！　あなた、話をした男！」

「いったい何の話ですか？」タイソンも背筋を伸ばし、明らかに興味を示している。「どの男のことですか?」

「わたしたち、あそこに到着したとき」アルトヴァイラーが熱っぽく語りだす。「クロクストン、探しました。その男が、道を歩いて来ました。ミスター・ベルモアが止めて、クロクストンはどこですか、尋ねました――」

「ほお!」モンティが言った。しばらくして「いいや。ちがうな、クレシック。あの男は、われわれが立っていた電話ボックスの近くの一軒家から出て来たのだ。わたしには見えた」

「誰だったんですか?」タイソンが問い詰めた。

「さあ、わからないな。単なる通行人だ。あの男については気にしなくていいだろう、タイソン。どうやら、われらの友クレシックは無意味なものに気を取られてしまったようだ」

「無意味?」アルトヴァイラーが怒ったように言った。

「どんな男でしたか?」タイソンは粘った。

「まったく、どんな男だろうとかまわないだろう? 彼は――そうだな――イタチのような男だった。そしてこの事件にも、イタチほどの関わりしかないのだ」

アルトヴァイラーがうんざりしたように両手をばたつかせる。「今度は、イタチ! ウサギ、キツネ、オオカミ……次は、イタチもですか!」彼はさじを投げた。

「どうしてそう言いきれるんです?」タイソンが尋ねる。「その男が――?」

「なぜなら」間髪入れずにモンティが答える。「老いぼれには、オオカミが誰だかわかっているからだ。きみにもわかっているはずだろう」

「ほほう! わたしが?」

「もちろんだ。考えてみたまえ。思い出すのだ——その——登場人物を、登場順に——あるいは、退場順にと言うべきか。あのスタッカーという若者。キャリー・ボランド。ミス・クエリータ・トーレス。ストーナー。そして今度はジーニアス……わかっただろう？　ほかに誰が残っている？　死体が見つかっていない人物は？　まだそこらをうろついているのは？」

「うむ……」タイソンはポケットの中を探って、結び目のついた紐を取り出した。「今回に限ってこれを置いて行ったのは、なぜでしょうね？」

「もう用がなくなったからとしか、わたしには考えられない。これ以上使うつもりはない、どうせ自分の身元に繋がる心配はない、だから気にかけなかった」

「おやおや！」タイソンは紐をポケットにしまい、老人をしげしげと見つめた。「何もかも、水晶玉の中に見えているというわけですか？」

「ふむ！」モンティは注意深く葉巻の灰を落とした。「きみが繰り返し水晶玉の比喩を持ち出すのは、あまり気分がよくないな。老いぼれは、降霊術師ではない。全体図の半分はぼんやりとしか見えないが、残りの半分は誰が見ようと推理しようと、すでに明らかになっている。きみ自身にも、ちゃんと見えているはずだ、警部。わたしたちふたりの相違点は、つい先ほどまではだが、きみはボランドがジーニアスと同一人物だという考えに捕らわれ、わたしは別人だと想定したことだ。ボランドとジーニアスを合わせるのではなく、対立させて考えたのだ。そしてその勝負に勝ったのは、ボランドだった……」

〝名探偵〟は今や完全に舞い上がり、楽しんでいた。「おそらくすべては、ジーニアスに関する特定の情報を若きスタッカーがきみの元に持ち込み、さらにこれからも入手できそうだと匂わせたところから始まった。それがジーニアスに伝わった。どうやって？　さあ、思い出してみたまえ。ジーニアスは〝O・J・ウィルソン〟であり、ミス・トーレスをあのアパートに住まわせた人間だ。そこにはある程度の――その――親密さが推察される、ちがうかね？　若きスタッカーが公式のボーイフレンドとされていたことは承知しているが、実のところ、単に利用されていたのだという結論は免れまい。デリラ（旧約聖書「士師記」より、金と引き換えに夫サムソンの弱点を敵に伝えた女）と化した女性は、彼女が初めてではない……つまり、スタッカーは愛しい女に打ち明け、彼女はジーニアスに打ち明けた――当然、彼女にはジーニアスが〝ウィルソン〟だとわかっていたはずだ、でなければ伝える意味がないからな。あの夜〈マーメイド・タバーン〉からミス・トーレスの部屋へ戻って来たスタッカーを誰かが待ち伏せしていたのは、そういうわけなのだ。ジーニアスがスタッカーを連れ去り――警察にとって幸運だったのは、ふたりが出て行く様子を、眠れなかったミセス・ベネットが目撃していたことだ――スタッカー自身の車庫に連れ込み、そこで、ジーニアスお得意の手法で彼を殺した。その後、スタッカーの車に死体を乗せ、ヤルーガへ運び、そこに置いたのだ――死体を――ボランドのコテージに」

「どうしてそんなことを？」タイソンが尋ねた。

　モンティはまた葉巻を深く吸った。「さて、そこは少々憶測を加えねばならない。どちらの男もちんぴら、悪党だった。キャリー・ボランドの悪事は白日のもとにさらされつつあり、ジーニアスという名も酒類に関する調査委員会に取り上げられつつあった。それに加え、ふたりは互いの存在が邪魔になっていた、互いの活動がぶつかりだしていたのではないだろうか。さて、ボランドは実在する人物であり、委員会の前に呼び出されていた。一方のジーニアスは、名前を持たない安全な存在だ。だがはたして、ボランドの手からも安全だったのか？

モンティ・ベルモアにはジーニアスの頭の中を推測するしかないが、死体を持て余していた彼は、これを使ってボランドに一泡吹かせてやろう、窮地に追い込もうと思ったのではないかね。その結果――こんなことを彼が知っていたならこの上なくきみに感謝したことだろうが――きみはボランドとジーニアスが同一人物ではないかという疑いを、軽い疑念以上に強く抱いた。何にせよ、彼はスタッカーの死体をボランドのコテージに置き、スタッカーの車を発見されやすい場所に駐め、それから――そう――自らそこにとどまって〝バート・グラブ〟として釣りをしながら時間をやり過ごし、ボランドがどんな反応をするか確認しようと待っていた。ボランドの実際の反応には、ひどく驚いたことだろうね。まずボランドは、何の反応も示さなかった。それから、いきなり姿を消した――」

「崖の上から、ヤンプしました」アルトヴァイラーが不気味な声で言った。

「おお、そうだった。崖の上からジャンプしたのだったね」モンティは厳かに繰り返した。「そして、消えてしまった」

「霧の中へ」タイソンが意味ありげに言う。

「そのとおり。あの煙霧の中へ……だが、キャリー・ボランドの劇的な消失についてぐずぐず考えていても何にもならない。それは全体図の中の、まだぼんやりとしか見えない半分に含まれる。ボランドは消えてしまった――今断言できるのは、それだけだ。次に何が起きたか？　ストーナーがボランドの居間で死体を発見した――このことを、もう一度しっかり頭に刻み込んでくれ――ほかにもストーナーが見たり、疑ったりするようなことはなかったか？――われわれもそれを確認するために彼のコテージへ向かい、そのとき〝ミスター・グラブ〟も同行した。今になって思い返すと、この〝ミスター・グラブ〟が、何も知らない老いぼれモンティ・ベルモアの頭に一つの考えを吹き込んでいたことがよくわかる。われらの友クレシックが、崖の端でボランドに追いつき——突き落としたのではないかと……」

「どういうこと？」勢いよく飛び立つキジのように、アルトヴァイラーがいきなり立ち上がった。

「わ、た、し、が？」

　モンティはなだめるように彼の肩に手を置いた。「落ち着きたまえ、クレシック、落ち着くんだ。そんな疑いは老人の頭には、二分とは残らなかった。そんなアイディアは非論理的で根拠がなく、実にばかばかしい——ジーニアスが、自分の身を守ろうとして言いだしたに過ぎない。彼もまた、警察が到着する前に姿を消したではないか。自分の車で警察を迎えに行ったはずが、そんな車を見かけた者がひとりでもいただろうか？　いや、誰も見ていない。彼は絶好の機会に乗じて姿を隠し、どんな手を使ったのか、シドニーの立ち回り先へ戻って来た」

　モンティは警部に挑むように言った。「さて、お次は？　その後、何が起きたのだったかな？」

「クエリータ」タイソンが悲しそうな声で言う。

「そのとおり。ミス・トーレスの殺害だ。ボランドが姿を消した日の、まさしくその夜に！　それはまた、なぜか？　誰によって？　ジーニアスか？　ちがう。彼女はジーニアスの女だった。いや、何も——その——愛人だったという意味ではない。彼の共感者、協力者、手下のひとりということだ。おそらく唯一の手下だろうがな。第一、もしもジーニアスが彼女を殺したかったのなら、スタッカーと同時に始末すればよかったのではないか？　まあ、この点はすでにきみと議論済みだから、今はただこれだけ言うにとどめよう。つまり、ミス・トーレスを絞殺した犯人は、ジーニアスを絞殺した男と同一人物であり、すなわちキャリー・ボランドなのだと。

ここで少し想像力を働かせてみようじゃないか、タイソン。そもそも、どうしてスタッカーはジーニアスの情報をきみに持ち込んだのか？　彼にとって、何のメリットがあったのか？　彼自身もつまらないちんぴらだったという話だから、警察に好意を持っていたとか、法と秩序を順守することに情熱を燃やしていたとは思えない……」

「そうですね」タイソンが落ち着いた声で尋ねる。「では、どうしてわれわれの元へ来たのでしょう？」

「こんなふうに考えられないだろうか。つまり、ミス・トーレスがジーニアスの女だったのと同様に、スタッカーはボランドの男だったと！　それならいろいろと説明がつく。どうしてミス・トーレスがスタッカーを──その──操ろうとしていたか、どうしてジーニアスが彼を殺したのか、どうして彼の死体をボランドのコテージに置いたのか。さらに、ボランドがミス・トーレスを探し出して、あんなふうに仕返しをしたのも説明がつく」

タイソンは音を立てずに口笛を吹く真似をして唇をすぼめた。「なるほど、そこは一理あるかもしれませんね、ミスター・ベルモア」

「検討してみる価値のあるアイディアだと思わないかね？」

「思いますとも。スタッカーはボランドの命令で、ジーニアスを監視していたということですね？」

「わたしはそう思うのだ。もちろん、まさかミス・トーレスがどんな形であれ、ジーニアスと繋がっていようとは、夢にも思わなかっただろうが──彼女に対しては純粋に愛情を抱いていたようだからね。だが反対に、彼女とジーニアスは、スタッカーがボランドと繋がっていることを知っていた可能性がある。そしてボランド自身は、恋に盲目になったスタッカーからミス・トーレスの情報を得て、どこに住んでいるか知っていたと考えられる。そこで、ジーニアスを探すために——さらには、自己防衛に見せかけた復讐もあって——いや、復讐に見せかけた自己防衛か?——とにかく、ボランドはミス・トーレスを訪ねたのだ」

「ミス・トーレス、退場」タイソンがつぶやく。

「結び紐という小道具を使ってな。そのとおりだ。だが、その結び紐はジーニアスを殺すために用意したものであり、だからこそジーニアスの殺害現場に置いて行った紐をミス・トーレスのときには持ち去った……それから?　その後はどうなった?」

「次は誰が死体になったのか、というご質問でしょうか。それなら……ストーナーです」

「ふむ!」モンティが考え深げに言った。「そうだ、ストーナーだ……全体図のこちら半分のうち、よく見えないのはそこなのだ。わたしはすでに、ストーナーが何かを知ってしまったか、どういうわけかボランドの現在の仮面を見破ったかして、あの窓から放り投げられたのではないかと申し上げた——」

「あるいは、どこか別の場所でボランドを見かけたか。あるいは、ボランドを脅迫していたか。あるいは、ほかにいくらも理由は考えられます」タイソンが言う。「あなたのおっしゃる想像の世界に、われわれはどっぷりと入り込んでしまったようですがね?」

「それは認めよう。それでもわたしは、ストーナーの死が自然死ではなかったと強く信じている。それから、彼の死にジーニアスはまったく関わっていなかったことも。ジーニアスには不可能だったのだから。すると残るのは、ボランドだけだ」

「大勢のご友人が集まっていたあのアパートに紛れていたと」

「ふむ！」モンティがもう一度言って、眉毛の下からタイソンを見上げた。「数分というのは、実際にはどのぐらいの時間だろうか、タイソン？」

「え？　それはいったいどういう意味ですか？」

「実は、よくわからないのだ。きみが言いだした質問だ、わたしにはわからない。わかればいいのだがね……まあ、ひとまず後回しにして先に進めよう。次は何があった？」

「ジーニアスです。ジーニアスも退場」

「そのとおり。だが実は、その前にこのクレシックがキングス・クロスで、偶然タクシーに乗り込もうとしていた〝ミスター・バート・グラブ〟を見かけ、大いなる幸運によって運転手に伝えた行き先を盗み聞きすることに成功した。その後、これまた幸運なことに、わたしもクレシックとばったり出くわし、そして……」彼はほとんど吸い終わった葉巻を大きく振って説明を締めくくった。

「セラ！（旧約聖書「詩篇」などでおもに文末に使われるヘブライ語の単語だが、意味は解明されていない）」タイソンが声を上げた。「どういう意味かは知らないが……まあいい。ミスター・ベルモア、いいですか、わたしも同じ考えです。それはご存じですよね。もちろん、わたしとしては何らかの証拠をご提示いただきたいところですが、おっしゃることには概ね同意できます。そこで、われわれに残された手段は一つしかありません」

　モンティは、ただタイソンをじっと見つめるだけだった。

「あなたの水晶玉を覗き込んで、キャリー・ボランドが今どこにいるのか、教えてください」

「タイソン」モンティが深刻な声で言った。「もしわたしが水晶玉を持っていたなら、きみの頭にぶつけてやりたいところだ。きみがまずやらなければならないのは――実動と知性を兼ね備えた警官隊に何をおいてもやっていただきたいのは――ボランドがどうやって奇術のように消えることができたかを解明することだ。どういう技を使ってか、彼はあの崖っぷちでそれをやってのけた。このクレシックがどんな幻覚を見たと思われてもかまわないが、ボランドは決して崖から引き返しはしなかった。崖に沿って走ることもしなかった、霧があろうとなかろうとな。モンティ・ベルモア自身が、はっきりとそう断言しよう。そして、わたしよりも見やすい位置にいた友人のデルも、同じく断言するだろう」

アルトヴァイラーの出番の合図だ。「げん——げんか——幻覚？　どういう意味ですか？」

だが、今回は誰も説明してくれなかった。「わかりました」タイソンが言った。「いいでしょう。彼は引き返さなかった。そして飛び降りたはずもない——あの崖から飛び降りて生きていられる人間はいないし、ましてや下に着地して平然と逃げることは無理だ。ということは、どうやったのでしょう——パラシュートを使って降りたとでも？」

「解明したまえ」モンティが短く言う。「何がなんでも、その答えを見つけ出すのだ。何のためにわれわれが税金を払っていると思う？」

# 第三十二章

だが、答えを見つけたのはモンティ自身だった。

翌日の午前の半ば頃、あらかじめ電話をかけて安全を確認した後、老人はしきりに眉毛を上下させ、怯えたように後ろをちらちらと振り向きながら、とあるアパートの部屋の中に勝手に——非合法の合鍵を使って——入り込んでドアを閉めると、思案しながら中の様子を注意深く見回した。

好奇心にせわしなく突き動かされていた彼の頭の中に、昨夜は言わば大爆発が起きたのだった。ジーニアスの死体発見によってもたらされたその爆発のせいで、まずはジグソーパズルのピースがばらばらに吹き飛んだ。しばらくすると、ピースはまた少しずつはまりだし、そのうちに大きなかたまりがいくつか見えて来ると同時に、ほかのピースも少し仕分けするだけではめられるようになった。そこで、まだあちこちに小さな穴はあるものの、モンティは〝全体図の半分〟と呼んでいた絵を完成させた。残り半分のほうが多少小さいながら、完成した絵を読み解くのに欠かせない部分を含んでおり、まだはっきり見えてこない。だが爆発の前から、すでにいくつかわかっているところはあった……。

ひと晩が明けて、彼には解けたのだ。

昨夜、自宅と呼んでいるベルヴュー・ヒルの住まいに戻り、上の空のままゆっくりと服を脱いでベッドに入った。枕を高く積み上げて背中をもたれ、葉巻をくわえたまま、頭の中でこの難問に正面から組み合った。どうすればひとりの男が同時に二カ所で別の人間になれるのか、という難問だ。だが、じっと座ったり立ったりしたままでは集中して熟考できない性質のモンティは、再びベッドから起き出すと、ガウンを羽織ってうろうろと歩き始めた。寝室の中を何度もぐるぐると歩き回りながら、全体の鍵を握るはずの大きな真っ白いピースを頭の中であれこれいじっていた――すると突然そのピースが手の中でひっくり返り、裏に描かれていた小さな絵が見えた。これが探していたピースだったのか……。

見えた！

もちろん、全体としてはまだいくつか穴が残っている――一番大きな穴には〝ストーナー〟と書いてあり、そこは決して埋めることができないように思えた――が、それでも全体として何が描かれているのかを理解するには充分だった。

すると、彼は別のある物を思い出した。もしもあれを見つけることができたら――もしもまだあそこにあるのなら――あらゆる憶測の裏付けになるし、馬鹿のひとつ覚えのように証拠を示せと繰り返す慎重派のタイソンが要求するであろう些細な物的証拠として差し出すことができる。

そういうわけで、彼は今そのある物を探しにこの部屋まで来たのだった。そしてこの老役者の性格から、当然ながら誰にも告げずに単独捜査を始めていた。

椅子にステッキを立てかけ、帽子を脱いで指で髪を掻き上げた。もしもあれが残っているとしたら、ここしか考えられない。さて、あんな物をどこに隠すだろう？

厄介なのは、どこに隠してあってもおかしくないことだ。犯人が思いつきそうな特定の隠し場所などない。つまり、引き出しという引き出し、キャビネットというキャビネット、さらには戸棚、本棚、書きもの机、寝室、バスルーム、簡易キッチンと、手当たり次第くまなく調べるしかないのだ。容器類も見逃せない。あれを丸めて詰め込んだ可能性のある箱、缶、筒などはすべて。作業には相当な時間がかかりそうで、こうやって実際に部屋に足を踏み入れてみると気が滅入った。長く単調で忍耐力を強いられる作業は、彼の性分に合わない。じっくり腰を据えるのではなく、ひらめきに突き動かされるタイプなのだ。謎を解くには、彼のようなひらめき型が役に立った。ある結果を仮定し、その結果が得られるような方法を考える。そうやって正解にたどり着けたのは、実のところ、それ以外に答えがないからだ。皮肉なことに、じっくり型のタイソン警部や彼の部下たちは、実際にその証拠品を手に入れていた――ただそれをまだ目にしていないだけで……

　モンティは険しい顔で捜索を始めた。

　何も見つからないままに、時間がゆっくりと流れていく。書きもの机の最後の引き出しを閉め、腰を伸ばした。頭の中にもう一つの問題が広がった。探し物がここにはないという可能性だ。すでに処分されたのかもしれない。おそらくは燃やしたか、あるいは海に投げ捨てたか。だが、海に捨ててもまた波に打ち返される気がしてならなかった――何と言っても、あの付け髭も海の中から見つかったのだから。ほかのどこかに捨てたとも考えにくい。いずれ誰かの目に触れてしまうはずだ――犯人もそう考えたにちがいない。燃やすと言っても、まあ、あれを焼き尽くすには苦労するだろう。モンティ・ベルモアの知る限り、あれは燃やせない、ただ不気味な姿に溶けながらひどい悪臭を放ち、工場の煙突ほどに煙を発するだけだ。第一、火の気のないこのアパートで、どうやって燃やすと言うのだ？

　〝煙〟という言葉から連想したのかもしれないが、すぐ目の前のデスクに載った飾り気のない銀の煙草ケースにふと目を留めた。もちろん、すでにその中も調べてあった。蓋を開け、箱いっぱいに煙草が入っていることを確認して、次へ移ったのだった。だがもう一度じっと見ているうちに、眉根が堅く結ばれた。

煙草。だが、あの男は煙草を吸わない！

もちろん、本人は煙草を吸わなくとも、来客のために煙草を用意しておく人間もいるだろう。だが、そう多くはいないはずだ。昨今は特にそうだ、男も女も猫も杓子も自分の煙草を持ち歩くようになってからは。

はたして、あの男は……？

モンティは再び箱の蓋を開け、並んだ煙草の下を探った。箱の底に何かある。硬く、曲がった形で、いくつか瘤がある。煙草を散乱させながらそれを取り出して、目を丸くした。探していたのは、これじゃない。こんな物が存在することすら、想像もしていなかった。だが立ち尽くしたまま見下ろしているうちに、これこそが最も決定的な証拠品であると、自分が探していた物よりよほど強力な切り札だということが、徐々に理解できた。それに、これを隠すには煙草ケースほど適した場所もなかっただろう。仮にこのような物が隠してあると疑う人がいたとしても、きっとまっすぐにバスルームへ探しに行くはずだからだ。そしてそこで発見できなければ、単なる考えすぎだったかとあきらめただろう——自分の推理はまちがっていたのだと。

それは、入れ歯だった。この持ち主は、明らかに前歯は残っているものの、丈夫な奥歯をすべて失っているらしい。

手に持ったまま見つめているうちにドアが開き、入れ歯の持ち主が入って来た。

モンティの心臓は飛び出しそうになり、しばらく早鐘のように打ち続けていた。かつてほど若くはなく、ショックに対しても弱くなっていた。そして、今回受けたショックは大きかった。この男がしばらくは帰って来ないことは、事前に確認したつもりだったからだ。

「どうもあの電話は怪しいと思ったんだ」男が無感情に言う。その声を聞いて、モンティはすべてを理解した。と同時に、自分の置かれている窮状をも理解した。だが、一瞬の狼狽をどうにか乗り越えた。

「おお、これはこれは！」彼は礼儀正しく言った。「ミスター・クレシック。いや、それとも――ミスター・キャリー・ボランドとお呼びするべきかね？」

# 第三十三章

クレシックは部屋に入るとドアを閉め、机に近づいて来た。濃い色つき眼鏡を外し、余裕のある素振りで散らばった煙草を拾い上げ、ケースに戻し始めた。

「おれの名は」彼は言った。「アルトヴァイラー・クレシックだ」キャリー・ボランドの静かで特徴のない話し声がアルトヴァイラー・クレシックの口から出てくることに、モンティは違和感を覚えた。

「哀れなボランドは、ジーニアスに殺されたのだから。酒類に関する調査委員会のせいで計画が少々前倒しになったのはまちがいないが、ジーニアスが殺したことに変わりはない」

「そうかね？　老いぼれモンティ・ベルモアの考えでは、その正反対だったように思うのだがね」

クレシックが、ボランドのいつもの疲れたようなかすかな笑みを浮かべ、煙草の最後の一本を箱に戻した。蓋を閉め、開いた手を入れ歯のほうへ差し出す。モンティは渡すのをためらった。

「あんたを殴り倒して取り返したほうがいいのかい？」

きっと彼には比較的簡単にそれができただろうし、そうしないとはとても思えなかった。モンティは入れ歯を渡した。クレシックはそれをハンカチにくるみ、乱暴に自分の胸ポケットへしまった。煙草ケースを脇へ押しのけ、机の角に腰かけた。

「あんたのことを見くびっていたようだ。単なるペテン師かと思っていたよ」

「それは光栄だ」モンティは皮肉を込めて言った。「だが、この事件にはペテン師はひとりしかいない。アルトヴァイラー・クレシックだ」

「そうかい？　そいつは面白い話だね。興味深いな。どうしてそう思った？」

モンティは当初のショックから立ち直ってはいたが、膝に力が入らなかった。生気のない目で周りを見渡す。クレシックがその視線を誤解した。

「逃げようなどと思うなよ！」冷たい早口で言う。「あんたにはどうせ何もできやしないんだし、あのドアまでだってたどり着けないだろう」

モンティの声も同様に冷たかった。「椅子がないかと探していただけだ。座ってもかまわないかね？」

クレシックは手を振り、おそらくは肯定の合図を出したらしい。「あんたのすぐ後ろにあるよ……どうしてわかった？　おれの何がまずかった？」モンティは後ろにあった椅子に腰を沈め、クレシックを見つめた。彼の顔なら誰よりも長く見てきたはずだったが、それまでに気づかなかったものが今は見えた。

「そうだな」モンティは考えながら言った。「きみの声だな。いや、むしろアクセントか——言葉の使い方だ。何度か不思議に思うことがあったのだよ。きみは自分がどんな人物なのか、今ひとつ摑みきれていない印象だった。スラブ系なのか、テウトン系なのか、スウェーデン系なのか。あるときは〝ワ行〟が〝バ行〟に、〝ハ行〟が〝ア行〟になったり、うまく発音できない言葉があるかと思えば、同じぐらいの頻度で何の問題もなく言えたりする。たとえば〝歩く〟という言葉。たいていは〝ボーキング〟だったが、きみがさりげなく、いとも簡単に〝ウォーキング〟した記憶がはっきり残っているよ。それに、完全に自分の役を忘れた発言をしたこともある」

「そんなことがあったかい？」

「ああ、あったとも、わが友クレシック」――最後のひと言は、習慣でつい出てしまった――「デルのパーティーの夜のことだ。わたしがきみを部屋に引っぱり込んで――申し訳ないが、あのときはモンティ・ベルモアも少々飲みすぎていてね――きみは完全に羞恥心と、そのための怒りに我を忘れていた。そしてこう言ったのだ。〝馬鹿な真似はよせ、ミスター・ベルモア！〟と。後になって、その咄嗟に出た怒りの言葉を思い出すと、およそアルトヴァイラー・クレシックらしくないと思った。むしろ、あれはキャリー・ボランドの言いそうなことだ」

　クレシックはまったく動じることがなかった。「でも、ボランドなんて男はいないんだ。これまでも、ずっとそうだった。いるのはクレシックだけさ。何ひとつ隠すもののない男――そして彼については、警察もさんざん調べ尽くして満足していることだろう。だからクレシックが何を口走ろうと、そう言ったのはあくまでもクレシックだ。今のあんたの話は、たわ言に過ぎない」

「そうかもしれないな。だが、ほかのことと合わせて考えれば……それに、口髭も手に入れたし――」

「口髭？」クレシックが遮るように尋ねた。

「きみが鬘《かつら》と合わせて作った付け髭のことだよ。あの濡れたように真っ黒い鬘のおかげで、ほかの小道具とともに、きみはクレシックからボランドに変身できたのだ。たとえば、今きみがポケットにしまった入れ歯――あれをはめることでクレシックのこけた頬が、ボランドの特徴である四角く張った顎になる。それとも、これもたわ言だと言いたいのかね？」

「ボランドの口髭は本物だ。実際に生やしていた。だから、あんたが何を持っていようと――」

「ああ、むろんだ。たしかに本物の髭だったとも。ただし、行方がわからなくなったあの日は、ちがっていた……もちろん、あのときにはまだわからなかったし、わたしにはずいぶん長い間あの髭が障壁となっていた。だが、なぜあれほど本物そっくりに精巧な付け髭が必要だったのか、昨夜になって気づいたのだ。つまり、クレシックはごく最近まで似たような髭を生やしていたはずだと。いつまでかと言えば、入居したばかりの〈リンドフィールド・ホール〉に、しかも不都合なほど近くの部屋に、ヤルーガのボランドの隣人が住んでいるのが判明するまでだ」

「髭を生やした男なら、いくらでもいる。」クレシックはそう言いながら、初めほどの余裕はなくなっていた。「それに、髭を伸ばそうが剃ろうが、個人の勝手じゃないのか。ところで、その口髭は今持っているのかい？」

モンティはほんの一瞬、不気味な笑みを浮かべた。「いやいや。持っていない。老いぼれを殴り倒しても無駄だぞ、本当に持っていないのだから」

「誰が持ってる？　どこにある？」

「わたしの部屋だ」

「どうして気づいた？　どうしてあの髭だとわかるんだ？」

「波に押し戻されて来たのだろうね、飛び降りたはずのボランドをわれわれと一緒に探すふりをしている最中に、きみがあの岩の上から投げ捨てた後に。実際には遊びに来ていた釣り人が釣り上げたのだが、どのみちいずれは岸に打ち上がっていたことだろう。あのとき――その――鬘も一緒に投げ捨てたのかね？」

「なるほどね」クレシックが言った。「そういうわけか」余裕を取り戻し、机に肘をもたせかけた。「本当はそれを探しに来たんだな。いいや、ちなみにあの口髭だって投げ捨てたわけじゃない、ポケットからハンカチを出したときに落ちたんだ。あのときはひやりとしたが、幸い誰も気づかなかった」

「あやうく不運な展開になるところだったのだね」

「さあ、それはどうだろうな。あの口髭には大した意味はないよ。それに鬘の話だが……はて、鬘って何のことだ？　あんたがあるはずだと言うその鬘は、いったいどこかな？　何もかも空想の産物に過ぎない。あんたにはこれっぽっちの証拠もない」

「証拠か」モンティが考え込む。「ふむ！　答えが一つしかあり得ない問題には、証拠は無用なのだ。出た答えそのものが充分な証拠となり得る」

クレシックが肘を伸ばした。「答えって？」机からするりと降り、モンティを脅かすように見下ろして立った。「答えって何だい？」

「キャリー・ボランドがどのようなトリックを使って姿を消したかという答えだ」

「へえ！　それをあんたは解いたってことか？」

「おそらくは。老いぼれめは、おそらく答えを出したのだと思う」老いぼれめは、指先同士をくっつけてピラミッド形を作り、ふさふさの白い眉の下から挑戦的な視線をまっすぐ彼に向けた。「きみのやったことを、説明して差し上げようか？」

「聞かせてもらいたいな。是非、説明してくれ」

「そうか……そうだな、まずきみはジーニアスの――その――機嫌を損ねた。彼はきみのことをボランドと認識していたものの、クレシックという別名は知らなかったのだろう……ところで、あの男の本当の名前は何かね？」

「さあ、さっぱりわからない。興味もないね」

「ふむ！　とにかく、彼の機嫌を損ねた。さらにきみは、あのスタッカーなる若者に彼の様子を探らせたが、トーレスという娘を通じてそれを知ったジーニアスは即刻スタッカーを始末し、その死体をきみのコテージに置いた。ジーニアスとの対立は今に始まったことではなかったのだろうから、きみはしばらく前からボランドとして生きるメリットには見切りをつけていたのだろうね。だからこそ、ボランドの銀行口座の残高が徐々に減っていたのだ。金を引き出しては、クレシックと、おそらくはさらにいくつか別名義の口座に入金していたのだろう。

　スタッカー君を殺されたことで、きみは窮地に陥った。あの夜か翌朝に彼の死体を発見した瞬間、きみの心は決まったのだ。姿を消そうと。それに、何と言っても、あの霧が発生していた。地獄から送り込まれた、あの忌々しい霧が。きみはそれを利用した。だが、見事に霧を隠れ蓑に使ったとは言え、どうしてあんな大芝居を打って消えることにしたのか、わたしにはまだ謎だ。どうしてあのコテージから、ヤルーガからそっと抜け出して、二度と戻らないという選択肢を――」

「ジーニアスだ」クレシックがぶっきらぼうに言った。「きっとどこか近くからおれの行動を見張っているのだろうと思ったのさ。もしおれが、あんたの言うようにそっとあそこを抜け出したとしたら、あいつは尾行して来たはずだ。クレシックという名もばれたかも知れない。それで……」彼は肩をすくめた。

「ほお！　なるほど。一瞬のうちに姿をくらますことでジーニアスやほかの人間を困惑のうちに煙に巻いておいて、クレシックという別名を知らないジーニアスを仕留めるための自由を確保したというわけか。実にうまいことを……それで、きみは〝バート・グラブ〟のことは、全然知らなかったのかね？」

「ああ、知らなかった。あのときは全然」

「そうか……とにかく、きみのトリックはこうだ。何をおいても、きみはまず口髭を剃り落とした。そうする必要があったのだ。正確にはどのタイミングで剃ったのか、あるいはずっと以前から剃ってあったのか、それはわたしにもわからないし、関係ない。大事なのは、あの朝ついに計画を実行しようと決心してコテージを出て来たときには、きみは付け髭をつけていたということだ。きみはその精度を試してみた。ウィスキーを二本届けに来たという口実で、デルのコテージのドアまで近づき、デルと老いぼれにじっくり顔を観察させる機会を作った。そして、われわれはまんまと騙された。あれはなかなかうまくできた口髭だよ、クレシック、本物とそっくりだ。誰も気づかなかったはずだ。そこで、実験結果に満足したきみは――その――散歩に出かけた。

そこからだ！　その後きみが何をしたのか、検討してみよう。そう遠くまでは行かなかったはずだ。すべてを覆い隠すあの霧の中で姿が見えないのをいいことに、きみはコテージへ引き返して裏口から入った。丈の長いゆったりとしたレインコートを脱ぎ、薄っぺらい柔らかな釣り用の帽子も脱いだ。鬘と付け髭、それに入れ歯を外してレインコートのポケットに突っ込む。別のポケットの中から、ベレー帽を出す。こうして、それまでレインコートの下にすっぽり覆われていたクレシック好みのだぶだぶの服装に、髭をきれいに剃り、いくぶん髪が薄く、少々頬のこけたアルトヴァイラー・クレシックが現れたというわけだ。ただ一点だけリスクを冒した」――モンティがクレシックの足元を指さす

——「その靴だ！　だがリスクは小さく、事実誰も気づかなかった。

これで準備万端整った。霧の中にすっかり隠れ、きみは幹線道路を歩いて行った。きっと多少は遠くまで行ったのだろう——それだけの時間はあった。そこでパームビーチ行きのバスに乗った。やがてヤルーガのバス停で降りる。そこにいた店主に話しかける。変装の実験は今回も成功だ。集落へ向かって坂道をのぼる。坂を降りて来たふたりの女性に出くわし、話しかける。またしても変装の効果を試したかったのだな。こうして隣り合った二軒のコテージまで戻って来た。そこで、自分のコテージのドアへは向かわずに、デルのコテージに入って行った。もちろん、これも変装の実験だ。デルの前でクレシックを演じて見せ、何もかもうまくいった。ただ、あのときさみは少々やりすぎた感がある。実のところ、店主と会ってからずっと、きみはやりすぎていたのだ。クレシックは自分のコテージがどこにあるか、どうやって行けばいいかを当然知っていなければおかしいからだ。だが、またしてもデルを騙しきり、モンティ・ベルモアも騙された。コテージのドアに立っているデルを残し、きみは隣へ向かった。

ここで再び霧に姿を隠しながら、きみはクレシックのベレー帽を脱いで、キャリー・ボランドの衣裳を身に着けた。そして再び裏口から抜け出し、しばらくすると今度はボランドとしてわれわれの前に姿を見せた。今回もわれわれはすっかり騙された。目に見える姿を鵜呑みにしてしまったのだ。われわれに疑う理由があっただろうか？」

「あっただろうか」クレシックが重々しい声で言う。

「ふむ！……さて、ここからクライマックスを迎える。当然ながら、デルはきみに、クレシックが隣できみの帰りを待っていると伝えた。それこそは、きみが待ちわびていたきっかけの台詞——デルにそう言われるのはほぼ確実だったからね。きみはその機会をとらえた。何でもいい、頭に浮かんだ意味のないことを口にして、いったいきみに何が起きたのだろうと玄関のドアに立っていたわれわれを困惑させたまま、霧の中へとずんずん歩いて行った。

われわれが戸惑っているうちに、きみは素早く動いた。崖の縁まで行く。そこで帽子を崖下めがけて投げ捨て、レインコートを崖の上に落とした。クレシックのベレー帽は再び頭に。ボランドの鬘、付け髭、そして入れ歯はクレシックの服のポケットに。きみ自身は自分のコテージに駆け戻る。われわれには霧しか見えていなかった。すると、庭の門の内側で、きみはボランドに向かって叫び始めたのだ。そのとき初めて、われわれにはきみの姿が見えた――きみが見せたのだ。

動揺したようなきみの叫び声は、充分その効果を発揮した。その声を聞いたわれわれは当然とるべき行動をとり、きみの後を追って走りだした。こうして、ちょっとした喜劇の開幕となった――そして、ボランドがまちがいなくあの崖から飛び降りたのだと断言する目撃者が三人も出来上がった。

続いて、ボランドの死体を探すというパントマイムの開演だ。ストーナーがきみのコテージの中にスタッカーの死体があるのを発見し、われわれはそれを確かめに総出演で崖の上のコテージへ戻って来た。〝バート・グラブ〟が警察を呼びに行くと言って出かけ、そのまま忽然と消えた。警察が到着。わかりきったくだらない捜査をし、わかりきった、ほとんどくだらない質問をし、最終的にきみは――その――ちょっと話を聞かせてくれと連行された。それからしばらくは、ほんの短い間とは言え、きみにとって状況が読みづらかったことだろう。だが大きな危険がきみの身に迫ることは一度もなかった、それはきみもお見通しだった」

モンティは眉のあたりを指で揉んだ。「以上が第一幕だ。続いて第二幕がすぐに始まった。警察がきみの取り調べを終え、きみの供述を受け入れて——きみが——その——善意の第三者だったと納得したその夜——そしてタイソンがクエリータに会いに行った後で——きみも彼女の元を訪ねたのだ。きっと彼女から、ジーニアスの居場所か、彼の正体を聞き出したのではなかろうか。とにかく、きみが結び紐で彼女を絞め殺したことはまちがいない。つまり、絞殺だ……」

「おれにほかの選択肢があったと思うかい？」クレシックが言った。再び余裕を漂わせ、机にもたれかかっている。「彼女を生かしておいて、ジーニアスに報告させればよかったのか？　おれのことを」

「それについては」モンティが険しい顔で言う。「きみと、きみが信仰する神との間で答えを出したまえ」

　クレシックは苦笑を浮かべただけだった。

「さて、第三幕だ」モンティが言った。「ふむ。第三幕では、おそらくストーナーの一件が上演されたものと思われる。正直に言うと、これに関してはわたしにもまだよくわかっていない。唯一わかっているのは、きみがストーナーを殺したことだけだ」

　クレシックは急にいらいらしだした。「もちろん、おれが殺したのさ。そのためにわざわざあの部屋まで行ったのだから」

「何だって？」

「あんた、ストーナーのことなんて頭になかっただろう？　つまり、ヤルーガでだ。あのとき——その——喜劇とやらが上演されていたとき、ストーナーもデルのコテージにいた。悔しいが、おれ自身もやつを見落としていたところがある。だが実は、やつは何かを見たんだ。そして愚かなことに、それを誰にも打ち明けなかった——おれ以外にはな。そうさ。あいつはおれを脅迫しようとしたんだよ。

だからあいつも始末したってわけだ」

「だが、あのときには――！」

「最高のタイミングじゃないか？　パーティーは最高に盛り上がっていた。あまりの騒音に、落ち着いて考えることすらできやしなかった。それでおれは上の階へ行って、ドアをノックした――キッチンのほうのドアをね。ストーナーがドアを開けてみると……あらびっくり！」

「だが、あんなに大勢――」

「ああ、何もあの窓からやつを放り投げたんじゃない。あいつを捕まえて、一緒に階段を降りてこの部屋へ引っぱり込んで、うちのキッチンの窓から投げ落としたんだよ。デルのキッチンの真下にあるからね……そして、充分な高さがある」

「なんということだ！」モンティが絶望したように言った。「なんという！……きみは悪魔だ、クレシック！」

「いや、ちがう。単に用心深いだけさ……その後は、当然ながら、また階段をのぼって、今度はもう一つのドアをノックした。腹を立てて怒鳴り込んで来た階下の住人としてひと騒動起こし、同時にストーナーがいなくなったことが発覚する前に自分のアリバイを作ったというわけさ」

「ほお！　ようやくわかった。数分というのが、実際にはどれほどの時間なのか。時間の感覚は相対的なものだ。ましてやパーティーの最中なら……」

　クレシックがうなずく。「おれには幸運だったよ、アンジェラ・デルが〝数分前に〟ストーナーがキッチンに入って行くのを見たと言ってくれて」

「ふむ！　そういういきさつだったのか。気の毒なストーナー」モンティは、自分の立場も忘れて、しばらく考え込んだ。それから話を続けた。「さて、ではいよいよ最終幕――昨夜の一件だ。どうやったのかはわからないが、きみはジーニアスをトーレスという娘のアパートに向かわせた。きみは彼が来るのを待ち受けていた――どこかで。不意をついて襲いかかり、彼を絞殺した。それからあの椅子に座らせ、ランプの光を顔に当てた。目的を果たしたため、今回は紐を置いて行った。だが彼の正体に繋がりそうな、あるいはきみの正体に繋がりそうな所持品は、すべて持ち去った。その後で急いでキングス・クロスへ向かった。そこでわたしが――そうとも！――モンティ・ベルモアが通りを行ったり来たりしながら、懸命に頭を捻り、真実を探し求めていることを、きみは知っていたのだ。そうやってわたしを探し当てた。そしてふたりで新しい喜劇を演じたというわけだ」

彼はクレシックを見上げた。「どうだね？」

クレシックがうなずいた。「かなり近いね。そんな流れだった。残念なことだ」

「何？　残念なことだと？　きみはそんな言葉しか――？」

「いや、あんたのことだよ――あんたが真実を見抜いてしまったのが残念なんだ。わかるだろう、ついさっきまでおれの身は安全だった。だが今はちがう。残念だよ」

モンティの鼓動がまた大きくなってきた。「それはいったい、どういう意味だね？」

クレシックは机から離れたものの、けっしてモンティのそばを離れることはなかった。血みどろの殺人の話を顔色ひとつ変えずに――しかも、ところどころ自ら補いながら――聞き入っていたはずの男が、奇妙なことに、今はひどく悲しげに思い悩んでいる。

「あんた、どうして首を突っ込んだりしたんだ？　おとなしくラジオドラマだけやってればよかったじゃないか？　あんたには何の恨みもなかったのに。それどころか、あんたのことは好きだ――実に愉快でお茶目なじいさんだよ。だが今は……こうなった以上、また結び紐を見つけなきゃならないようだ……」

モンティはその言葉を冷静に受け止めているように見えたが、口の中はからからに渇き、両手が震えていた。彼はけっして臆病者ではない――むしろ、類を見ないほど怖いもの知らずの老紳士だ――が、自分には抵抗する力がないことを承知していた。クレシックは片手だけでもわたしを倒すことができるだろう。クレシックなら、冷酷に、冷静に、平然と、わたしの首などいとも簡単に絞めることができる――そしてそのつもりのようだ……

「だが、厄介なことになるんじゃないのかね？　つまり、わたしの――その――死体の始末が……」

「ああ、それなら大丈夫、何もここでやろうってわけじゃない。どこか場所を移して」クレシックが猫のような忍び歩きをモンティの正面で止め、じっと立ち尽くす。「あんたとおれは、まずドライブに行くんだ。車なら外にある。別の車――クレシックの車だよ、ボランドのじゃない」急に声が乱暴になった。「立て！」

モンティはただ彼を見つめ返していた。

「さっさと立つんだ！」

モンティはじっと座っていた。「わたしは年寄りだ」彼は思案した。「人生を堪能した。全体的に見れば、なかなかいい人生だった。死は誰も避けて通れない、遅かれ早かれわれわれすべてに訪れる。わたしの死はもう目の前まで迫っているらしい。だが今すぐだろうと――もう少し先だろうと――どれほどのちがいがあろうか？　むろん、願わくば……そうだ、クレシック、わたしが今立ち上がらなければどうなる？　モンティ・ベルモアは屠殺場へ引き出されるヒツジなのか？」

クレシックは肩をすくめた。「お好きなように。だが、自分で立ち上がって車へ行かないのであれば――それも面倒を起こさず、叫んだり、暴れたりせずにだ――それなら何かで殴りつけて、気絶させた上で運んで降りるしかないだろうな」

「だが、それこそ厄介なことになるんじゃないのかね？」

「ちっとも。あんたはおれの知人、いや友人だ。しかも、あんた自身が言っていたように、年寄りだ。あんたは発作を起こすんだ、心臓発作を。おれは大急ぎで友人を医者か病院に運ぶってわけさ」彼は机に載っていたモンティの帽子を取り、手渡してやった。モンティが立てかけておいたステッキも見つけ、取りに行って彼の手に押しつけた。「冗談だなどと思うなよ、ベルモア。おれは本当にやるぜ……どっちにする？」

モンティは一瞬考え込んだ。やがて、のろのろと椅子から立ち上がった。

# 第三十四章

洞察力があって根気強く、おしゃべりで軽率と、様々な性質を独自に混ぜ合わせたような老モンティ・ベルモアが、自分自身を死の陰へと導くようなスピーチを続けていたちょうどその頃、タイソン警部のオフィスに小さな動きがあった。

それを見つけたのは、指紋の記録を前に考え込んでいたパーカー刑事だった。ファイルと書類の束を持って、警部のオフィスに入って来た。

「おかしいです、警部」

デスクに座っていたタイソンは、書類の読み書き用にかけていた眼鏡を外した。「おやおや」彼は静かに言った。「笑わせてもらおうじゃないか。おかしなこととやらを聞かせてくれ」

パーカーはファイルをデスクに置き、束になっていた書類を広げた。それは警部とエサリッジが集めた雑多な筆跡サンプルで、書いた人物の了承を得たものもあれば、本人の知らないものもあった。パーカーは重なったサンプルの中をあさったが、さながらウィロビー・デルの披露する〝三枚のトランプ〟のゲームを、より大きく複雑にしたかのようだ。

「これです、警部」彼はその中の一枚を選び出した。「ボランドの筆跡です」

「こいつは驚きだ！」

パーカーは瞬きひとつも反応しなかった。タイソンの部下たちは警部の性格を知り尽くしており、その対応にも慣れたものだった。別の紙を一枚選ぶ。「こちらは〝ウィルソン〟作の小切手です」

「そのとおり」タイソンが素っ気なく言う。「きみは新語を生み出すつもりだな。ついでに、それは〝バート・グラブ〟作でもあり、さらにジーニアス作でもある。が、ボランド作ではない。そんなことはすでにわかっている。それがどうかしたか？」

パーカーは〝ウィルソン〟作の小切手を引っ込め、代わりに別の紙を置いた。それを書いた人物の不在中に、やたらと若く、あまり賢くない女性秘書の注意をエサリッジがそらしている隙を狙って、タイソンが勝手に机の上から拝借したものだった。

「ここを見てください、警部。まったく筆跡がちがうのは一目瞭然ですし、筆跡鑑定の専門家の意見でも、それぞれ別の手によるものだという結果でした。ですが、この指紋と」――彼は鉛筆で、ボランドの筆跡サンプルから〝浮き上がらせた〟指紋の一つを指した――「それから、この指紋を比べてください」――鉛筆の先を、二枚めの筆跡サンプルの指紋の一つに移動させる。「それぞれの拡大写真もここに用意しました」

タイソンは再び眼鏡をかけ、言われたとおりにその資料を眺めた。二枚の筆跡サンプルをじっくり精査した後、写真を見比べる。それから、サンプルについた指紋を再度調べた。黙って手を差し出すと、何を求められているのかを察知したパーカーが、大きな虫眼鏡を渡した。

「同じ指紋だ！」しばらくしてタイソンが上げた声からは、おどけた調子が消えていた。

「はい、警部」

「まったく同じだ！」

「はい、警部」パーカーはもう一度言って、次の言葉を待った。

「クレシックか！」タイソンが言った。「クレシックと、そしてボランド」ぼんやりと考えにふけっているようだ。「そうか」ようやくそれだけつぶやく。「そうか……うむ……クレシックか……どうしてこれまで見落としていたのだろう？」

「お言葉ですが」パーカーが言い訳をするように言った。「それを探していたわけではありませんでしたから。〝ウィルソン〟の指紋を、ほかの数々の指紋と照らし合わせていたのです。その中の別の指紋同士を比べろとは、言われていませんでした」

　タイソンは我に返った。「何だ？」

　パーカーはもう一度主張を繰り返した。

「いやいや、きみに訊いたんじゃない。自分自身に言ったんだ」

「ああ！　そうでしたか」

「うむ……このサンプルはヤルーガのコテージにあったもので、こっちはリバープールのオフィスから取って来たんだったな」パーカーを見上げる。「きっとこれが答えだぞ、パーカー。きみのお手柄のようだ」

「えっと――はい、警部。ですが、筆跡のほうは――どうしてこの二つはこんなにちがうのでしょう？」

「筆跡などというものが、いかに信用できないかがよくわかるな……いや、待てよ。それぞれ別の手によるものだ、さっきそう言ったな？　そのとおりだ――ただし、その別々の手は、同じ体にくっついていたのかもしれないぞ。たとえば、ボランドが左手で、クレシックが右手で書いたとしたら……

だが、細かい点は後回しだ」

彼は再び眼鏡を外して立ち上がった。「リチャード！」

エサリッジがオフィスに現れた。

「きみの帽子を取ってこい、リチャード」

エサリッジがうなずく。

「それから、何人か集めろ」

エサリッジがまたうなずく。

「銃を持たせてな」

了解したという、だが無表情な三度目の首肯。

「キャリー・ボランドを逮捕しに行くぞ」

今回はうなずく代わりに、驚いたように口が大きく開いた。だが、それも一瞬のことだ。エサリッジは口をしっかり閉じると、オフィスから走って出た。

タイソンも帽子をかぶり、パーカーがじっと見つめているのに気づいた。「いいだろう」いくぶん優しめに怒鳴る。「きみもついて来い。念のためだ」

パーカーも、帽子を取りに走った。

五人は警察車に乗り込んだ。警部、エサリッジ、適当に選ばれた刑事ふたり、そしてパーカー。運転席のエサリッジがタイソンの顔を見る。

「リバプール・ストリートだ、リチャード。ミスター・アルトヴァイラー・クレシックのオフィスへ。ミスター・クレシックを連行する」

だが、当然ながらミスター・クレシックはそこにはいなかった。

「彼はどこです？」やたらと若い秘書にタイソンが尋ねる。

「さあ、わからないわ。出かけちゃったの。ちょっと前に電話がかかってきて、その後に出て行ったのよ」

「どこへ？」

「さあ、わからないわ。でも、おうちに帰ったんじゃないかしら。きっとおうちに帰ったのよ、だって車に乗って行ったもの。車に乗るのは遠くへ出かけるときだけで、遠くに行くときにはいつもそう言ってから出るのに今回は何も言わずに行っちゃったの。だからきっと急いでおうちに帰ったのね――忘れ物でもしたのかしら」

「おうち？」

「そう。ほら――エリザベス・ベイのアパートよ」

「どうもありがとう、お嬢さん」タイソンはJ．モンタギュー・ベルモアに匹敵する礼儀正しさで感謝を表し、エサリッジをオフィスから追い立てるように先に行かせた。

「何か伝えておくことはあるかしら？」娘が背後から甲高い声で呼びかける。

「うまくいけば、伝言を頼む必要はないはずだ」タイソンが不気味な声で言う。

五人は再度車に乗り込んだ。

「〈リンドフィールド・ホール〉だ」タイソンが言う。「行ってみよう……慌てて出て行ったというのが、どうにも気に食わないな、リチャード。車に乗って行った件も」

「車を持っていたのも初耳です」

「何を言うか、リチャード、その歳で！　今どき車を持っていないビジネスマンなどいるのか？　車を、それも格好のいいアメリカ車を持っていない悪党などいると思うのか？」

「ボランドの車でしょうか？」エサリッジが尋ねる。

「うむ……ちがうと思うな。どうやってあの車に乗るんだ――このタイミングで。あれはまだヤルーガの車庫に置かれたままだ……ヤルーガか！」もう一度小さな声で繰り返す。「ヤルーガか――うむ……」

タイソンはそのまま、〈リンドフィールド・ホール〉の外に車が着くまで黙り込んでいた。到着すると、ぽつりと言った。「車はどこだ？」

建物の前に、車は駐まっていなかった。

五人は建物に入り、エレベーターに乗った。タイソンは十階のボタンを押そうと手を伸ばし――またゆっくりと下ろした。エレベーターボックスの片隅に、何かが立てかけてある。モンティ・ベルモアのステッキだ。まちがいなく、モンティのものだ。タイソンがエサリッジと目を見合わせた。

「老いぼれベルモアのですね」エサリッジが早口で言う。

「J・モンタギュー・ベルモアが、ステッキを持っていないだと？」タイソンが首をかしげる。

「J・モンタギュー・ベルモアが、ステッキを忘れて行っただと？」

「考えにくいですね」エサリッジがかすかな苦笑を浮かべる。

「考えにくいどころじゃない。あり得ないことだ。ただし――」

「はい？」

「ただし、わざとここに置いて行ったのだとしたら……」

エサリッジは何も言わず、素早くボタンを押した。

「ベルモアは、あの部屋にはいない」タイソンはステッキを握り、黄ばんだ滑らかな象牙の取っ手をじっと見つめた。

「いるかもしれませんよ」

「いや。部屋に行く途中でステッキを置いて行くことはあり得ない。だが、ここから出て行くときなら話は別だ。置いて行くだけの理由があれば」そう言いながらも、エレベーターを止めようとはしなかった。

「なるほど、わかりました」エサリッジが言った。「誰かに何かを伝える目的ですね。せいぜいそのぐらいのことしかできないような困った状況だったのかもしれません。ですが、彼にはわからなかったはずです……」

「そうだ」タイソンが、張りつめたような厳しい声で繰り返す。「彼にはわからなかったはずだ、これが誰の目に留まるかは。ましてやわれわれが見つけるとは。だがきみの言うように、何でもいいから試さずにいられないほどの窮状に置かれ、これ以外に何もできなかったのだろう」

「何かに気づいたのでしょうか?」

「きっとそうだ。ベルモアは昨夜、ジグソーパズルを完成させたのだよ。あるいは、どんな絵が描いてあったかがわかる程度まで。それで今朝ここへ来たのだ。クレシックに会いに来たのか、あるいは、顔を合わせないようにして来たのか」

「それで――?」

「おそらく顔を合わせたのだろう。そして、リチャード、後はきみの推理どおりだと思う。ただ、彼はもうここにはいないだろうがな」

当然ながら、モンティはいなかった。クレシックもだ。見つけ出した管理人の合鍵で部屋に入り、それが明らかになった。

「しかも、ここに来ていたのかどうかさえわかりませんね」エサリッジが言った。

「手がかりはこれだけだ」タイソンがステッキを上げてみせる。「きっとここに来たのだ。そして、どこかへ行った」

「どこへ行ったのでしょう、警部?」

「連れて行かれた先だよ。クレシックが連れて行くとすればどこだ、リチャード?」

エサリッジは少し考えて言った。「ヤルーガ」

タイソンは驚いた顔で彼を見つめた。「今のは考えた結論なのか? それとも、なんとなく口から出たのか?」

「こう考えてはどうでしょう、警部。やつがこれまで何をしてきたのか。警部の推理が正しければ、きっとまた同じことをするつもりでしょう――今度はベルモアに。それなら、絶対にここで、自分のアパートでやるわけにはいかない。オフィスでも無理です。ベルモアは大勢の人が出入りする建物に住んでいます――そこもリスクが高すぎると考えるでしょう。では、どこか危険がなく、静かで邪魔の入らないところへ行くとすれば?」

「シドニー市内を少し離れさえすれば、どこでもかまわないだろう」

「それでは死体をすぐに発見されてしまう可能性があります。クレシックはオフィスを空け、それも秘書に行き先も告げずに慌てて出かけているんですよ。疑われたら分が悪い。悪事が発覚する時間帯には、どこか別の場所にいる——しかも誰かと一緒にいるのが、彼の常套手段です……」

「うむ……きみの言うとおりかもしれないな、リチャード」表情からはそう見えなくても、エサリッジは内心喜んでいた。タイソンの口ぶりから、自分を認めてくれているのがほんのかすかに感じ取れたからだ。「あるいは、まちがっているかだ。とんでもない勘違いかもしれないな」

「試してみる価値はあると思います、警部」

「それはそうだが……やつがどんな車に乗っているのかさえわからないのだぞ」

「それならわかるかもしれません」別の刑事のひとりが言った。「あの娘に訊けば」

「そうだな」タイソンは上の空で答えた。実のところ、頭の中では誰よりも先まで読んでいた——水晶玉さえあれば、と願いながら。

「どうしましょうか、警部?」

「チャンスに賭けてみよう。ほかに何ができる? うむ……パーカー!」

「はい、警部」

「きみに頼みたいことがある。ここに残ってくれ。わたしから連絡があるまで、ここを動くなよ。もしクレシックが現れたら——もしもやつが……」

「わかりました、警部」パーカーが静かな、だが自信に満ちた声で答えた。

「よし。ではそこにある電話でさっきの娘に連絡しろ。クレシックの車の特徴を聞き出せ——何かしら答えられるはずだ、少なくとも車の色ぐらいは。それからウェッソン巡査部長に電話して、今わかっている情報を伝えてやってくれ。デヴェニッシュ警視に会って、シドニーから出るすべての道路の封鎖を要請するようにと、ウェッソンに言っておけ」

パーカーが机の上の電話に手を伸ばした。タイソンはモンティ・ベルモアのステッキを振った。

「いざヤルーガへ、リチャード！　風の翼に乗って」

# 第三十五章

クレシックが自分の車を慎重に運転しながら、一番交通量の少なそうな脇道を選んでシドニー市内を抜け、ハーバーブリッジへ向かう間、モンティ・ベルモアは静かに座っていた。クレシックが脅すような口調で警告した。

「しっかり頭に刻んでおけよ、ベルモア。おれは今、かなり追い詰められている。あんたのせいだ。もしあんたが何かしでかそうとしたら——ハンドルに摑みかかるとか、叫び声を上げるとか、ドアを開けて飛び降りるとか——きっと後悔するぜ！　おれは運転しながらだって、片手であんたを押さえ込んで首を締められるんだ——じわじわとな」

モンティは何も言わなかった。聞こえなかったようにも見えた。だが、聞こえていた——だからこそ静かに座っているのだ。

幸運の女神は完全にクレシックの味方についていた。どの交差点でも速度を緩めることなくすんなりと走り抜けられた。ブリッジ・ストリートを曲がってグロブナー・ストリートを通り、大回りするようにブラッドフィールド・ハイウェイに入る。橋の入口の料金所が目に飛び込んで来た。クレシックには、モンティの頭に浮かんだ考えが読み取れるようだった。

「やめておけ！　どうせうまくいくわけがない。もしうまくやれたとしても、あんたは助からない。

おれは捕まる前に、まずあんたを殺すからだ——それも、うんと苦しい死に方で。それだけは保証する。わかったら、おとなしく座ってろ」

そのとおりだ、逃げられるわけがない。車は急にスピードを落としはしたが完全に止まることはなく、クレシックが料金所の係員の手の中に通行料ちょうどの金を落とし、通行券を車の中に放り込んだ。モンティが口を開くよりも早く、車はまたスピードを上げて走りだし、何事もなく橋を渡り始めた。

「それから」まるで先ほどの話が中断されなかったかのように、クレシックは続けた。「おれが気を抜く瞬間を待ってどうにかしようなどと考えているのなら、それも無駄だ！　そんな瞬間は来ない」

とても信じられない。あり得ない。とにかく、これが現実に起きているはずがない。映画やラジオドラマ以外で、こんなことは起きないはずなのだ。ごく普通の、法律を守って暮らす一般市民の身には。自分のような人間の身には。なのに、現に起きている。これは真実、現実なのだ。J・モンタギュー・ベルモアは、自身の死に向かって連れ去られている。何か妨害が入らない限り、ほとんど奇跡に近いようなことが起きない限り、これから死ぬのだ。唐突に、暴力的に、自然に反して。そうわかってはいたが、まだ実感として頭の中で把握しきれずにいた。

「どこへ行くのだね？」彼は尋ねた。「わたしをどうするつもりだ？」

「わからない」クレシックが言った。「まだ決めかねてるんだ」彼の声から抑えつけたような恐ろしさは薄らいでいた。無感情で非人間的な声音にかすかににじんで聞こえるのは、ほんの少しの後悔、ほとんど謝罪に近いものだ。「あんたは信じないだろうが、こんなこと本当はしたくないんだ。殺したくない。だけど、あんたがこうさせたんだ。どうしても殺さなきゃならない、それならできるだけ

——楽な方法で」

やはり自分は死ぬのだ。だが、まだ死にたくない、全身全霊でそう叫びたかった。もちろん、さっきクレシックのアパートではえらそうなことを語りはしたが、あれは単なる言葉のあやだ。単なる——そう——芝居だったのだ。どんな状況でも、常に何かを演じてきた。だが、それがモンティという人間、自分の生き方なのだ。そしてその生き方はまだ何年か続けられるはずじゃないか。人生は素晴らしい、この世のすべては素晴らしい。

長い間そういったものに閉ざしてきた目を開けて見上げると、美しい世界が広がっていた。最近は毎朝のようにハーバーにかかっていた霧が今はすっきりと晴れ、海は空と同じように穏やかに青く澄んでいた。息苦しい夏の湿度も消えて、美しい秋の暖かな太陽が心地よく肌を撫でている。遠ざかって行くハーバーの対岸には、陽射しを浴びた市街地が見えた。

シドニーの街が好きだ。もちろん、欠点はある。あり余るほど。窮屈で、汚くて、人が多すぎる。強欲で、礼儀知らずで、乱暴で、汚職にまみれている。それでも大好きだ。この世界が大好きだ。生きていることが大好きだ。

車はノース・シドニーを走り抜け、突然大きく右に曲がった。

「ヤルーガへ行くのだね?」モンティが言った。

「ああ」クレシックがぼんやりとした口調で言った——だが、彼自身がぼんやりしているわけではなかった。一瞬たりとも注意を怠らなかった。「実に自然な流れだろう? アルトヴァイラー・クレシックは、自分の所有地を確認しに行くんだ。友人のベルモアと一緒にな」

「どうしてそんな名前を使うのだね?」

「どうして？　本名だからさ」

「だが――」

「何だ？」

「外国の名前じゃないか。チェコスロバキアかどこかの」

「名前だけはね。だが、おれはちがう、あえて言うならイギリス人だ。おふくろがイギリス人だし、おれもイギリスの学校へ通った。親父がチェコ人で、家族でしばらくチェコに住んだこともあったが、おれの中にあるチェコ人の名残りは親父の苗字だけだ」

「だが、あの写真は？　きみの部屋に飾ってあった……」

　クレシックがかすかにほほ笑んだ。「一緒に写真を撮ってくれる人間はどこにだっているものだ。馴れ馴れしいグループなんかがね。本物と言えば本物だ」

「きみがワイフだと言った女性は？」

「ワイフか」クレシックはそう言うと、楽しそうな表情を浮かべた。「あの女がどこの誰かは、神のみぞ知るだ」

「何だって？」

「ほかの写真に、一枚でも彼女が写っていたか？　この国に来たときに紛れ込んだ写真だ。どうやって紛れたかなんて、おれにもわからないさ。だが、そのまま飾っておいた、なかなかいい顔の写真だったからな。ワイフか！　あんたのためにそう言っただけだ」

　モンティは口をつぐんだ。

警察車が猛スピードで料金所に向かった。「ここなら何か知っている人間が見つかるかもしれません」エサリッジが言った。

タイソンは不機嫌な声を上げた。「可能性は低いな。こっちは車の特徴も伝えられないのだぞ。ここを通過した何千台もの車の中から、たったひとり、しかも助手席に座っていた男のことなど……」

「ベルモアの特徴なら伝えられます」

「わかった、当たってみよう。だが、時間の無駄だと思うぞ」

車が料金ブースの前で止まった。タイソン自身が車を降り、係員たちに質問をして回った。だが、無駄だった。この小さな門を通過した車はあまりにも多すぎた。それに、係員たちは運転手の顔はけっして見ないのだ。同乗者の顔も。ただ金額を計算するだけだ。

タイソンが車に戻って来た。「先へ行こう。もしまちがっていたら、まちがっていたときのことだ」

橋の上を通る間は車線から飛び出すことはできなかったが、橋を渡り終えて追い越し禁止レーンが切れたとたん、エサリッジはすべての交通法規をかなぐり捨てた。片っ端から前方の車を追い越し、男がふたりしか乗っていない車があれば追い抜く前にスピードを落として並走し、中を覗き込んだ。モンティ・ベルモアなら見まちがうはずはない。だが、どれだけ車を追い越しても彼は見つからなかった。

「どの道から行きますか？」エサリッジが尋ねる。

「わかるはずがないだろう？　どれでもいい。ひたすら走り続けろ。とにかくヤルーガまで行くのだ――なぜかはよくわからないがね」

誰もが口をつぐんだまま、車はエンジンを唸らせながら走り続けた。

「道はまだ封鎖されていませんね」しばらくしてからエサリッジが言った。

「そうだな、まだそう経っていないからな。封鎖の段取りに時間がかかるのだろう。だが、それでは間に合わないかもしれない――やつらがいつ出発したのか、どのぐらい先を走っているのかわからないのだから」

「やつはベルモアをどうするのでしょう、警部?」

「勘弁してくれ! わたしは霊能者か?」

「いえ、つまり、また崖からの落下事故に見せかけるのか、それとも例の結び目のついた紐を使うのかと。どちらでしょう?」

タイソンは答えなかった……。


モンティは座ったまま、目の前の道路が車の下へと吸い込まれていくのを見つめ、建ち並んでいた家や店や車庫がまばらになって、広い空間が徐々に増えていくのを眺めていた。クレシックは平然と余裕を見せながら、制限速度よりかなりスピードを抑えて車を走らせていた。急ぐ必要はない。座ったまま重心を少しだけずらす。モンティをちらっと見て、もう一度よく見てから、さらに老人の全身やシートの周りのあちこちに目を向けた。きょろきょろと動いていた視線がモンティの目をとらえた。

「ステッキはどこだ?」

モンティは、まるでたった今ステッキがないことに気づいたかのような顔をした。足元に目を落とす。体をひねって、後部座席を探すふりをする。

「じっと座ってろ!」クレシックが警告するように怒鳴る。「後ろにはない。それは確かだ。どこにある?」

「わたしにもわからないな。どこかに置いて来たにちがいない」

「どこかって、どこに?」

「わたしにもわからないな」モンティがもう一度言った。「きっと、きみのアパートの中だろう」

「あのとき、あんたはステッキを手に持っていた。帽子と一緒に渡してやっただろう。帽子はここにあるじゃないか——ステッキはどうなった?」

それはまさしく、モンティ自身を悩ませている質問だった。答えに望みの持てない質問だ。いったいあのステッキはどうなっただろう? あるいは、どうにもなっていないのか。エレベーターボックスの隅に立てかけておいたが、もう誰かの目に留まっただろうか? 見つけた人物は、そこに何か意味があると思うだろうか? あれをどうするだろうか? 管理人に渡すか、持ち去るか——あるいはそのまま無視するか? スターリングと、おそらくはウィロビー・デルなら、あれが自分のものだと気づいてくれるかもしれない。だが、百万分の一の確率でふたりのどちらかが見つけたとして、それからどうするだろう?

急に腹が立ってきた。「わたしにはわからないのだよ。おお、まったくあんたは大した男だよ、クレシック! これから冷酷で残忍な人殺しを犯そうというときに——あんなステッキのことを気にかけるとはな!」

「どこに置いて来たかによるさ。アパートの部屋の中に置いて来たのならまったく安心だ。害はない。だが、どこかほかのところなら——そうだな、急ぐ必要があるかもしれない。あんたに……配慮してやる余裕がなくなるかもな」

モンティはシートに深くもたれ直した。ようやく実感が湧いてきた。頭の中がすっかり占領されてしまった。人生は徐々に翳りだし、世界が幻のように思えてくる……

警察車は坂道を勢いよく下り、〝ザ・スピット〟と呼ばれる細長い帯状の平地に沿って走った。その端には、低木に縁どられた静かなミドル・ハーバーに架かるスピット・ブリッジがある。時代遅れで不格好な木製の橋で、不定期に訪れるヨットや毎日午後に運航するショーボート〈カラン〉号が近づくと中央で分かれて跳ね上がり、その間を船が通れるようになる。橋のこちら側には通行待ちの車列ができていた。

タイソンが不満を漏らす。「おいおい、まさかこんなときに、あの何とかいうやつを上げてるんじゃないだろうな？」

「検問でしょうか」エサリッジが短く言った。「やっと指令が伝わったのかもしれません」

「脇から追い越して先へ行ってみろ、ゆっくりとな」

列は十二台ほど続いていた。乗用車やトラック、それに公営バスが一台。数フィートずつ進んでは停車を繰り返している。エサリッジがスピードを落とし、反対車線をゆっくりと進んで行ったため、対向車の妨げになった。制服姿の警察官がふたり、運転手に質問をしたり、車の中を覗き込んだりしている。そのうちのひとりがＣＩＢの車に近づき、いったいどこへ行くつもりだと攻撃的な口調でエサリッジに迫ったが、タイソンが身分を明かしたとたんに声音も表情も一変させた。

「何を探すように指示されている？」

「グレイのフォード車です、警部。新型モデルです。男がふたり――」

「乗っている男のことはいい。車の情報が知りたいのだ。今並んでいる車は通してやれ、そんな車はこの列にはなかったし、われわれの見てきた限りでは、これからやって来る車にもそれらしいのは走っていなかった。残念ながら、きみたちに指令が届いたときにはすでに手遅れだったようだが、まあ、もう少し目を光らせておいて損はない。まずはわれわれを通してくれ、急いでるんだ」

警察官が大きく手を振って何か叫んだ。車やトラックの列が、しぶしぶ数インチずつバックした。エサリッジが空いた隙間に割って入り、無事に橋を快走した。

「さて」タイソンが言った。「これでやっと、どんな車を探せばいいかがわかった」

「はい、警部。グレイのフォード車。見つけやすそうですね——この辺りは緑や青ばかりですから」

橋を越えると、丘の上に向かって左右の急カーブが蛇行する坂道をバルゴウラまでのぼり、スピードを上げた。だが、ほかの車や度重なるカーブのために、思うようにスピードが出せない。上下線とも混み合ったマンリーまでの本線を離れ、ブルックヴェールからディーホワイへ向かう急な下り坂に入ると、ようやくエサリッジは思いきり車を飛ばした。床にペダルがつくほど、アクセルを目いっぱい踏み込む……

グレイのフォード車はディーホワイを走っていた。道幅は広く、邪魔するものはなく、制限速度ぎりぎりを守って走る。ディーホワイを抜けるとスピードを上げた。かなり上げた。どういう理由か、今はすっかり急いでいるらしい。だがモンティには、スピードや道路や集落や海辺のコテージといったものは、どうでもよかった。悲しげな目は、右手に見えてきた青い海に釘づけになっていたのだ。

今のところ、道路にほかの車は一台も見えない。ずっと手前で三本の道がこの一本に合流していた。

フレンチ・フロストからの道、たった今ＣＩＢの車が猛然と疾走している道、そしてマンリーから海岸沿いに伸びる道だ。

その道路がゆったりとカーブした。すると突然クレシックが悪態をつき、スピードを落とした。徐々に高くから見下ろしつつあった海面から、モンティは視線を外した。百ヤード先に、サイドカーのついたオートバイが道路をふさぐように駐まっており、革帽に、ズボンと脚絆姿の警察官がその両側にひとりずつ立っていた。車が近づくと、年配のほうの巡査が手を上げた。クレシックは従順に車を止めた。

「こんにちは！」にこやかに挨拶する。「どうかしましたか？」

警察官は疑うような厳しい目つきで彼をじっと見つめた。「グレイのフォードだ」彼は言った。「男がふたり——黒い帽子をかぶった老紳士と——」

車が急発進し、モンティはシートに背中を打ちつけた。警察官はすんでのところで脇へ飛びのいた。すぐに、こういう事態への対応として訓練で叩き込まれている行動をとった。拳銃を引き抜いて構えると、クレシックに車を止めるよう警告したのだ。

その頃には車はすでに二十ヤード先まで走っており、さらに加速していた。警察官は狙いを定めて撃った。狙ったのは、後のタイヤだ。だが彼はハリウッドの西部劇に出てくる、奇跡的な視力を備えた無法者ではなく、ごく普通のシドニーの警察官に過ぎなかった。初めの二発はまったく外れ、三発めは泥よけに跳ね返り、そして四発めは……四発めはリアウィンドーをきれいに撃ち抜いて、クレシックの後頭部に当たった。

一瞬の出来事だった。大きく口を開け、声にならない叫びを上げて立ち尽くすふたりの警察官を尻目に、モンティは道の脇を高速で走り抜ける車の中にいたはずだった。が、次の瞬間、クレシックがハンドルの上に突っ伏し、車は狂ったように道を外れて走りだした。

モンティの危機を救ったのは、咄嗟のことでクレシックにギアを替える暇がなかったことだ。ローギアに入ったままの車は、みるみる失速した。反射的にモンティはハンドルを握って回した。だがクレシックの全体重がかかったハンドルは重く、強い力で反対向きに引き戻される。車は反対車線へ出て雑草の中へ突っ込むと、最後に、ほとんど勢いをなくした状態で、木の幹にぶつかって止まった。

モンティは車内で座ったまま動かなかった。何があったか、まだ把握できていない。警察官が車に駆け寄って来た。拳銃を発射した巡査がドアを開け、クレシックの頭を持ち上げてじっと見ていたが、やがて元通りに放した。もうひとりが助手席側のドアを開けた。

「もしもし、大丈夫ですか?」

モンティはぼんやりとその警察官を見ているうちに、徐々に感覚が戻って来た。

ちょうどそこへ、CIBの車が轟音を上げて駆けつけ、タイヤをきしませて急停車し、中から刑事たちが飛び出して来た。

彼らの手を借りて、モンティは車から降りた。老人はおぼつかない足で立ってタイソンによりかかり、帽子を脱いで額の汗を拭った。タイソンが、大丈夫ですかと尋ねた。

「ああ……ああ、大丈夫だとも、タイソン。ただ、まだ今は、信じられないのだ――」

「慌てなくて大丈夫ですよ」タイソンはそう言いながら、エサリッジに頭を振って合図を送った。冷静沈着な若き刑事はCIBの車へ戻り、何やらごそごそと探してから、ステンレスの携帯水筒を持って戻って来た。タイソンはそれを受け取ると、モンティに渡した。「ひと口飲んでください、ミスター・ベルモア」

年配の交通警察官は再びクレシックの車の運転席に回った。エサリッジも彼の後からぶらぶらと歩いて行った。エサリッジもクレシックの頭を持ち上げ、その死に顔を無感情に観察してから手を放した。

「死んでるな」軽い口調で言う。

制服姿の警察官が動揺した表情を浮かべる。「殺すつもりじゃなかったんです……」

「心配するな、メイト」エサリッジが言った。「あれは射殺じゃない、正当な公務の一環だ」

タイソンはまだモンティの介抱をしていた。「少しは気分がよくなりましたか？」

「ああ……ありがとう、警部、もう大丈夫だ」彼は帽子をかぶり直し、ステッキはどこだろうと辺りを見回してからはたと思い出し、車に目をやった。

「あいつのことなら、心配いりませんよ」タイソンが楽しそうに言った。「これ以上誰も傷つけることはありませんから」

「なんという悪夢だ！」モンティが言った。「まったく、なんという悪夢だろう！」視線をタイソンに戻す。「どうして――？」

「それは後で説明しましょう。とりあえず今は……」

モンティは片眉を上げた。空を見上げる。青々とした草を、木々を、丘を眺める。「なんという日だろう！　なんと美しく、素晴らしい日なのだろうな、タイソン！　なんと美しく、素晴らしい世界だろう！」

タイソンには答えるべき言葉が見つからなかった。彼にできたのは、共感のしるしに舌を鳴らし、ブランデーをもう少し勧めることだけだった。少しも嫌がることなく、モンティはもうひと口飲んだ。水筒を警部に返す。

「もう結構だ。わたしなら大丈夫、本当に大丈夫だから」

彼は興味を惹かれたようにタイソンを見つめた。自分の眉毛を引っぱる。何か気になることがあるらしい。

「どうだろうな、タイソン。親愛なるタイソン警部。この老いぼれを、老モンティ・ベルモアのことを言い表すとしたら、彼のことを、もちろん面と向かって本人に言うわけではないとしてだが、彼のことをひと言で表現するなら――うほ！　オホン！――愉快でお茶目なじいさんだと思うかね？」

タイソンはその質問には、答えるべき言葉がひとつも見つかりそうになかった。

# 訳者あとがき

作家ノーマン・ベロウの名前を聞いてすぐにピンと来る方は、日本にはまだ少ないのではないだろうか。というのも、生涯で二十作の小説を発表しながら、現在のところ日本語での訳書は二〇〇六年に国書刊行会から出版された『魔王の足跡』と本書の二冊のみだからだ。

*Don't Jump, Mr.Boland!*（*2005, RAMBLE HOUSE*）

ベロウはイギリス生まれという以外は経歴に関する情報が乏しい。イギリス領ジブラルタルに数年住んでいたこと、六年の軍務に就いていたことを除けば、どうやら人生のほとんどをニュージーランドのクライストチャーチとオーストラリアのシドニーで過ごし、一九八六年に亡くなったと言われている。その後、一九三四年から五七年の間に小説が発表されてから、実に半世紀の時間を越えて、二〇〇五年にRAMBLE HOUSE（アメリカの出版社）によって全作品が復刻された。一九四〇年のThe Ghost Houseをベロウ自身が一九七九年に改稿した新バージョンも加え、計二十一作品が一気に出版されたこの復刻版により、ベロウの名は海外でも再び注目されたのである。

ベロウの作品の紹介には〝オカルト〟や〝怪奇〟といった形容詞がよく用いられるが、それはミステリー小説によく出てくるような単なる〝トリック〟や〝アリバイ〟だけでなく、一見人間の力では不可能に見える、たとえば幽霊や魔物の仕業としか考えられないような犯罪を扱うからだ。

本書『消えたボランド氏』でも、たしかに不可思議な事件が起きる。高い断崖絶壁の上から目撃者の目の前で飛び降りたはずの人間が、忽然と姿を消すのだ。当時、崖の下にも釣り人がいたが、何ひとつ落ちてこなかったと言う。目の前は一面の海、崖の下には大きな一枚岩、崖の途中には引っかかるような穴や裂け目などは一切ない。はてさて、どんな奇術あるいは魔術を使えば、人間をすっかり消失できるものなのか？

だが、この作品にはおおよそ〝オカルト〟や〝怪奇〟という言葉は当てはまらない。主人公は、なんともお茶目な老人、ラジオドラマのベテラン俳優、J・モンタギュー・ベルモアだ。オーストラリア警察犯罪捜査局《CIB》のタイソン警部とともに、演じる役に入り込みすぎる癖のあるベルモアが〝名探偵〟となって問題解決にあたる。（実はこのコンビ、前年

*The Eleventh Plague*
（2005,RAMBLE HOUSE）

の一九五三年に発表された *The Eleventh Plague* にも登場している。本作中でも少し触れられている〈緑のワライカワセミ《グリーン・クカブラ》〉というナイトクラブを舞台として、連続殺人の謎を追う話だ）ベルモアが、これまでに演じてきた当たり役に次々となりきり、そのキャラクターに応じた話し方や振る舞いを変えていく一方で、頑として昔ながらのファッション（大きな帽子、黒いマント、ステッキ、ネクタイの原形とされる〝クラバット〟など）に執着する変人ぶりに、タイソン警部はじめ周りの人間は翻弄され通しだ。一方のタイソンは皮肉屋の饒舌家で、エサリッジ刑事を筆頭に部下たちの苦労は絶えな

いが、ベルモアにもタイソンにも共通して憎めない魅力があることは誰にも否めないだろう。

もう一つ、ベロウ作品の特徴としてよく挙げられるのは、スラング（俗語）の多用である。いわゆる〝美しい英語〟、〝正しい英語〟から外れた文はたしかに読みづらいものだが、本作はそれこそが魅力となっている。同じオーストラリア英語でもシドニーのビジネスマンと郊外の若者とで言葉遣いを変えたり、ベルモアがイギリスの貴族や田舎の村人などを演じ分けるのに別々の訛りを使ったり、チェコスロバキアからの移民が片言の英語を話したりと、それぞれの人物に合わせた言葉をしゃべらせることで、その人となりが生き生きと伝わってくるのだ。原書に散りばめられたユーモアたっぷりの台詞回しや、駄洒落などの言葉遊びを、はたして拙訳でどこまで日本語に〝再現〟できたか、力不足と感じられる方がいらしたらお詫びしたい。

不可思議な連続殺人と、随所で思わずクスッと笑わせられるお茶目な魅力の男たち。濃い煙霧の立ち込めるヤルーガの崖の上で〝名探偵〟モンティ・ベルモアとともにこの人間消失の謎へのチャレンジをお楽しみいただけたら幸いである。

一読者としても、今後もベロウの魅力的な作品が日本で紹介される機会が増えることを期待している。

# 怪奇趣味と不可能犯罪の作家ノーマン・ベロウの新しい貌

横井　司（ミステリ評論家）

かつて、本邦初訳だったクラシック・ミステリが、『２００７本格ミステリ・ベスト10』（原書房、二〇〇六）の「海外本格ミステリランキング」で、いきなり堂々の第一位となったことがあった。その作品『魔王の足跡』（一九五〇）の作者こそ、ここに本邦二作目の紹介となる『消えたボランド氏』（五四）が刊行されることになった、ノーマン・ベロウである。

ノーマン・ベロウの名を最初にわが国の本格ファンに知らしめたのは、森英俊の大著『世界ミステリ作家事典［本格篇］』（国書刊行会、九八）だった。同書では、『消えたボランド氏』についてもすでに紹介されている。それによれば、本作品はロバート・エイディーの*Locked Room Murders and Other Impossible Crimes*（七九／増補版、九一）で「ベロウの最高傑作に挙げている」とのこと。エイディーの著作は、二千種類以上の事例を挙げた不可能犯罪殺人百科事典ともいうべき大部の参考書で、わが国でも多くの本格ファンが原書を入手したという、密室殺人や不可能犯罪ファンにとって伝説的な一冊。そこで取り上げられ、「ベロウの最高傑作」と評されているということであれば、気にならないわけがない。紹介した森自身の評価は「提示された不可能状況は、ビルから飛びおりた男が消え失せてしまう、エドワード・Ｄ・ホックの名作『長い墜落』を思わせる」といいつつも、「作者の他の密室物に比べると怪奇色が希薄で、その分、真相が見抜けてしまうきらいがなくもない」と、やや低調であった。だから、森自身が「ベロウ自身の最高傑作であるのみならず、〈足跡〉テーマの不可能犯罪物のなかでも最高峰に位置する」と評価する『魔王の足跡』の方が先に紹介されたものであろう。『2007本格ミステリ・ベスト10』での海外ランキング第一位という結果は、そうした森の評価を証すものであったといえる。

『消えたボランド氏』をロバート・エイディーが評価する一方で、森の評価が今ひとつなのはなぜなのか。この点について、少し考えてみよう。

『魔王の足跡』は、二〇〇六年に国書刊行会から、世界探偵小説全集の第43巻として刊行された。解説は森英俊で、『魔王の足跡』を含むランスロット・カロラス・スミス警部シリーズは「作者としてももっとも自信があり、愛着のあったシリーズではないかと思われる」といい、全作の内容をふまえて「この作者の魅力やエッセンスが凝縮されている」と絶賛している。

そのスミス警部シリーズから見出されるベロウ作品の特徴は、「個性的な登場人物といったところにあるのではなく、不可思議で魅力的な謎の提示とその究明——それにつきるのである」と結論づけているが、その「不可思議で魅力的な謎」には、何らかの怪奇色ないしオカルティズムの味付けがほどこされているのを特徴とする。呪いがかかったスペイン貴族の剣だとか、ピンで刺された呪いの人形どおりの姿で見つかる死体だとか、かつて英国に降り立った悪魔が犯したような殺人だとかいった具合である。また『本格ミステリ作家事典［本格派篇］』によれば、一九七〇年代に改稿の上で再刊されたノン・シリーズ作品も、幽霊屋敷を舞台にした作品であるという。本格ミステリ・ファンであれば、オカルト趣味と不可能犯罪の組み合わせと聞いて、すぐに連想されるのが、ジョン・ディクスン・カーだろう。森の評価の背景には、カーへのリスペクトを強く感じさせる。カーは、エラリー・クイーンやアガサ・クリスティーと並んで、あるいはそれ以上に、日本の本格ミステリ・ファンにとっては特別な作家として、多くの支持を集めている。『魔王の足跡』が好評をもって迎えられたのも、そのためではないかと思われるくらいだ。『魔王の足跡』が訳された当時、カーの唯一の未訳長編だった歴史ミステリ『ヴードゥーの悪魔』（一九六八）が訳されており、また同時に、フランスのカーといわれるポール・アルテの『赤髯王の呪い』（九五）や、カーの歴史ミステリの衣鉢をつぐと目されていたポール・ドハティーの『毒杯の囀り』（九一）なども刊行された。それだけでなく、これらの作品がカーと並んで「海外ミステリ・ランキング」にランクインしている。こうした結果を見ると、日本におけるカー・テイストへの愛好の強さを感じさせるし、結果的に、ベロウはカー・スクールの一員というイメージを定着させることにも与った。

カー・スクールの一員という視点から見たとき、「怪奇色が稀薄」だとされる本書『消えたボランド氏』の評価が微妙になるのは仕方のないことかもしれない。ところが実際に『消えたボランド氏』を読んでみると、先に引いた森英俊の『魔王の足跡』解説で指摘されていた弱点——登場人物、特に探偵役が個性に乏しいという点については、かなりの改善が施されていて、怪奇趣味の稀薄さは何ら作品の傷になっていないことに気づかされる。

本書で探偵役を務めるのは、ラジオドラマで活躍中のベテラン俳優J・モンタギュー・ベルモアである。ちなみに「訳者あとがき」によれば、本書の前年に発表された *The Eleventh Plague* に、すでに登場しているということだが、これまでの資料ではこうしたシリーズ・キャラクターの存在は知られていなかったことを注記しておく。

本書の第二章で初めて登場したとき、ベルモアという名前ではなく「現在は〝ワームウッド及びゴール伯爵〟を名乗っている同伴者」と語り手によって紹介され、章を改めて彼をパーティーに連れてきた鉄管会社社長が他のお客に「ミスター・ベルモア」と紹介することで、初めて読み手の前にその名前が明らかにされる。そのため、少々戸惑わされるのだが、そういう書き方には理由があった。それについて説明する前に、まずは語り手によって紹介される容貌を以下に引いておこう。

外見は、恰幅がよく堂々としている。振る舞いは、常に礼儀正しい。口調は、ややもったいぶって雄弁。服装は、少しばかり風変わりで時代遅れな格好をする。尊大な雰囲気を醸し出す例のつば広帽子に加えて、首の回りには、何やら二重に巻いて大きな蝶結びを作る古風なアイテムを愛用していた。柔らかなヤギ革の軽量ブーツ（略）の上に、折り返しのないズボンの裾がまっすぐにかかっている。中でも彼の一番の宝物は、虫食いだらけという印象のマントだ。彼が言うには、そのマントはかつて、いまや伝説の人となったサー・ヘンリー・アーヴィングの物だったらしい。どこへ行くにも頑丈なステッキを持ち歩いたが、その象牙の取っ手は長年使い込まれてすっかり黄ばんでいた。彼はそのステッキを大いに活用し、華麗に回転させたり、取っ手を振りながら話を強調したり、気を抜いた相手の胸骨を叩いて自分の主張を締めくくったりした。（第三章）

ここで「首の回りには、何やら二重に巻いて大きな蝶結びを作る古風なアイテム」と書かれているのは、クラバット cravate という名称で、ネクタイの原型であることが、物語の先で分かる。それはともかく、右で描かれるような、つば広帽子とマントにステッキ、というアイテムは、どことなくデイクスン・カーのギデオン・フェル博士を彷彿させる。フェル博士は、牧師のかぶる黒いシャベル帽、テントのように大きい黒マント、撞木型のにぎりのついたステッキ二本、といういでたちなので、微妙に異なるのだが、ベロウが意識していたことは間違いないように思われる。

モンティ・ベルモアは、かつては俳優だったが、今ではラジオドラマの世界で活躍しており、ワームウッド及びゴール伯爵というのは、現在ベルモアがラジオで演じている役柄だった。ベルモアは舞台役者時代から、与えられた役柄をリアルに演じるために、そのキャラクターになり切ることを旨としてきた。その結果、時として日常生活の場においても状況に応じてそれらの人格が表面化し、そのキャラクターとして振る舞うという奇妙な癖を持っているのである。「ラジオの仕事では、ひとりの俳優が一度に十以上もの役を演じ分ける」ため「おかげで彼はもはや普通のひとりの人間ではなくなり」「ラジオで演じるすべての役柄の集合体となった。順番に、驚くほど素早く人格が入れ替わっていく」と語り手は説明する。「モンティにとって役を演じるのと生きるのは同義だったため、彼は今、ワームウッド及びゴール伯爵そ
の人だった」。だから初登場の際「現在は〝ワームウッド及びゴール伯爵〟を名乗っている同伴者」と語り手によって書かれたのである。年老いた貴族の役を演じている時はその役柄のように振る舞い、別の役柄を演じている時は別の人格の振る舞いをする。そんなベルモアが、何らかの奇妙な事件に遭遇にした時に浮上してくるのが、〝名探偵〟という人格なのであった。

これまで役者を探偵役に起用したミステリは数あれど、これほど奇矯な設定はなかったように思われる。事件捜査の途中で突然シェイクスピアの台詞を言い出すなどというくらいは可愛げのある方だというべきであろう。怪事件に遭遇してスイッチが入ると名探偵に変わるというベルモアのありよう

は、いってみれば、多重人格を持つ探偵のようなもので、個性がないどころの話ではない。むしろ現代的で新しくさえ感じられる。

彼の協力者で友人のオーストラリア警察犯罪捜査局警部タイソンは、これまたスイッチが入ると途端に饒舌になるというキャラクターで、部下のエサリッジ刑事はまた始まったと思いながら、その饒舌に付き合うのである。こちらも無個性とはとてもいえないだろう。

おそらく登場人物に個性がないという指摘は当時からされていたことで、当初は、謎と解明の面白ささえあればそれでいいと思っていたベロウも、さすがに方向転換を強いられ、新生面を開いてみせようとしたのではないだろうか。それが今回のような特異な探偵キャラにつながったのではないかと思われる。

本書にはまた、すぐにカッとなる鉄管会社社長や、その甥で秘書を務める青年と、青年が好意を寄せる社長令嬢とが登場しているが、この秘書と社長令嬢との恋愛が、ささやかながら物語に華を添えている。この二人のプロポーズをめぐるやりとりや、二人がベルモアを海岸に連れ出して、海水浴客中の子どもと絡むシーンなどは、明るいユーモアに満ちていて、読んでいて楽しい。

また、何といっても印象に残るのは、鉄管会社社長の住むアパートの、階下の住人で、チェコスロバキアからの移民アルトヴァイラー・クレシックである。ニュー・オーストラリアンと呼ばれるクレシックは、奇妙な訛りで喋るビジネスマンで、当時こうした移民がオーストラリアに普通にいたのかどうか、寡聞にして知らないが、数年後にはハンガリー動乱の影響でヨーロッパから大量の移民が押し寄せることを思えば、すでに一定程度住んでいたのかもしれない。

ところで森英俊は、先にあげた『魔王の足跡』の解説で、ベロウの作品の特徴として、登場人物たちが「ときおり口にする、方言とも造語ともつかない言葉」をあげている。それによって登場人物の個性が印象づけられるわけでもなく、「かえって煩わしく感じられるだけの結果に終わってしまっている」と述べているが、本書でクレシックが使うチェコスロバキア訛りの英語なども、その流れを汲む描写なのであると想像される。ただ、本書においては、それが単なる人物造形に留まっていないところが秀逸であり、弱点を長所に変えたという点で注目に価する。本書にしばしば見られるオーストラリア人気質やオーストラリア人らしい言葉遣い（会話の最後に「メイト」と付けるのは、「相棒」とか「兄弟」とかいうニュアンスなのだろうか）なども、「方言とも造語ともつかない言葉」にあたるのかもしれないが、それらも本書においては、結果的にミスディレクションとして働いているように思われるのだ。

ここでもう一度ディクスン・カーの話題に戻る。ディクスン・カーの作風としてしばしばオカルティズムと怪奇趣味が強調されるけれども、カーのファンであればご存知の通り、一九三〇年代後半からはそうした怪奇趣味がなりを潜め、謎と解決に狙いを絞ったシンプルな構成の作品が増えてくる。『緑のカプセルの謎』（三九）、『テニスコートの殺人』（同）、『連続殺人事件』（四一）、『嘲るものの座（猫と鼠の殺人）』（四二）、『皇帝のかぎ煙草入れ』（同）といった作品が知られているが、ベロウの『消えたボランド氏』も、そうしたカーの中期長編の流れを組んでいるように思われてならない。いわゆる怪奇趣味横溢のスミス警部シリーズを書き続けてきて、『魔王の足跡』で頂点を極めたあと、一転してシンプルな作風に変わったという作風の変遷は、『火刑法廷』（三七）で頂点を極めたあとシンプルな作品を続けて発表したカーの歩みを連想せずにはいられないのである。『連続殺人事件』におけるドタバタ騒ぎと、本書におけるアパートでのドタバタ騒ぎとの類似性も、そうした印象を強く感じさせることに与っている。そこでのベルモアの振る舞いは、カーのもうひとりの探偵役ヘンリー・メリヴェール卿もかくや、と思わせるくらいのハジケっぷりだ。

カーの作品系譜の中でも『三つの棺』（三五）や『火刑法廷』は、技巧の極みを尽くした傑作として現在でも人気があり、新訳が刊行されるほどだが、かつては『連続殺人事件』や『皇帝のかぎ煙草入れ』のようにシンプルなトリックや謎で楽しませてくれる作品へのリスペクトも、カーらしくないとはいわれつつ、高かったように思う。そうした中期作品がお気に入りの読者であれば、『消えたボランド氏』は大いに楽しめる作品であるといえよう。ちなみにこの解説を書いている筆者も、そうした作品を愛読したという点では人後に落ちないつもりである。

一九五〇年代、ディクスン・カーは歴史ミステリに軸足を移している頃であり、『ビロードの悪魔』（五一）、『喉切り隊長』（五五）といった傑作を次々と発表していた時だった。カーの歴史ミステリはいずれも、豊かな物語性とシンプルなトリックないしアイデアで構成されている。あるいはノーマン・ベロウも、そうしたカーの動きに呼応して、シンプル・イズ・ベストといったスマートな作品に手を染めようとしたのかもしれない。

もっとも、ベロウがそのキャリアを開始したのは一九三四年であり、それ以来二十作に及ぶ作品を刊行しているが、邦訳された二作品はいずれも一九五〇年代のものであることを忘れるわけにはいかない。初期作品がどういう傾向なのかがうかがい知れない中、右のような想像は意味のないことかもしれないのだ。唐突な例だけれども、ここで思い出されるのがエリザベス・フェラーズだ。フェラーズは、そのデビュー当時に、アマチュア探偵でフリー・ジャーナリストのトビー・ダイクとその親友で引っ込み思案なジョージが活躍するユーモア・ミステリのシリーズを書いていた。かつて『私が見たと蠅は言う』（四五）、『間にあった殺人』（五三）が訳されただけの頃はそのことが知られておらず、ドメスティックな風俗ミステリの書き手だと思われていたため、シリーズの一作である『猿来たりなば』（四二）が邦訳された時は、海外ミステリ・ファンの度肝を抜いたものだった。そうした意外性をベロウという作家も持ち合わせているのかどうか。一九三〇年代、四〇年代のベロウはどういう作風だったのか。さらなる紹介が、特に初期作品の紹介が待たれるところである。

〔訳者〕
福森典子（ふくもり・のりこ）
大阪生まれ。国際基督教大学卒。通算十年の海外生活を経験。訳書に『真紅の輪』、『厚かましいアリバイ』（ともに論創社）。

消《き》えたボランド氏《し》
——論創海外ミステリ 180

2016年9月25日　初版第1刷印刷
2016年9月30日　初版第1刷発行

著 者　ノーマン・ベロウ
訳 者　福森典子
装 画　佐久間真人
装 丁　宗利淳一
発行所　論 創 社
〒101-0051 東京都千代田区神田神保町2-23 北井ビル
電話 03-3264-5254　振替口座 00160-1-155266

印刷・製本　中央精版印刷
組版　フレックスアート

ISBN978-4-8460-1550-3
落丁・乱丁本はお取り替えいたします